Das verlorene Paradies
von Rüdeger Perst

FSC
www.fsc.org
MIX
Papier aus verantwortungsvollen Quellen
Paper from responsible sources
FSC® C105338

Lizenzausgabe mit Genehmigung des Autors für
Books on Demand GmbH in D-22848 Norderstedt

2. Auflage - Taschenbuch

Herstellung und Verlag: BoD - Books on Demand, Norderstedt
ISBN 978-3-8482-0320-8

Inhaltsverzeichnis

	Vorwort	5
	Vorgeschichte	13
Kapitel 1	Ein Traum beginnt, wahr zu werden	25
Kapitel 2	Bauen in Spanien – ein besonderes Erlebnis	65
Kapitel 3	Der Traum ist wahr	59
Kapitel 4	Das arbeitsreiche Leben im Paradies	69
Kapitel 5	Das Leben kann so herrlich sein…	93
Kapitel 6	Neue Möglichkeiten	103
Kapitel 7	Warum in Spanien der Lebenswert zerstört ist	111
Kapitel 8	Architektur in Harmonie mit der Natur	117
Kapitel 9	Jeder Tag bringt Überraschungen	131
Kapitel 10	Wenig Licht und viel Schatten	141
Kapitel 11	Eingriffe in die Natur	153
Kapitel 12	Wahre Freundschaft	159
Kapitel 13	Der Abschied	163
	Nachgeschichte	177

Besonderer Dank gilt…..

meiner Frau, die mit mir tatkräftig einem vorzeitigen Scheitern des abenteuerlichen Lebens im Paradies entgegen gewirkt hat.

meiner Schwester und ihrem Mann, die uns aus der Ferne mit Rat und Tat
zur Seite standen.

dem Schicksal, das es mir ermöglicht hat, dieses Buch zu schreiben

Im Januar 2012

Vorwort

Ich schildere in diesem Buch die Suche nach dem hohen Lebenswert in weitgehend ursprünglicher Natur, gesundem Klima und Lebensraum.
Zusammen mit meiner Frau waren wir der lärmenden, gehetzten, genusssüchtigen und egozentrisch geprägten Gesellschaft unserer Zeit überdrüssig, und bestrebt, unseren nach innen orientierten Lebensstil, ohne uns belästigende Einflüsse von außen, leben zu können.
Da wir schon Anfang der achtziger Jahre des letzten Jahrhunderts dem tausende Jahre alten und noch heute weit verbreiteten Traum des Lebens im so viel angenehmeren warmen Klima des Mittelmeerraumes erlegen waren, und an der spanischen Küste der Costa Blanca ein kleines Ferienhaus in einem malerischen Fischerdorf, einige Kilometer vom Strand entfernt versteckt in einem Seitental gelegen, erworben hatten, und dort jährlich unsere Sommerferien verbrachten, gab es für uns nur dieses Ziel: Iberische Halbinsel

Für uns war Spanien als Hochkulturland, besonders geprägt durch die Jahrhunderte dauernden osmanisch-/arabischen Einflüsse, die Erfüllung unseres Traumes. Selbst die Wiege der Mittelmeer-Hochkultur, Imperium Romanum, reizte uns weniger, da Italien seit Jahrzehnten bereits ein vom Tourismus vereinnahmtes Kerngebiet war. In Spanien jedoch waren Land und Volk damals noch weitgehend in seiner Ursprünglichkeit erhalten.

Der Leser wird in der Erzählung mit der für unsere Zeit mehr als typischen und den Geist beherrschenden Mentalität der Geld- und Raffgier konfrontiert, die sich über die Zeit der Zugehörigkeit Spaniens zur Europäischen Union über das Land epidemisch ausbreitete, und letztendlich zur Zerstörung der idyllischen, menschbezogenen, mit der Natur in Einklang gegebenen Strukturen führte, das Denken und Handeln der Bevölkerung stark negativ beeinflusste, und zur gleichen Casino- und Abzock-Mentalität führte, wie sie weltweit bestimmend geworden ist.

Wir versuchten im Gegensatz zu dieser unseligen Entwicklung, im küstennahen Hinterland, eingebettet in eine grüne Oase hügelreicher Waldlandschaft, geschützt durch ein Bergmassiv, an dessen Fuße wir unser Landhaus erbauen ließen, unser Leben zu gestalten, im Einklang mit der Natur glücklich die Zeit zu erleben, und auf diese Weise den wahren Wert des Daseins für uns zu erfahren und zu halten.

Was aus diesem Erleben an Erkenntnissen mitzunehmen ist, soll dem Leser – jedem für sich nach seiner Prägung – zum Nachdenken Anregung geben, und es würde mich froh machen, wenn diese Erzählung ein klein wenig dazu beitragen könnte, den Reifegrad des Individuums Mensch zu fördern....

Das Tal der Tagarina unterhalb des Aitana Gebirgszuges von der Taleinfahrt
bis zum Anwesen „Finca la Roca del Tigre“
Privatweg von der Talstraße bis zu unserem Landhaus in 850 m Höhe über dem Mittelmeer. (Das Anwesen ist in das obere Bild eingefügt worden; Privatweg und Talstraße sind nachgezeichnet) unten: Luftbild der Finca
(Quelle beider Bilder: Google Earth)

9

Das Landhaus – versteckt im Pinienhang

Das verlorene Paradies

Vorgeschichte

Es war ein nebliger, nieseliger und kalter Novemberbeginn damals im Jahr 1998. Der Wind drang schneidend kalt durch die Kleidung. Die dem Herbst eigene Stimmung wollte bei mir nicht aufkommen. Ich hatte nur den einen Gedanken: aus der Firma so schnell als möglich nach Hause zu kommen. Es war Wochenende, Zeit also zum Abschalten, Kraft tanken, und über die gegenwärtige Lage nachzudenken, denn eines spürte ich schon länger – die berufliche Hetze, die schwierige Lage in der Baubranche, die Verantwortung der Sicherung der Arbeitsplätze für hunderte Mitarbeiter und ihre Familien - damals Mitte der 90er Jahre des vergangenen Jahrhunderts – ich wurde zerrieben von den sich verschärfenden Problemen, getrieben von den Zwängen. Nicht ich bestimmte mein Leben, sondern die Umstände dirigierten mein Dasein.

Eine Sehnsucht nach dem wahren Wert des Lebens begann immer intensiver meine Gedanken zu bestimmen.

Der nächste Tag – es war Samstag – drückte weiter auf die Stimmung, da das Wetter vom Vortag auch diesen Tag beherrschte. Das hielt mich jedoch nicht davon ab, einen Waldspaziergang zu unternehmen. (Wir lebten damals nahe am Wald in Norddeutschland, zwischen Braunschweig und Hildesheim, in einem kleinen Ortsteil von Lengede.)
Während solcher Stunden in der herbstlichen Stille der Natur, fühlte ich mich irgendwie geborgen. Die Wochentagssorgen wurden überlagert von unserem Zukunftstraum unseres Daseins im Alter: selbst bestimmtes Leben in unberührter Natur; Leben mit den Tieren und Pflanzen; mit dem Wetter und seinen Herausforderungen und mit möglichst wenig Kontakten zum Gedränge und Gelärme und Gehetze unserer Gegenwarts-Gesellschaft. Diesen Traum wollten wir uns am Mittelmeer künftig lebend erfüllen.
(Wir hatten schon Jahrzehnte vorher ein Urlaubsdomizil in Spanien erworben, und in jährlich zwei bis drei Wochen das Land, die Spanische Bevölkerung und das Leben nahe am Meer kennen und schätzen gelernt. Es muss jedoch angemerkt

werden, dass zu dieser Zeit der Tourismus und seine „Industrie" die spanischen Küstenregionen noch nicht annähernd in dem Ausmaß „entdeckt" hatte, wie dies ab Anfang der 90er Jahre gegeben war, und zwar mit allen negativen Auswirkungen, auf die ich noch ausführlich eingehen werde).

Mein Spaziergang führte mich tiefer in den Wald, die Stille wurde nur gebrochen durch die von den Bäumen fallenden Tropfen und die Knackgeräusche, die ich verursachte, wenn ich auf einen Zweig, der auf dem Weg lag, trat. Ich trocknete so gut es ging eine schon halb vermoderte aus Baumstämmen gefügte Bank, und setzte mich nieder, die letzten Jahre meiner Zeit in Norddeutschland zogen in meinen Gedanken vorüber……

……….Wir hatten unseren Wohnsitz Anfang der 90er am Stadtrand von Frankfurt am Main. Meine Frau war in leitender Stellung beruflich ebenso voll ausgelastet wie ich selbst, hatte aber zusätzlich noch die Betreuung der Haushalte ihres Vaters und Bruders zu bewältigen, ebenso wie unseren eigenen Haushalt. Ich pendelte am Wochenende mit dem Dienstwagen zwischen Frankfurt und Braunschweig, was jedes Mal eine zusätzliche starke Belastung nach einer arbeitsreichen Woche war und dazu führte, dass ich von Freitag Abend bis Sonntag Mittag im Wesentlichen ohne Unternehmungslust lediglich versuchte, neue Kräfte aufzubauen. Insbesondere auf der sonntäglichen Fahrt nach Braunschweig hatte ich hinter dem Steuer Zeit, die Lebenssituation zu durchdenken und zu analysieren. Von Mal zu Mal wurde mir klarer, dass es so nicht weitergehen könne, da wir beide – jeder für sich, aber auch in der kaum noch gelebten Partnerschaft, physisch und psychisch nicht das notwendige Durchhaltevermögen würden aufbringen kön-nen.
Deshalb brachen wir nach vier Jahren Wochenend-Ehe, die Zelte in Frankfurt ab, und übersiedelten nach Lengede in eine am Waldrand gelegene Villa.

Der Umzug und die Einrichtung des Hauses fanden im April 1996 statt. Im darauf folgenden Mai, an Christi Himmelfahrt, ein Tag mit Sonne und munterem Vogelgezwitscher im Garten, saßen wir beim Frühstück und genossen den Blick von unserem Esszimmer über die Terrasse in unseren Garten – Augenblicke, die für uns einen hohen Wert hatten, da wir uns jahrelang ein solches Zusammenleben nicht erfüllen konnten. Plötzlich verschwammen vor meinen Augen diese so frohstimmigen Eindrücke. Mir wurde schlecht. Ich bekam akute Atemnot, verbunden mit Herzrythmus-Störungen und ich kroch mehr als ich ging, mit Hilfe meiner Frau die Treppe zum Obergeschoß hinauf. Ich legte mich aufs Bett, was allerdings den Zustand noch verschlimmerte. Meine Frau tat das einzig Richtige, und rief die Notrettung herbei. Ich war inzwischen kaum mehr in der Lage, das Geschehen um mich herum klar zu erfassen. Die Erinnerung setzte erst wieder ein, als ich im Krankenhaus in einem Krankenbett saß, klaren Blickes, Atem ruhig, Herzschlag normal, und die Oberschwester in das Zimmer kam. (Es konnte nur die Oberschwester gewesen sein, beurteilt nach Leibesfülle und Gewichtslage). Ich – vermeintlich wieder im Vollbesitz meiner Kräfte – erklärte sofort, man möge meiner Frau mitteilen, mich mit dem Wagen abzuholen, da ich am nächsten Tag wichtige Termine hätte. Diese Ansage kam ganz schlecht an, der Oberarzt erschien, und machte mir klar, dass mein Zustand sehr labil sei, so dass man intensive Untersuchungen vornehmen_müsse, um die Ursache(n) dieses Zusammenbruchs zu ergründen. Mehrere Tage vergingen, in denen ich mit den seltsamsten Apparaten Bekanntschaft machte. Nach rund einer Woche bestand ich auf Entlassung in häusliche Pflcge, unterschrieb das entsprechende Revers, und schlich mich auf wackeligen Beinen zu unserem Wagen, der vor dem Haupteingang des Krankenhauses parkte. In unserem Hause angekommen, wurde mir klar, dass ich wohl mehrere Wochen brauchen würde, um einigermaßen die Kräfte neu zu sammeln. In dieser Zeit war ich äußerst gereizt, absolut nicht belastbar, was sich unter anderem darin ausdrückte, dass ich entweder bei jeder Kleinigkeit, die mir gegen den Strich ging, aufbrauste, oder mir das Wasser aus den Augen strömte aus Verzweiflung wegen meiner verlorenen Stärke, denn das erkannte ich von Woche zu Woche klarer: nach diesem Geschehen – (heute würde man „Burn Out“ sagen) – würde ich nicht mehr die Person, der „Macher“ sein, wie ich es vorher war. Bei einer Schlussuntersuchung in einer internistischen Gemeinschaftspraxis erklärte mir der Arzt die Ursache meines Zusammenbruchs, indem er mich fragte, was ich glaube, dass geschehen würde, wenn ein Trabi im ersten Gang mit Vollgas ohne Pause über die Straßen gejagt würde. Meine Antwort war, dass der Motor und das Getriebe auseinander fliegen würden.

Ich jedoch habe laut ärztlicher Beurteilung noch insofern Glück gehabt, als dass mein Organismus eine Kavalkade von Warnschüssen abgefeuert hätte, und mich dadurch „lahm gelegt“ und Schlimmeres verhindert hat. In den ersten Wochen meiner Rückkehr in die Firma, die ich acht Wochen lang nicht leiten konnte, bewahrheiteten sich leider meine Befürchtungen, insofern, als ich weder die alte Krisenfestigkeit, Belastbarkeit, Stressfestigkeit und andere Führungs-eigenschaften zurückerlangte. Eigenschaften, die vorher für mich selbstverständlich waren.

Als ich wieder meinem Beruf nachging, bemühte sich meine Frau um eine neue leitende Stellung, und fand diese auch. Fortan pendelte sie zwischen Lengede und Hannover mit ihrem Wagen. Der Unterschied zur unmittelbaren „Pendel-Vergangenheit“ bestand lediglich darin, dass wir uns beide - abgeschlafft von der Tagesarbeit - kurz am Abend zusammen setzen konnten, jedoch vor Müdigkeit sehr schnell das Bett aufsuchten, da wir beide morgens noch vor sechs Uhr aufstehen mussten.

Nach knapp sechs Monaten – meine Frau war in dieser Zeit immer mehr abgemagert – konnte ich sie überzeugen, noch in ihrer Probezeit ihren Job aufzugeben, denn sonst würde es ihr ähnlich ergehen wie mir Monate zuvor.

Die wirtschaftliche Lage am Bau ver-schlechterte sich zusehends: aus Gründen der Kosteneinsparung im Personalbereich hatte ich zusätzlich zur Geschäftsführung noch eine Abteilungsleitung sowie Oberbauleitung übernommen, was bedeutete, dass ich nur noch unterwegs war, und von Termin zu Termin, von Baustelle zu Baustelle, von Niederlassung zu Niederlassung hetzte. Als sich Mitte 1998 wieder die ersten Symptome eines bevorstehenden Zusammenbruchs abzuzeichnen begannen, wurde mein Gedanke an einen vorzeitigen Berufsausstieg erstmalig konkret und für mich denkbar, zumal der Hausarzt mir klarmachte, dass er – wenn ich so weitermache – mit mir in wenigen Monaten keinen Kummer mehr haben würde.

Zur gleichen Zeit wurde in der Konzern-geschäftsleitung der technische Geschäftsführer in den Ruhestand verabschiedet, und ein junger Mann als Nachfolger berufen. Dieser begann seine Tätigkeit mit einer Rundreise durch alle Konzerngesellschaften, um die Geschäftsführer kennen zu lernen. Unser Zusammentreffen verlief nicht sehr harmonisch, da nach meinen

Vorstellungen der junge Mann keineswegs einzuschätzen in der Lage war, wie viel physische Kraft nötig war, um in meiner Position etliche Zusatzaufgaben täglich abarbeiten zu müssen. Er ignorierte im Gegenteil diese Kraftakte nachgerade, und erklärte, die wirtschaftliche Lage erfordere die Bündelung der Verantwortungen einzelner Bereiche in einer Person. Dass es mit meiner Gesundheit nicht gut bestellt war, war ihm bekannt. Umso mehr war ich von diesem Augenblick an entschlossen, den beruflichen Ausstieg zu vollziehen.
Der junge Mann ließ sich einige Wochen nach der geschilderten Sitzung in unserem Hause bei mir vorankündigen. Termin war ein Freitag, 12 Uhr. Selbstverständlich ließ ich den Termin umgehend bestätigen. Mir war klar, dass in diesem Treffen der „Goldene Handschlag“ möglich war. Ich war (rechnerisch) gut vorbereitet auf unser Gespräch!
Der junge Mann erschien pünktlich, charmierte zunächst in meinem Vorzimmer mit der Sekretärin, unterhielt sich kurz mit meinem Kollegen (kaufmännischer Geschäftsführer), und wurde sodann in mein Büro geführt.
Er kam sofort zur Sache, was mir nur Recht war, und erklärte, er wisse von meinem Gesundheitszustand, und sei daher nach Rücksprache mit den Gesellschaftern der Ansicht, es wäre für beide Seiten das Beste, das Dienstverhältnis im Guten zu beenden.
Ehrlich gesagt musste ich mich in diesem Moment beherrschen, um nicht für mein Gegenüber erkennbar werden zu lassen, wie sehr ich auf diese Entwicklung seit Monaten gewartet hatte. Ich erwiderte, dass die Beendigung meines Dienstverhältnisses im Guten lediglich in erster Linie eine Angelegenheit der korrekten Berechnung der mir noch zustehenden Tantiemen sei. Der junge Mann zog sofort sichtlich erleichtert aus seiner Brusttasche eine Handnotiz und nannte mir eine darauf notierte Summe.
Akzeptierung meinerseits, Kurzbesprechung der den Ausstieg begleitenden Nebenbelange (Beendigung des Arbeitsverhältnisses bis zum 31.12.1998, Beratertätigkeit bis Ende März 1999, Dienstwagen bis zum Ende der Beratertätigkeit).
Während meiner kurzen Fahrt nach Hause war ich versucht, Vollgas zu geben vor lauter Freude über diese Entwicklung. Ich fuhr natürlich gegenteilig sehr gemächlich, weil ich das Gefühl genoss, wie mit jedem Kilometer, der mich näher zu unserer

Villa brachte, die schwere Verantwortung der letzten Jahre sich aufzulösen begann.
Erste Frage meiner Frau nach meiner Ankunft war, warum ich so außergewöhnlich früh schon heimkomme, was ich zunächst nur geheimnisvoll belächelte, ohne eine Antwort zu geben, sondern sie bat, den Kaffeetisch besonders zu decken und mit Leckereien zu bestücken. Nachdem ich alles ausführlich berichtet hatte, fragte mich meine Frau mit Zweifeln im Blick und in der Stimme, ob wir denn finanziell ausreichend abgesichert seien, was ich ruhigen Gewissens zum damaligen Zeitpunkt bestätigen konnte……..

……...Alle diese zurückliegenden Gescheh-nisse zogen vor meinen Augen vorüber, und ich wusste um so sicherer, dass unser Weg in den Ausstieg die richtige Entscheidung war, um unseren Traum Wirklichkeit werden zu lassen.
Ich verließ den Wald und schlenderte in gelöster Stimmung nach Hause, das neblige Wetter war plötzlich nicht mehr bedrückend, denn das Leben in der Sonne würde bald Wirklichkeit sein.

Am Abend dieses Samstages saß ich vor dem Fernseher, um die Hauptnachrichten im Ersten zu schauen, als meine Frau zu mir sagte, ich solle mal zuhören, sie hätte da in der „Welt am Sonntag“eineImmobilienanzeige gefunden, die sie mir vorlesen möchte. Ich nickte, sie las vor, ich hörte nicht zu – meine Frau war beleidigt (nicht wirklich) – ich verfolgte weiter die Nachrichten. Danach fiel mir ein, dass ja noch die Verlesung der Annonce ausstand, und nach einem kleinen Geplänkel las meine Frau endlich den Text nochmals vor, der sinngemäß lautete „ Wenn Sie die Nähe zu Gottes Natur suchen, sind Sie bei uns richtig. Grundstück im küstennahen Hinterland in der Nähe von Alicante/Spanien zu verkaufen“.
Wir schauten uns an, ich sagte nur, wir können ja mal dort anrufen, da es noch früh am Abend ist, und meine Frau nickte und reichte mir den Hörer.

Kapitel 1

Ein Traum beginnt, wahr zu werden

„H.“ sonst nichts, klang eher unfreundlich. Ich merkte, dass unser Anruf als störend empfunden wurde. Als ich den Grund des Anrufes nannte, war zunächst eine völlige Stille am anderen Ende der Leitung. Ich dachte gerade, dass ich mich wohl verwählt hätte, aber in diesem Augenblick bestätigte H. betont forsch und höflich, dass ich bei ihm richtig sei, dass das Grundstück noch zu haben sei, und dass man es gesehen haben müsse, um die Schönheit der Landschaft, die Ruhe in der Natur, die reine Luft und die einmalige Lage hautnah zu erleben.
Ich bat um Zusendung von ein paar Fotos, sowie einer detaillierteren Beschreibung, denn die allererste Kurzbeschreibung hatte mich neugierig gemacht.
Nachdenklich und gleichzeitig spannungs-geladen legte ich den Hörer zurück in sein Körbchen. Ich spürte, dass dieser erste Kontakt für uns den Weg in unser Paradies bereiten könnte. Die Nachbesprechung meines Telefongespräches mit meiner Frau ergab volle Übereinstimmung, dass wir dieses Angebot weiterverfolgen sollten. Auf einmal war die gedämpfte Stimmung einer lebhaften Disku-ssion gewichen, in deren Verlauf wir unsere Vorstellungen und Ideen austauschten, und die sich daraus ergebenden Möglichkeiten eines Daseins in relativ unberührter Natur mit Begeisterung erkannten.

Am Ende der folgenden Woche kam Post aus Spanien von H.. Die erste Neugier, die uns erfasst hatte, bestätigte sich durch die Fotos und die weitergehende Beschreibung. Uns war klar, dass wir uns einen realistischen Eindruck vor Ort verschaffen sollten, wenn wir es ernst meinten mit dem Weg in unser neues Leben.
Am Telefon stimmte H. zu, dass er und seine Frau kurzfristig Zeit hätten, dass wir in seinem Hause übernachten könnten und, dass er uns vom Flughafen abholen würde, wenn wir eine Besichtigung wünschten.
Gesagt – getan: rein in das Reisebüro, Termin checken und Bahn mit Flug buchen, Kurzurlaub in der Firma nehmen, mit dem ICE nach Frankfurt, dort Umsteigen in die Airportbahn, der Flieger hebt ab, unsere Stimmung euphorisch, zwei Stunden und

fünfzig Minuten, Landeanflug in der Abenddämmerung in Alicante. (Das war wieder einmal die übliche Hetze, doch zum damaligen Zeitpunkt war das ja für uns Normalität.). Erster Eindruck aus dem Flugzeug während des Anfluges: wenig Grün, sondern fast nur braune Topographie rund um die Stadt – trostlos.
Wir hatten mit H. als Erkennung seiner Per-son vereinbart, dass er einen breitkrempigen Sonnenhut á la olé trägt, sowie ein buntes Bermuda-Hemd (im November!), und da er einen Vollbart trägt, sei er leicht zu erkennen. Das war er auch: unter dutzenden – meist sonnenverbrannten – Überwinterern, die auf ihre Bekannten, Verwandten, Freunde oder Erblasser warteten, stand er am Sperrgeländer, unsere Blicke trafen sich, alles klar und gleich per Du. Also ich kam mir ja in meinen Boulevard-Klamotten etwas fehl in dem Gedränge vor, aber – sagte ich mir – alles nicht so wichtig: entscheidend ist jetzt, dass der Herr uns den Weg in unser Paradies öffnet.
Der Wagen von Don H. war nicht nur relativ ungepflegt (innen wie außen), sondern auch ziemlich altersschwach. Und als er uns auf der Fahrt über die Autobahn locker erzählte, dass seine Frau ziemlich rasant zu fahren pflegt, obwohl die Bremsen nicht unbedingt ihre Funktion erfüllen, da wurde es uns leicht mulmig. Autobahnabfahrt Villajoyosa und ab ins Hinterland. Das letzte Tageslicht ließ uns eine Gebirgskette am Horizont erahnen, die Straße wurde immer kurviger und steiler, dann kamen wir durch ein am Berghang hinauf kriechendes Dorf, und kurz darauf umfing uns völlige Dunkelheit auf der Bergstraße, die immer schmaler, kurvenreicher und an Abgründen auf der linken Seite sich aufwärts schlängelte. Wir bogen vor einer scharfen Linkskehre nach rechts in ein Seitental ein, die Talstraße war mit Asphaltschlämme-gebundenem Material befestigt, dichte Pinienwaldungen reichten teilweise bis an die Straße heran, weit verstreut waren Landhäuser zu erkennen, in denen jedoch keine Lichter brannten. Nach einigen Kilometern talaufwärts bogen wir in einen sandigen Weg ab, auf dem kein Auto entgegenkommen durfte, denn dieser Weg war gerade breit genug für einen 5-Tonner, Ausweichmöglichkeiten gab es nur an einem Gehöft. Als wir ein unterhalb des Weges gelegenes Landhaus passierten, wurde der Weg fast übergangslos extrem steil – geschätzte 25 % Steigung – ungefähr 150 Meter bis zu einer Rechtskurve, die mit einem Mittel- bis Oberklasse-PKW nur mit Rangierkünsten zu nehmen

war. Weitere 100 Meter brachten uns an das Anwesen des Don H..
Mit (inzwischen) leichten inneren Zweifeln (die in diesem Moment auch meine Frau hatte, wie sie mir später erzählte) stiegen wir aus, irgendwie froh, dieses Prachtexemplar eines schrottreifen Autos heil verlassen zu können. Eine steile, Naturstein belegte Rampe führte zu dem verwinkelt gelegenen Hauseingang, an dem uns die Hausherrin begrüßte. Da wir schon sehr müde waren, gab es nur einen kleinen Imbiss, worauf eine Einweisung in die Besonderheiten des Hauses erfolgte. Wir konnten uns zwar nicht vorstellen, warum eine solche Einweisung erforderlich sein sollte, begriffen dies aber sehr schnell, als wir erfuhren, dass es Wasser nur aus dem Regenwasser-Depot gibt, dass es Strom nur aus den Pufferbatterien gibt, die über Solar-Paneele aufgeladen werden, und dass die Heizung im Haus gleich abgeschaltet wird, da für deren Betrieb nicht genug Speichervolumen in den Batterien sei. Warmwasser würde morgens für kurze Zeit zur Verfügung stehen.
Über eine ungewöhnlich steile und sehr schmale Geschosstreppe gelangten wir in das flauschig-kalte Gästezimmer…..Grüß Gott im Paradies und Gute Nacht…..

Der nächste Morgen begrüßte uns mit Sonnenschein und ungefähr acht Grad. Der Blick aus dem kleinen Badezimmerfenster zeigte uns das Bergmassiv weiter oben, getaucht in rötlichen Schimmer, einige kleinere Wolken strichen an der Steilwand des Gebirges entlang, Romantik pur in der Natur, – die Zweifel legten sich wieder ein gutes Stück.
Bevor wir uns zum Frühstück niedersetzten, begleitete uns Don H. auf die Terrasse, von der aus wir das ca. 700 Meter über dem Meer gelegene Tal vor uns liegend mit erstem Rundblick „in Besitz nehmen“ konnten: eine wahrhaft grüne Oase, dichte Pinienwälder auf unserer Hangseite. Der Gegenhang hatte über weite Teile keinen für das Tal typischen dichten Baumbestand, zeigte aber dennoch Boden-grün. Wenige Landhäuser lagen weitläufig verteilt im Talgrund, noch weniger an den Hängen. Die Talstraße verlief stetig ansteigend nach Osten bis zu einem Hochpunkt, wo sie endete bzw. in einem Karrenweg Fortsetzung fand, der in eine anschließende tiefer gelegene und dichter besiedelte Region führte. Über dem Gegenhang, der den Blick zur Küste versperrte, stand die Morgensonne direkt in Höhe des

Kammrückens und erfüllte die Nordseite des Tales mit der dahinter aufragenden Gebirgskette in ein frisches und zartes goldfarbenes Licht, das in uns eine irgendwie ergreifende Stimmung auslöste, verbunden mit dem Gefühl „wir sind angekommen“. Die Zweifel wurden wieder weniger….
Nach dem Frühstück hatten wir Gelegenheit, das Gelände oberhalb des Landhauses von Don H. zu begehen, und während wir über den Sandweg zu Fuß die zirka 300 Meter Entfernung bis zu einem kleinen und schmalen Plateau zurücklegten, spürte ich immer intensiver, unsere neue Heimat gefunden zu haben. Das Wetter leistete dazu Vorschub, denn mit einem nicht unangenehmen Wind trieben Schönwetterwolken über das Tal, die Sonne verstärkte ihre wärmende Wirkung, ein fröhliches Gezwitscher der im Tale überwinternden Vögel, da und dort Hundegebell, im Talgrund grasende Pferde und ein Esel. Zwischen den Pinien wild wucherndes Stechpalmen-Buschwerk, Ginster und Wildgras, die Hänge durch sogenannte Bancales abgetreppt, derart, dass auf diesen flachen Geländestreifen Mandelbaum oder Olivenbaum-Kulturen gepflegt und verwertet werden konnten. Manche dieser Bancales waren derart zugewuchert, dass sie kaum noch erkennbar waren.
Auf dem kleinen Plateau angekommen, zeigte uns der Don den ungefähren Grenzverlauf des zum Kauf anstehenden Grundstückes, erklärte uns seine zwei östlich vom Grundstück gelegenen gemauerten Rund-Depots, die das Regenwasser, das den Hang herabströmte, auffingen, zur weiteren Verwendung dienend, für den Bedarf der unterhalb gelegenen Anwesen.
Don H. bat uns um Verständnis, dass er uns jetzt aus Termingründen verlassen müsse, wir würden uns nach dem Mittag in seinem Haus treffen.
Jetzt waren wir auf dem Plateau unter uns, standen, lauschten in die Natur, atmeten tief die frische Morgenluft ein, und spürten beide, dass an diesem Vormittag eine Entscheidung fallen würde, die unser Dasein in ein selbstbestimmtes Leben im Alter führen könnte, ein Leben in Verbundenheit mit der uns umgebenden Natur, der Tierwelt, der Berge….
Gegen Westen senkte sich das Tal ab, das Bergmassiv verlief flacher und verlor an Höhe, das Tal öffnete sich in eine hügelige Waldlandschaft: ein Fernblick wie er die unserer Erde gegebene Schönheit nicht wunderbarer darstellen konnte. Dieses Panorama gab mit den Ausschlag, dass wir uns zum Kauf dieses Hanggrundstückes entschlossen, zumal der berufliche vorzeitige

Ausstiegaus gesundheitlichen Gründen in bestem Einvernehmen mit meinen Gesellschaftern bereits für Jahresende 1998 besiegelt war.
Wir setzten uns auf eine alte Stützmauer, die den Hang gegen das Plateau absicherte, und ich begann in Gedanken, unseren künftigen „Palacio" im Geiste zu entwerfen, wobei ich meiner Frau die Konturen des Gebäudes erläuterte. (Dies war für mich als Architekt ein üblicher Vorgang bevor ich überhaupt erste Skizzen zu Papier brachte). Der oberste Grundsatz eines Entwurfes war für mich vom ersten Ideen-Entwurf an, das Anwesen derart in die Natur zu integrieren, dass das Gesamtbild der Natur in keiner Weise gestört oder gar zerstört würde. Als Eindringlinge in dieses Paradies wollten wir uns der Natur einordnen und nicht der Natur unsere (mitunter meist schädliche) Zivilisation mit all ihrer vergewaltigenden Technik aufzwingen. Wir erkannten innerhalb einer kurzen Zeit, dass dieses besonnte Hanggrundstück mit seinem dichten Pinienbewuchs aber auch wild wucherndem Buschwerk durch unseren Bau seinen ungestörten Charakter nicht verlieren würde, wenn ich das Werk in seiner Gestalt diesem obersten Grundsatz gemäß entwerfe.

Am frühen Nachmittag trafen wir uns mit Don H. und seiner Frau zum Kaffee im Esszimmer, die Sonne beleuchtete den Tisch, der Blick über die diesem Raum vorgelagerte Terrasse in das Tal war noch stärker auf uns wirkend als am Morgen, da der Südhang inzwischen durch die süd-westlich stehende Sonne beleuchtet wurde.
Ich hatte noch vor Rückkehr der Hausleute einen Vorvertrag aufgesetzt, den ich bei meiner dritten Tasse Kaffee über den Tisch zu Don H. schob, der zunächst nicht begriff, dass es jetzt geschäftlich wurde.
Laute Verlesung, Korrekturen nicht nötig, langer Blick in die Augen, Handschlag, Unterschriften: der Deal war perfekt. (Anmerkung: in Spanien ist ein solcher privatrechtlicher Vertrag für beide Teile bindend, es empfiehlt sich jedoch in jedem Fall der Abschluss in Schriftform vor einem Notar - der so genannten Escritura).
Wir alle waren auf einmal sehr erleichtert. Meine Frau und ich glaubten zu schweben – eine seltene Art des Glücksempfindens. Wir verweigerten natürlich nicht einen kräftigen Schluck Cognac zum Kaffee (für mich die vierte Tasse).

Nachdem also unser Besitzanspruch im Tal geregelt war, dachten wir, dass wir erste Besuche bei den Nachbarn machen sollten, um uns als künftige Tagarianer vorzustellen (Anmerkung: Das Tal hatte den offiziellen Namen „Tagarina", und war ein Ortsteil des zuvor schon kurz erwähnten Bergdorfes „Sella"). H. meinte jedoch, das hätte noch Zeit bis zum nächsten Besuch, zumal wir selbst ja bereits am nächsten Tag den Rückflug antreten müssten. Dass Don H. dabei einen ganz bestimmten Hintergedanken hatte, konnten wir damals noch nicht ahnen. Er wollte nämlich verhindern, dass wir von den Nachbarn über die Erschwernisse, die das Leben im Tal mehr oder weniger täglich mit sich bringen, in Kenntnis gesetzt wurden, so dass zu befürchten war, wir könnten vom Vorvertrag zurücktreten. Er und seine Frau hatten uns nämlich vom ersten Betreten des Hauses an, das Leben im Tal als völlig geruhsam und dauerhaft erholsam geschildert: viel Sonne, kaum Wind, gemäßigter Regen, trotz 800 Meter Meereshöhe auch im Winter angenehme Temperaturen, die eine Heizung im Haus eigentlich überflüssig machten, völlige Ruhe, vor allem kein Verkehrs- oder Maschinenlärm, immer gute Luft, und, und, und.
Am Abend dieses Tages führte uns H. in eines der Restaurants im Dorf, in welchem man original Spanische Küche serviert bekam. Wir wurden der Besitzer-Familie gleich als künftige Bewohner vorgestellt, was mit offener Freude quittiert wurde.
Am Sonntag Rückflug, ewiges Warten auf den ICE-Frühzug nach Braunschweig, Ankunft dort völlig übermüdet, Heimkehr in unser Haus, todmüde ins Bett, bis Nachmittag schlafen. Erwachen mit der frohen Stimmung, dass die letzten zwei Tage uns der Verwirklichung unseres Traumes sehr viel näher gebracht haben.

Ich begann ohne Verzug am nächsten Tag mit den ersten Entwurfsskizzen für unser künftiges Heim in den spanischen Bergen, wobei es viele besondere Umstände am Bauort zu berücksichtigen galt: Topographie des Geländes, möglichst geringe Sichtbarkeit der Gebäudeanlage vom Tal aus, schwierige Gestaltung des Erschließungsweges sowie der Zufahrt zum künftigen Haus, Hangentwässerung, Vermeidung von zuviel Kahlschlag, und vieles mehr. Es erschien mir einzig richtig, dass nur ein terrassenartig gestaffeltes Gebäude, welches der Hangneigung folgte, die Lösung sein konnte. Daher musste ich das Gelände zunächst von der dreidimensionalen

Wirklichkeit in einen Höhenschichtenplan zu Papier bringen. (Dies war durch die Anwendung der Photogrammetrie möglich, und dabei zeigte sich sehr schnell, dass die Staffel-Konstruktion sehr kostenintensiv sein würde, zumal in der Region erdbebensicheres Bauen gesetzlich vorgegeben war). Die erste reine Baukörperkonstruktion – integriert in das Gelände, und virtuell perspektivisch dargestellt – ergab jedoch eine deutlich den unberührten Charakter der Natur dieses Tales störende Sichtbarkeit, was also gleichbedeutend war mit der Nichteinhaltung eines der obersten Grundsätze. Dennoch erarbeitete ich weitere Varianten einer Staffelkonstruktion, bis sich zeigte, dass der Kompromiss zwischen notwendiger Geländeanpassung und möglichst geringer (störender) Sichtbarkeit in einer Hauptgeschoss-Ebene mit vorgelagertem Untergeschoss-Bau bestand, welcher auf dem vorhandenem kleinen Plateau errichtet werden könnte.
Wochenlange Raumplanungen, Detailplan-ungen, technische Planungen, Erschließungs-Varianten folgten. Im Zuge der Erschließungsplanung wurde deutlich - (was ich eigentlich vor dem Kauf des Geländes hätte bedenken müssen, jedoch mir in der euphorischen Gefühlslage zu diesem Zeitpunkt nicht in den Sinn kam) -, dass der Bau nicht über die vorhandene Zufahrt durchgeführt werden konnte, da dieser kaum befestigte steile Weg für Bautransporte völlig ungeeignet war. Die telefonische Rücksprache mit Don H. ergab, dass ein vorhandener Pfad von der Talstraße bis zu unserem Grundstück existiert, der jedoch über mehrere Nachbargrundstücke führt, und für Schwerlastverkehr befahrbar gemacht werden müsste, allerdings unter der Voraussetzung, dass alle Nachbarn dem Wegebau und der Nutzung zustimmen. Keine guten Aussichten, da ich zu diesem Zeitpunkt nicht sicher war, ob ich die Zusage aller Nachbarn erhalten würde, und wer mir dabei helfen könnte. Vorrang hatte dieses Problem jedoch noch nicht, da ja noch nicht einmal der spanische Architekt gefunden war, der die gesetzeskonforme Einreichplanung auf Basis meiner Pläne anfertigen, durch die Gemeinde sowie die spanische regional zuständige Architektenkammer genehmigen lassen, und letztlich in Valencia bei der Landesregierung / Bauministerium einreichen sollte. (Dieser instanzenreiche Bewilligungs-vorgang war gesetzlich vorgegeben, da der Bauplatz im Landschaftsschutzgebiet lag, und zusätzlich genau an der

gesetzlich erlaubten Höhengrenze von 850 m über dem Meeresspiegel im höchsten Punkt vorgesehen war).

Unsere Festtage und der Wechsel in das Jahr 1999 verliefen ruhig und ohne besonderen Besuchs-Marathon. Derartige Vorkommnisse waren schon lange nicht mehr „unser Ding". Wir bevorzugten die gemütliche Zweisamkeit in unserem schönen Wohn-Ambiente, insbesondere jetzt, da das Neue Jahr den Beginn wesentlicher Änderungen in unserem Leben bedeuten würde.

Als Erstes war der Notar-Termin in Villajoyosa für den Januar verabredet worden. Meine Anwesenheit vor Ort sollte genutzt werden, erste Gespräche mit dem von Don H. empfohlenen Architekten zu führen. Außerdem_wollte ich mich über die Lage am örtlichen Bausektor schlau machen, Baudetails vor Ort im Grundstück klären, und – was besonders wichtig war – einen Bauleiter schon jetzt verdingen, da ich nicht vorhatte, über die Bauzeit vor Ort zu campieren.
Für die ungefähr 2400 km Strecke nahm ich dieses Mal nicht den Flieger – ich hasse grundsätzlich das Fliegen, in einer Röhre eingequetscht auf zu engen Sitzen, abgefüttert mit einem geschmacklichen Nichts als „Bordmahlzeit" und belästigt von Verkaufsangeboten im Rollwagen, wobei auch noch der einzige Gang zu den Toiletten fast über die ganze Flugzeit versperrt ist – sondern ich fuhr mit meinem mir noch überlassenen Dienstwagen, den ich auch hätte sehr günstig der Firma abkaufen können, was ich aber nicht wollte, da er in der Unterhaltung zukünftig für mich als Privatier zu teuer gekommen wäre. Jedenfalls war die zweitägige Autofahrt wesentlich komfortabler als der dreistündige Flug in der Röhre. So kam ich in gelöster Stimmung nachmittags in „unserem" Tal an: ein erhebender Augenblick – ohne Übertreibung – ich fuhr sehr langsam vom Abzweig auf der Hauptstraße die Talstraße hinauf, alle Wagenfenster offen, um die frische gehaltvolle Luft hereinzulassen, und wieder erfasste mich dieses besondere Glücksgefühl, bei dem ich glaubte zu schweben. Tränen stiegen mir in die Augen…….

Don H. war noch aus dem Auto per Telefon über meine voraussichtliche Ankunftszeit von mir informiert worden. Er erwartete mich bereits, erläuterte mir die Termindetails der

nächsten Tage, und anschließend gingen wir zum gemütlichen Teil über.
An dieser Stelle muss ich auf meine spanischen Sprachkenntnisse eingehen: gering bis miserabel (außer dass ich viel Vokabeln gebüffelt hatte, und ein erster Sprachkurs schon länger zurücklag), was selbstverständlich Gespräche und Verhandlungen, die es ab sofort laufend zu führen galt, einigermaßen erschwerte, und für mich mit zusätzlichem Stress verbunden war. Bei mir war es über die Jahre in Spanien oft so, dass ich Tage hatte, an denen mein Spanisch relativ flüssig herüberkam, an anderen Tagen aber ein einziges Gestotter war. Ich weiß bis heute nicht, was Ursache für diese peinliche Sprachbarriere war. Meine Frau und ich waren aber trotz all dieser Hemmnisse immer bemüht, uns mit den Spaniern in ihrer Sprache zu unterhalten, und wenn wir sprachlich nicht weiter wussten, versuchten wir Umschreibungen, und wenn auch dies nicht zum Ziel führte, baten wir um Hilfe und Korrektur. Diese Grundeinstellung brachte uns durchgängig viel Sympathie ein, und erleichterte uns den Zugang zu allen Kontakten, um die wir uns bemühten. Andererseits mussten wir laufend erleben, wie sehr viele Ausländer, die Gäste in diesem Land waren, in oft unverschämter, unerträglicher Art und Weise von ihrem spanischen Gegenüber verlangten, in ihrer Sprache zu antworten. Diese unerhörte Arroganz trug in den letzten Jahrzehnten mit dazu bei, dass das spanische Volk – zu Recht wie ich meine – immer distanzierter gegen die im Lande lebenden Ausländer auftrat. Dies war und ist insbesondere in Dienst leistenden Sparten zu erleben.

Der Termin beim Notar war der erste und wichtigste Schritt in unsere spanische Zukunft. Als wir – Don H., seine Frau und ich selbst – endlich in dem Gewürge der Innenstadt von La Vila einen Parkplatz gefunden hatten, wobei ich bedenkenlos mit meinem Wagen gefah-ren bin, nichts ahnend des hohen Risikos, den Wagen mit Beulen „garniert“ später wieder zu sehen, kamen wir auf die Minute genau in der Notariatskanzlei an. Ich dachte , jetzt wird in vornehmer Ruhe der Notariatsakt vollzogen. Dachte ich. Tatsächlich war der Ablauf wie folgt: Wir öffnen die Tür in die Kanzlei, was erst mal nur mit verstärktem Druck gegen das Türblatt möglich war. Als die Tür gerade weit genug offen war, um einen Blick in das Innere zu werfen, glaubte ich, wir wären in einem Wett-Annahme-Büro gelandet. Es herrschte ein unbeschreibliches Gedränge vor einem locker sechs Meter langen Tresen, hinter dem Bedienstete ein halbes Dutzend Telefone bedienten, Computertastaturen vergewaltigten, Drucker ratterten und röchelten (einer fiel in diesem Moment tatsächlich aus) und die drängelnde Klientel kaum bedienen konnten, da irgendwie durch das Geschiebe ihr Klient weitergedrückt worden war, und die Angestellten unter Zusammenraffen der Dokumente hinter Kollegen vorbeidrängelnd versuchten, wieder zu ihrem Klienten zu finden. Mir brach der Schweiß aus, zumal es stickig mangels ausreichender Belüftung in diesem Raum war. H. flüsterte mir zu, dies sei eben so in Spanien, er werde aber den richtigen Ansprechpartner suchen und finden. Nachdem wir - voll eingebunden in das Geschiebe - am Ende des Tresens angekommen waren, sichtete ich Don H., der fröhlich mit einem zerknittert und gestresst wirkendem Männchen sprach. Dies war der Adlatus des Notars. Kurze Vorstellung – „encantado“ – Erläuterung des bevorstehenden Aktes, einige ergänzende Fragen an mich, Vorlage des Passes, Korrekturen und Ergänzungen in der Dokumentenvorlage, und Eintritt in das Allerheiligste. Der Notar stellte sich vor, ich stellte mich vor, Don H. und seine Frau waren bestens bekannt, wir nehmen Platz, der Adlatus verließ den Raum mit devoter Verbeugung. Frage des Notars, wo meine Frau sei, meine Antwort in Deutschland, Erstaunen, Räuspern, weitere Frage, ob ich die Landessprache verstünde, Klärung der Übersetzung durch Don H. (was bereits einige Monate später gesetzlich unterbunden wurde, sondern vielmehr ein neutraler Übersetzer zur Pflicht gemacht wurde), Verlesung durch den Notar. Im Zuge der Verlesung schaute mich der Notar immer wieder an, sich wohl vergewissernd, dass ich alles verstehe, was natürlich nicht der Fall war, denn die Verlesung war derart schnell und genuschelt, dass H. mit der Übersetzung nicht hinterherkam, und ich den Eindruck hatte, der Notar überhole sich selbst in seiner Lesegeschwindigkeit. Ich nickte natürlich als Bestätigung auf seine fragenden Blicke, und das Verlesungs-Geratter ging zügig weiter. Plötzlich bremste der Notar aus seiner sprachlichen Hochgeschwindigkeit ab, beugte sich zu mir, und fragte, ob ich verstanden hätte, dass auf dem von mir zu erwerbenden Grundstück noch eine Belastung eingetragen sei, was Don H. mit plötzlich hochrotem Kopf übersetzte, und sofort einwarf, das müsse ein Irrtum sein. Auch die Dame des Hauses empörte sich

ob dieses „Verdachtes". Der Notar erklärte ruhig, dass die Bank noch ein Recht eingetragen habe, und zwar über eine ausstehende Forderung in beträchtlicher Höhe.
Für mich begann, eine kleine Welt zusammenzubrechen, denn ich musste in diesem Augenblick erklären, dass unter dieser Voraussetzung eine Übereignung für mich nicht in Frage komme. Der Notar wies mich darauf hin, dass in das Dokument ein Passus aufgenommen werden könnte, der die Verkäufer verpflichtet, umgehend die Schuld gegenüber der Bank zu tilgen, und der Kauf erst wirksam wird, wenn die Bank die Begleichung der Schuld bestätigt. Es bleibe jedoch auch dann noch ein in Kauf zu nehmendes Risiko, wenn nämlich die Verkäufer nicht entsprechend dieser Klausel handeln. Nach reiflicher Überlegung und mehrfacher Versicherung und Zusage seitens Don H.´s und seiner Frau, die Angelegenheit in meiner Gegenwart schon am folgenden Tag in aller Frühe bei der Bank zu erledigen, stimmte ich zu, der Adlatus erschien, der Vertrag wurde entsprechend ergänzt, die Unterschriften geleistet, der bankbeglaubigte Scheck über die Kaufpreissumme vor dem Notar übergeben, das Grundstück war somit – zunächst nur theoretisch - rechtsgültig und unwiderruflich in meinen Besitz übergegangen.
Don H. hielt Wort: am nächsten Morgen, kurz nach acht Uhr, erschienen wir am Hauptplatz im Dorf in der Bankfiliale. Die Schuld wurde getilgt, wobei der Filialleiter versicherte, er werde noch heute eine entsprechende Mitteilung an das Notariat machen, damit die Löschung, sowie die Umschreibung auf meinen Namen, im Grundbuch getätigt werden kann.

Der Termin mit dem Architekten, der sein Büro in Alicante an der Hafenpromenade (las Ramblas) in einem stuckverziertem Bürohaus hatte, verlief positiv. Nach Einsicht in meine Planung erklärte sich der Architekt bereit, die Umsetzung der Planung, den gesetzlich vorgeschriebenen Bewilligungslauf, die Verpflichtung eines Statikers, die Kostenermittlung sowie die Bauüberwachung übernehmen zu wollen. Die Honorarfrage war schnell geklärt. Ich erhielt noch den Hinweis, dass die Bewilligung durch die obere Umwelt-schutzbehörde nicht einfach werden würde, es jedoch Wege gäbe, derartige Probleme zu lösen.

Als Nächstes war zu klären, welche Bau-firma und welche Ausbaugewerke das Bauwerk erstellen könnten. Im Dorf gab es eine alteingesessene Baufirma, deren Senior-Inhaber sich gerade zu der Zeit aus dem Geschäft zurückziehen wollte, so dass es eigentlich selbstverständlich war, zuerst mit dem Senior und Junior, der die Firma übernehmen sollte und eine einschlägige Ausbildung im Baufach absolviert hatte, Gespräche zu führen. Inzwischen hatte es sich im Dorf herum-gesprochen, dass auf der Tagarina ein größeres Anwesen gebaut werden sollte, und deshalb hoffte natürlich Jedermann im Ort, dass die Aufträge zur Ausführung aller Arbeiten weitestgehend an die hier ansässigen Betriebe gingen. Für mich war das auch keine Frage, zumal wir uns vom ersten Tag an als Neubürger in der Gemeinde Sella fühlten. Natürlich war darauf zu achten, dass die Leistungen kostengünstig erbracht werden können, denn das Bauvolumen ergab bereits auf Basis meiner Kalkulation nach deutschen aktuellen Preisen einen Gesamtpreis, der unsere Rücklagen stark ausdünnen würde.
Ich hatte in den 90er Jahren die Preis-entwicklung in Spanien – insbesondere auf dem Bausektor – nicht verfolgt, und so war ich völlig überrascht, als ich erkennen musste, dass in Spanien durch den (damals schon ungesund aufgeblähten) Bauboom, die Preise durchgängig weit über dem Niveau in Deutschland lagen. So kostete ein Kubikmeter Fertigbeton ab Mischwerk schon DM 120.- zuzüglich Transportzuschlag auf den Berg DM 35.-, also DM 155.- ! (Der Vergleichspreis in Deutschland lag bei weniger als DM 100.-). Man musste froh sein, dass ein Mischwerk in der Nähe überhaupt bereit war, Beton in das Hinterland zu liefern, da die Bautätigkeit an der Küste viel bessere Tages-Umsätze durch schnelleren Umlauf versprach. Unser besonderes Pech war damals, dass zeitgleich zu der von uns vorgesehenen Bauzeit ein enorm großer Freizeit-Erlebnis-Park bei Benidorm gebaut wurde, der fast alle Bau-Kapazitäten in der Region beanspruchte, derart, dass die meisten Baustoffe nicht oder nur verzögert und sehr teuer geliefert wurden.
Also keine guten Vorzeichen, was einigermaßen preisgünstiges Bauen anbelangt, und ein Grund mehr, möglichst ausschließlich Firmen aus dem Hinterland zu beschäftigen, da an der Küste für unser Bauvorhaben nur sehr geringes Interesse bei den Firmen, die wir anfragten, bestand. Angebote wurden mit „Abwehr-Preisen“ abgegeben, damit kein Auftrag drohte.

Ein erster Besuch bei dem uns am nächsten gelegenen Baustoffhändler ergab, dass dieser seit Jahren die Baufirma in Sella belieferte. Ich erhielt die Zusicherung vom Chef, dass es im Falle der Beauftragung der Sellaner Firma keine Lieferschwierigkeiten geben werde, und die Konditionen beibehalten werden können. (die Preise waren natürlich auch hier schon teuer genug, jedoch im Vergleich zu „Küstenpreisen" noch moderat). Damit war die Vorentscheidung für den Bau-Haupt-unternehmer für mich gefallen, zumal meine Erkundigungen in der Region ergaben, dass die ortsansässige Baufirma im Regelfall sehr solide Arbeit ablieferte. Weitere Gewerke wie Sanitär, Elektro, Tischlerarbeiten konnten ebenfalls mit Gewerbebetrieben aus dem Dorf abgedeckt werden.

Als ich wieder in unserem Heim in Lengede zurück war, begann das lange Warten auf die Baubewilligung.
Ich nutzte die Monate, um die Ein-richtungsplanung für unser Haus zu erstellen, mit meiner Frau zu besprechen, zu ändern, wieder zu besprechen, zu ändern und so fort. Aber es ergab sich eines Tages zu Lengede, dass auch dieses Wunder vollbracht war, wenn auch erst nach vielen, vielen Wochen, zerschlissenen Nervenfasern und mehreren räumlichen Umplanungen – meine geliebte Ehefrau aber ward glücklich und zufrieden…..glaubte ich.
Eine Küchenfirma, die auch in Spanien vertreten war, fanden wir in erstaunlich kurzer Zeit, wobei allerdings die Auswahl des Küchenprogramms, funktional wie auch gestalterisch einen neuen Planungs-Marathon startete, denn mein Engel brachte immer wieder neue Ideen, und ich armer Thor glaubte jedes Mal, wenn ein neuer Entwurf erarbeitet war, meiner Frau, die mir versicherte, nun sei sie vollauf zufrieden. Allmählich lernte ich, zu erkennen, dass die geäußerte endgültige Zufriedenheit ins Wanken geriet, wenn mein Weib mit ihrer süßesten Stimme, die Planausdrucke in der Hand, flötete, wir sollten nur noch mal kurz einen Blick in die Unterlagen tun, ihr sei da etwas aufgefallen…. Und es ging von vorne los.
Es ist also hiermit bewiesen, dass die Planung eines Einfamilienhauses durchaus ihre Tücken haben kann, und daher entsprechend Zeit braucht, und zwar um so mehr, je stärker das engagierte und kompetente Engagement des Co-Planers ist.

Um Ostern 1999 herum fuhren wir wieder mit dem PKW – dieses Mal aber mit unserem privaten Sportflitzer, (den Dienstwagen habe ich wie vereinbart Ende März zum Ende meiner Beratertätigkeit der Firma zurückgestellt) – nach Spanien, da wir unser langjähriges Ferienhaus in Javea zum Verkauf einem Makler übergeben hatten. Nun sollte der Verkauf vor dem Notar abgewickelt werden. Wir bedauerten keinen Augenblick, diesen Ort, in dem wir knapp zwanzig Jahre in unserem Haus die Ferien verbracht hatten, zu verlassen, denn die in den ersten Jahren idyllische Ruhe des ehemaligen Fischerdorfes, das den besonderen Charakter unter anderem ausmachte, wurde durch den immer intensiver betriebenen Tourismus zerstört. Die einsamen und romantischen Strandspaziergänge waren schon lange Vergangenheit, die wenigen Restaurants und Bodegas am Strand mussten einer dicht an dicht gebauten Kette von Kneipen weichen, mit Autos zugeparkte Freiflächen erlaubten kaum mehr einen Zugang zum Strand, es herrschte bald nur noch Gedränge, Gegröle und sonstige allgemeine Belästigung der Bewohner, die diesen Flecken früher anders kennen und lieben gelernt hatten. In Beobachtung dieser negativen Entwicklung zu Zeiten unseres Jahresurlaubes, hatten wir beide schon Mitte der 90er Jahre begonnen, an eine Alternative des Lebens im Hinterland zu denken, jedoch zunächst wieder nur als Urlaubsdomizil.
Nach Erledigung unserer Angelegenheiten in Javea fuhren wir weiter nach Sella. Auch dieses Mal überkam uns intensiv die Freude, in unser Tal einzufahren, und wir waren sicher, unser zukünftiges Leben nur hier verbringen zu wollen.
Don H. und seine Frau erwarteten uns bereits, das Gästezimmer war vorbereitet, die Stimmung gelöst und freundschaftlich: also „alles im grünen Bereich“, es fehlte nur noch der Begrüßungsschluck, dieser wurde gereicht, zum Wohl und „olé“….

Wir nutzten die folgenden Tage, um unsere Besuchs-Tour bei den Nachbarn zu starten.
Weiter oben im Tal lebte ein noch jüngeres deutsches (bayerisches) Ehepaar mit Hund und Katze in einem gemütlich wirkenden vor wenigen Jahren erbauten Landhaus, das uns herzlich begrüßte und ins Haus bat. (Natürlich waren alle zu dieser Zeit im Tal anwesenden Nachbarn seit Wochen von Don H. und Frau über unseren bevorstehenden Besuch informiert).

Da die Nachmittagssonne noch angenehme Wärme abstrahlte, setzten der Hausherr und ich uns auf die Terrasse, während die Mädels im Inneren des Hauses die eingebaute Küchentechnik im Zusammenhang mit Solarstrom-Thematik diskutierten. T. war sehr interessiert, Details zu unserem geplanten Hausbau zu erfahren. Nach Erläuterung des Entwurfes, des Bauzeitplanes und der Problematik der Erschließung des Bauplatzes von der Talstraße aus, kam ich darauf zu sprechen, dass ich noch einen deutschsprachigen Bauleiter suche, da ich während der Bauzeit selten anwesend sein kann. T. erklärte, nach dem, was er bis jetzt erfahren habe, könne er sich vorstellen, die Bauleitung zu übernehmen, vorbehaltlich eines Planstudiums. Seine grundsätzlichen Erfahrungen habe er sich bei seinem Bau hier auf der Tagarina, aber auch bei einem Bau in Frankreich erworben. Sollten Probleme am Bau auftreten, so kann schließlich telefonisch mit mir als Architekt, die Lösung des Problems herbeigeführt werden. Wir verabredeten schon für den nächsten Vormittag ein zweites Treffen, damit T. Einsicht in die Pläne nehmen konnte. Dankbar für diese Lösung der Bauleitungsfrage war ich auch deswegen, weil T. sehr ehrgeizig bemüht war, in weitergehenden Sprachkursen die spanische Sprache noch besser zu beherrschen, als er es bereits konnte, und damit die zahlreich bevorstehenden Verhandlungen mit der Baufirma, den Bauhandwerkern und den Behörden zu führen bestens in der Lage war.
Am nächsten Vormittag pfiff ein kalter Wind durch das Tal, was uns aber nicht verhinderte, auf der Terrasse Platz zu nehmen, um das Planstudium zu beginnen. Als jedoch die Pläne uns immer öfters förmlich aus der Hand gerissen wurden, und als Draufgabe auch noch ein zum Schutz aufgestellter Schirm sich aus seinem Sockel löste und abhob, verlegten wir die weitere Besprechung in das doch viel gemütlichere Wohnzimmer.
Die kurzvertragliche Festlegung der Bedingungen zwischen uns beiden war sodann nur noch Formsache. Ein kräftiger Händedruck und Schluck besiegelte die Vereinbarung.

An der Talstraße ein Stück weiter unten, waren die Briefkästen für die meisten deutschen Bewohner in Reih und Glied aufgestellt. Dort war ein beliebter Treffpunkt, man blieb mit dem Auto mitten auf der Straße stehen, stieg aus und tauschte den neuesten Klatsch untereinander aus. Andere Fahrzeuge, die

herauf- oder herunterfahren wollten, hatten auch keine Eile – egal ob Freizeitler oder Aktive, Deutsche, Spanier oder andere Nationalitäten, es gab immer genug zu erzählen, und alle Beteiligten nahmen sich dafür die Zeit. Dazu ist anzumerken, dass die Leute im spanischen Hinterland normalerweise den Tag gemächlich verbringen, während das Gehetze, Gelärme und die verbalen Attacken an der Küste an der Tagesordnung sind. Da kann auch der ansonsten sehr höfliche und gelassene Spanier – vornehm gesagt – heftig werden, wobei häufig die emanzipierte spanische (nicht mehr holde) Weiblichkeit noch durchaus heftiger austeilen kann.
Das Häuschen auf der einen Straßenseite neben den Briefkästen gehörte einem Professor einer Kunstakademie, der Maler war, im Alter um die achtzig. K. und seine Frau – Besitzer der kleinen Finca gegenüber – erzählten uns, dass der Professor wohl sehr krank, und es mehr als fraglich sei, dass er noch mal die Reise von Deutschland hierher bewältigen kann. Es war auch so: das Haus wurde Jahre später an eine Familie aus Brandenburg verkauft, der Professor erschien nicht mehr. K. und seine Frau waren Pensionäre, beide früher als Lehrer tätig, die sich beide aus gesundheitlichen Gründen schon vorzeitig für das Mittelmeerklima entschieden hatten, beide fröhliche Leute, wobei K. immer für ein Witzchen zu haben war, seine „Chefin" jedoch ihre Fröhlichkeit zu kanalisieren wusste. K. jedoch lebte seine Partnerschaft ohne nennenswerte innere Konflikte, da er das richtige – sprich vertretbare - Maß an Einordnung (manchmal wohl auch Unterordnung) stets rechtzeitig anwendete, und auf diese Weise seiner Frau die eingeleitete Attacke sinnlos erscheinen ließ. Er war ein wahrer Lebenskünstler, der leider mit Anfang Siebzig im Jahre 2007 viel zu früh verstarb.
Das nächste Anwesen an der abwärts führenden Talstraße gehörte einem in Frühpension lebendem Polizisten und seiner Frau. U. war der Typ des Philanthropen, der niemandem zu nahe treten wollte, stets gelöst und zu tiefer gehenden Betrachtungen aufgelegt, behäbig im Korbsessel je nach Wetterlage im Haus oder auf einer seiner Terrassen die Tage an sich vorüberziehen ließ, derweil seine Frau vor ihrem buddhistischem Hausaltar die Exerzitien absolvierte. U. war der Beobachter der Geschehnisse im Tal, der Analytiker, der Kategorisierer. Jeder Bewohner wurde von ihm „eingeordnet", wobei er selbst sich gefühlsmäßig nicht wirklich engagierte, denn er hielt

ausreichend Abstand. Versinnbildlicht gesprochen saß er im Dunklen im Theater-Parkett, ungefähr zehnte Reihe, und beobachtete die Bühne und die darauf handelnden Personen, selbstverständlich ohne das Geschehen beeinflussen zu wollen.
Unser Vorstellungs-Besuch war kurz und ohne besondere „Wellenlänge“ abgelaufen.
Die recht große Finca des Don E. – ein gebürtiger Österreicher aus der Steiermark, der sein Berufsleben im Hessischen gelebt hat, und zwar als Kaminbaumeister, Fliesenleger- und Baumeister, lag ungefähr 80 m unterhalb unseres künftigen Anwesens. Von unserem Plateau aus hatten wir den vollen Überblick auf Landhaus und Reitanlagen. Ein Besuch kam in diesen Tagen nicht zustande, da H. meinte, das können wir ja jederzeit nachholen. Damals ahnten wir nicht, dass Don H. uns absichtlich von diesem Besuch abhielt, denn E. hätte uns sicher schon beim ersten Besuch die volle Wahrheit über das witterungsbedingt schwierig zu bewältigende Leben im Tal hautnah geschildert, was uns wahrscheinlich in unserer Euphorie nicht ausgebremst hätte, jedoch hätten wir rechtzeitig noch – vor allem in der Hausplanung – einige Vorsorge treffen können. Dazu jedoch in den folgenden Kapiteln mehr.
E. hatte für die hier vorgestellten Talbewohner eine wichtige Funktion übernommen: er war der Meister der Wasserquelle im Talgrund, aus der alle Anwesen über regelmäßige Pumpenaktionen mit Wasser versorgt wurden, das von der Quelle in für jedes Anwesen vorhandene Wasserdepots gepumpt wurde. Auch wir hatten ein anteiliges Wasserrecht mit dem Kauf unseres Grundstückes erworben, haben dieses Recht aber nie genutzt, da eine Leitung bis zu uns herauf und die nötige leistungsfähige Pumpe, die zum Betrieb einen Dieselgenerator gebraucht hätte, viel zu teuer gekommen wäre.
Dann lebten im Tal noch St. und seine Frau, direkt neben der Finca von E., ein introvertiertes Ehepaar, das seine Ruhe haben wollte, und auf gesellschaftlichen Umgang sichtlich keinen besonderen Wert legte. Eine unterkühlte Besuchsstunde war der Anfang und gleichzeitig das Ende unserer Kontakte.
Grundsätzlich muss jedoch gesagt werden, dass immer, und ohne lange zu zögern, nachbarschaftliche Hilfe eine Selbstverständlichkeit war, insbesondere, wenn Unwetterschäden zu beseitigen waren. Aber auch im Falle von außerordentlichen dringend nötigen Transporten oder

Besorgungen wurde auf erste Anfrage sofort die nötige Hilfe gegeben oder anderweitig organisiert.
Noch weiter im Tal abwärts hatte P. mit seiner Frau und einem halben Dutzend Hunden seine Finca. Auch er ein Polizist in Frühpension aus Gesundheitsgründen. Ein aufgeschlossener Charakter, Oldtimer-Fan und entsprechend im regionalen Oldtimer-Club Mitglied, seine Frau gemütlich und zufrieden mit sich und der Welt. Beide waren eigentlich jeden Tag unterwegs, ob im Dorf auf der Plaza major im Café oder beim Einkauf an der Küste, ein fröhliches Hallo und flexibel eingeflochtenes Zusammensitzen war sodann gewollt unvermeidbar, wir alle hatten ja Zeit, die wir uns – im Gegensatz zu früher – nicht mehr nehmen ließen.
Unsere Besuche waren damit erstmal abgeschlossen, und nun war die Zeit gekommen, zu meinem Bruder nach Javea zu fahren, dort zwei Tage zu übernachten, um von seinem Wohnsitz aus unser verkauftes Haus zu beräumen.

Vor der Abfahrt von der Tagarina trat jedoch Emilio in unser Leben. Emilio der Kater, den uns H.´s Frau schenkte, denn sie hatte noch neun andere Katzen im Haus, und Emilio war ein Einzelgänger, der sich nicht mit seinen Zunftgenossen und – genossinnen vertrug. Meine Herrin war sofort vom Schicksal dieses Tieres tief ergriffen, schaltete mir gegenüber sofort auf lieblichste Stimmlage um, blickte mich mit großen Kinderaugen an, so dass meine Zustimmung zur Aufnahme des Emilio in den Familienverband eigentlich selbstverständlich war.
Mir war allerdings in dieser Minute nicht annähernd klar, wie sehr unser tägliches Leben dadurch umgekrempelt werden würde. Zunächst schon bei der Fahrt zurück nach Norddeutschland. An ein entspanntes Fahren war nicht zu denken, denn der „Herr des Hauses“ vermisste schon vor der Autobahnauffahrt Villajoyosa seine Heimat, was zur Folge hatte, dass ein schmerzliches Dauer- Miauen anhub, und sich die gesamte mehrtägige Fahrt fortsetzte. Normal ablaufende Zwischenstopps waren auch nicht mehr möglich, denn die oberste Sorge galt unserem "Herrn", der um Gottes Willen uns nicht aus dem Wagen entwischen durfte, denn das hätte bei meiner Frau zumindest einen ernstzunehmenden Hysterie-Anfall ausgelöst, der zu meiner Verhaftung hätte führen können, weil jeder flüchtige Beobachter am Parkplatz glauben musste, ich hätte meine Frau vergewaltigt oder verprügelt. Jedenfalls ein

Tatbestand, der den sofortigen Polizeieinsatz rechtfertigte. Uns blieb also nichts anderes übrig, als den Don Kater Emilio unter Verrenkungen in dem engen Sportwagen einzufangen, was wirklich sehr schwierig war, denn er entwischte natürlich in die hinterste Ecke des offenen Kofferraumes, und meiner Frau blieb nichts anderes zu tun, als zu versuchen, über das Gepäck hinweg, den Kater zu ergreifen, was auch gelang, dies aber – mangels in der kurzen Zeit der Familienzugehörigkeit ausreichend gewonnenen Zutrauens – mit Kratz- und Beißversuchen honoriert wurde. Wir waren inzwischen beide schweißgebadet, wollten uns gegenseitig helfen, was natürlich nicht gelang, brüllten uns gegenteilige Kommandos um die Ohren. Und das beruhigte den Kater. Er kroch in seine Transportbox, pinkelte, und machte es sich bequem. Wir konnten aussteigen, auch die „Servicios" aufsuchen, etwas essen und wieder durchstarten.

Kurz nach der Einzweigung in die Autoroute du soleil steuerten wir das Autobahnhotel an – Emilio war in seiner Box sicher verwahrt und unterhielt uns durchgehend weiterhin mit seinem Miau-Konzert abwechselnd in Dur und Moll – nahmen ein Zimmer, betraten dieses, stellten die Box mit Kater auf den Boden, und übersahen beide, dass die Zimmertür nicht geschlossen, sondern nur angelehnt war. Meine geliebte Gattin entließ unseren Neuzugang aus seinem „Transportgefängnis", das Miauen hörte auf, wir packten das wenige Notwendige aus. Meine Frau wurde plötzlich blass, starrte mich an, und fragte mit dumpfer, fast schon entseelter Stimme, wo der Kater sei, im selben Augenblick auf die nur angelehnte Tür deutend, diese aufriss, den Hotelflur entlang stürmte und nach dem Kater rief, sofort aber wieder in unser Zimmer stürzte und mir befahl, die Suche im und um das Hotel sofort aufzunehmen, an der Rezeption ein Suchkommando anzufordern, schließlich könne ich ja ausreichend Französisch sprechen, und sank auf dem Bett mit leerem Blick nieder. Ich also los, an der Rezeption befehlsgemäß nachgefragt, ob man unseren schwarz-weißen Kater mit einem angebissenen Ohr gesehen habe, was verneint wurde, der Suchblick in der Hotelhalle, ebenso vor dem Hotel, am Parkplatz zwischen und unter den Autos (jeder weiß, dass sich Katzen gern unter Autos verkriechen!), kein Don Emilio! Ich kam ins Zimmer zurück, nahm tröstend die Hand meiner Frau, die sie mir sofort wieder entzog, denn für sie war ich schuld am Verschwinden des Katers, da ich selbstverständlich

die Tür nicht geschlossen hatte, und nun das arme Tier in Lebensgefahr ist, denn die dicht am Hotel auf der Autobahn vorbeirasenden Fahrzeuge würden ihn platt fahren. In tiefer Trauer saßen wir schweigend da, als wir ein ganz zartes, fast nicht zu hörendes „Miau“ vernahmen, vom Bett aufsprangen und uns unter das Bett warfen, um unseren Emilio zu retten. Nur war da kein Emilio, aber ein etwas lauteres „Miau“. Des Rätsels Lösung: Die Matratze des Matrimoniums hatte einen Schonbezug, der auch unterhalb derselben zum Schutz befestigt war, und so lag unser Familienkater eigentlich ganz gemütlich in diesen Bezug eingekuschelt, natürlich die Tragweite unserer Nervenstrapazen seines Versteckspieles nicht begreifend. Wie liebten wir das Tierchen in diesem Moment!
Am nächsten Morgen, nach Frühstück, Zusammenpacken, Emilio Abfüttern und in die Box bugsieren, Bezahlen, und rein in den Boliden, starten und ----- nichts geschah, außer einem kurzen „Klack“. Mehrere Versuche waren erfolglos, ADAC anrufen, Warten, Straßenservice kommt, kurzer Blick unter die Haube, Diagnose: Starter klemmt. Hämmerchen genommen, auf das Teil draufgekloppt, Startversuch und Motor schnurrte dumpf los, wie wir es gewohnt waren. Leider sagte uns der „Straßenengel“ nicht, dass wir den Motor bis zum Ziel durchlaufen lassen sollten, da beim nächsten Starten, das Problem wieder auftreten könnte. Wir waren nach weniger als drei Stunden bereits nördlich von Lyon, als unser sprithungriges Gefährt nach neuer Nahrung verlangte, also rechts weg zum Tanken, wobei wegen des extrem heißlaufenden Twin-Turbos im Sicherheitsabstand vor den Tanksäulen fünf Minuten Standzeit bei laufendem Motor vom Hersteller vorgeschrieben war, und zwar wegen möglicher Explosionsgefahr durch Selbstentzündung an der Zapfsäule. (Ich war von derlei Hochtechnik-Allüren von Anfang an nicht begeistert, meine Frau fand das alles aber eher spannend, und so durfte ich natürlich keine Kritik an ihrem geliebten Sportflitzer üben). An der Zapfsäule stellten wir natürlich den Motor ab, tankten, bezahlten, und…..kamen nicht mehr weg, da der Starter klemmte. Wagen beiseite schieben (war natürlich von Häme diverser Zuschauer begleitet). Wieder ADAC-Alarm, Schlag mit dem Hammer, Motor läuft, und dieses Mal vor der Weiterfahrt der Tipp vom „Engel“, den Motor besser laufen zu lassen, da nicht sicher sei, ob der Hammer-Trick noch bis nach Hause funktionieren würde.

Und unser Emilio begleitete diese angenehmen Umstände der Fahrt mit seiner Miau-Serenade, was allerdings den Vorteil hatte, dass keine Gefahr von Einschlafen hinter dem Steuer bestand. In Freiburg nächster Tankstopp, Leerlauf-Stillstand – fünf Minuten, derweil Erlaubnis an der Kasse einholen, dass wir bei laufendem Motor tanken dürfen, Erlaubnis nach längerem Zögern erteilt, jedoch nur unter Anwesenheit eines Tankwartes, mit mulmigen Gefühl gaaaanz vorsichtig getankt, durchgeatmet nach Schließen des Tankdeckels, Bezahlung und weiter. In Höhe Heidelberg zeigte der Öldruckmesser deutlichen Druckverlust an. Am nächsten Parkplatz Ölstand-Kontrolle bei laufendem Motor im heißen Motorraum, Ölstand zu niedrig, Schleichfahrt zur nächsten Tankstelle, Nachfüllen, Instrumente ok, bis Höhe Salzgitter. Dort wieder Nachfüllen, und mit innerlichen Flüchen ob des High-Tech-Motormanagements Weiterfahrt, in der Hoffnung wir schaffen es überhaupt noch bis nach Hause. Kann sein, dass mir auch einige laute Flüche entschlüpften, denn ich erinnere mich dunkel, dass meine Sportwagen gestählte Gattin immer mehr in sich (schuldbewusst?) zusammenschrumpfte.
Wir langten – übrigens als Draufgabe in strömendem Regen – endlich an unserem Haus an, Emilio wurde als erstes aus der Gefahrenzone gebracht, das Gepäck als nächstes, ich zuletzt, Frauchen war natürlich mit Don Emilio im Haus verschwunden, und kümmerte sich erstmal nur um ihn – den armen von der Fahrt gestressten Kerl.
Der Besuch in der Werkstatt am nächsten Morgen ergab übrigens, dass der Starter in Ordnung war, jedoch der Anlasser ausgetauscht werden musste, und weiter, dass wir mit über einem Liter zuviel Motoröl hunderte Kilometer gefahren waren, was natürlich die Kerzen „ersäuft“ hatte, da die zweimalige Nachfüllerei gar nicht nötig gewesen wäre, denn der Ölstandsanzeiger war kaputt, worauf in der Folge der Öldruckmesser in korrekter Pflichterfüllung zu niedrigen Öldruck anzeigte. Neben der Reparatur der Teile war dann auch noch eine gründliche Motorwäsche vonnöten, alles in allem eine ganz normale Service-Angelegenheit, schließlich fährt man ja auch mit bis zu 255 km/h……...

Ich jedenfalls war urlaubsreif…….

Kapitel 2

Bauen in Spanien – ein besonderes Erlebnis

Wir nutzten die folgenden Wochen für die zahlreich nötigen Vorbereitungen für einen geordneten Rückzug aus unserer so erlebenswerten Republik, mit all ihren hochkompetenten Machern in Politik, Wirtschaft und Bildungswesen sowie Wissenschaften, mit dem ach so spannungsreichen gesellschaftlichen Klima, dem hilfreichen Miteinander ihrer Bürger - besonders erlebenswert im Straßenverkehr - , der ruhevollen Privatheit in der Mietwohnung oder dem eigenen Haus, verbunden mit dem steten Bemühen nachbarschaftlichen Friedens. Verwunderlich nur, dass immer mehr Rechtsanwälte, Gerichtsinstanzen, oberste Gerichtshöfe den Ansturm ihrer Mandanten kaum mehr bewältigen können.

Verständlich also, wie sehr wir dem Tag entgegentrauerten, an dem wir fortan in einsamer Abgeschiedenheit das Dasein, nur allein auf uns gestellt, werden meistern müssen.

Zunächst aber arbeitete ich daran, meine liebe Frau davon zu überzeugen, dass ihr Bolide besser gegen einen vierradgetriebenen Geländewagen eingetauscht werden sollte. Dabei war äußerste Sensibilität angesagt. Es wurden einige „Nur mal Schauen“-Ausflüge zu verschiedenen Autohändlern unternommen. Den Tag, an dem der Sportwagen gegen eine geländegängige „Vernunft-Karosse“ eingetauscht wurde, will ich nicht näher schildern, in der Hoffnung, ich wecke nicht schmerzliche Erinnerungen in meiner Frau, wenn sie das liest.

Wir hatten leider keine glückliche Hand mit der Wahl des Autohändlers und der Automarke, denn das bestellte Zubehör wie Zusatzscheinwerfer, Signalhorn, größere Reifendimension mit entsprechenden Felgen und andere Kleinigkeiten, waren – entgegen der Zusicherungen bei Verkaufsabschluß - nicht lieferbar oder passten nicht oder waren für diesen Wagen nicht zugelassen. Es waren mehrere Werkstatttermine notwendig, um den Wagen wie bestellt herzurichten. Als noch immer einige kleinere Montagen ausständig waren ging die Firma in Konkurs (was den Vorteil hatte, dass ich einige kleinere Rechnungsbeträge als Ausgleich für den Ärger nicht mehr bezahlte)! Auch dieses Nebenkapitel trug zu unserer Trauer ob des baldigen Umzuges entscheidend bei. Wir ahnten jedoch noch nicht, was alles in Spanien im Dienstleistungssektor möglich war, und dort in tiefer Ergebenheit von der lästigen Kundschaft erduldet wurde, beziehungsweise erduldet werden musste.

Im September 1999 erhielten wir endlich die erlösende Mitteilung von unserem Bauleiter, dass unser Bau in Valencia bewilligt worden war. Ich buchte umgehend einen Flug und Leihwagen, versicherte mich der Übernachtungsmöglichkeit für 14 Tage im Chalet von K., besprach telefonisch vorab mit T. die wichtigsten Termine, und Tschüss und ab und olé…..
Das war nun ganz nach meinem Geschmack: „Äktschen" pur in eigener Sache, sprich Zukunft gestalten in Sache unseres künftigen spanischen Landhauses. Angebote einholen, Angebotsspiegel erstellen, Preise vergleichen und ---- autsch ----- alles viel zu teuer!!! Im Vergleich zu meiner Vorkalkulation nach Preisniveau in Deutschland ergab sich ein Schlüsselfertig-Preis von + 85%. Dies lag in erster Linie daran, dass auch unser Bau erdbebensicher zu errichten war, was natürlich mangels Wissen um diese Vorschriften in meine Kalkulation nicht eingerechnet war. Der Bauboom ließ erwarten, dass die Preise innerhalb der Bauzeit nochmals deutlich anziehen würden, also im Endeffekt doppelt so hohe Baukosten zu erwarten waren. Eine Umplanung war unvermeidlich. Diese hatte zum Ziel, das Objekt „abzuspecken", in der Konstruktion zu vereinfachen, ohne jedoch den Charakter der Gesamtanlage zu zerstören. Die ortsansässige Baufirma erhielt von mir trotzdem schon jetzt den Bauauftrag, jedoch verbunden mit der Ankündigung, dass die Planung von mir kurzfristig überarbeitet werden würde, und seitens der Firma mit der Zusicherung, die Lohnkosten bis Bauende nicht zu erhöhen. Den im Dorf angesiedelten Handwerksbetrieben wurde der Auftrag für ihre jeweiligen Gewerke in Aussicht gestellt, um sicherzustellen, dass diese im Laufe des Jahres 2000 auch für unseren Bau zur Verfügung stünden. Eine verbindliche Auftragserteilung war wegen der nötigen Umplanung noch nicht möglich, was jedoch allgemein akzeptiert wurde. (Bei allen diesen Verhandlungen war die sprachliche Hilfe meines Bauleiters, sowie dessen Bekanntheit eine große Hilfe, und schaffte einen entscheidenden Vertrauensvorschuß).

Die telefonische Rücksprache mit dem Architekten bezüglich Umplanung und damit möglicherweise notwendiger Neu-Einreichung veranlasste diesen aus verständlichen Gründen nicht gerade zu Freudensprüngen. Er riet mir dringend von einer völligen Neugestaltung des Objektes ab, da damit die erteilte Baubewilligung automatisch hinfällig werden würde. Wichtig sei, die Größe der Gesamt-Nutzfläche nicht zu ändern, ebenso wie die Geschoßzahl beizubehalten. Eine Änderung der Zuordnung der verschiedenen Bauteile in Grenzen sei dann mit nicht vorhersehbaren Geländeerschwernissen zu rechtfertigen.
Ein besonders zu berücksichtigendes Thema in der Planung war die Energieversorgung. Es gab im Tal kein öffentliches Wasser- und Stromnetz, kein Telefonnetz, keine Kanalisation. Dieser Umstand machte jeden Talbewohner besonders unabhängig von der übrigen Welt. Wenn bei jedem besseren Dauerregen die öffentliche Stromversorgung zusammenbrach, hatten wir – je nach alternativer Ausstattung in den Fincas – Kerzenlicht, Generatorstrom oder durch Solartechnik eingespeisten Speicherstrom. In solchen Situationen waren wir krisenfester versorgt! Das Wasser lieferte uns in ausreichender Jahresmenge Petrus, vorausgesetzt, es war genug Speichervolumen in Form von Wasserdepots vorhanden. (seit einigen Jahren muss jeder Neubau derartige Speicher vorweisen). In beiden Fällen war es nötig, den sparsamen Umgang in der Nutzung von Wasser und Strom zu erlernen, und stets konsequent durchzuführen. Das war nicht immer einfach, zumal wenn es nötig war, die Poolpumpe stundenlang laufen zu lassen, Gebrauchswasser regelmäßig in das 20 Meter über dem Haus gelegenen Druckwasserdepot zu pumpen, damit unten gleichmäßig 2 bar Wasserdruck gegeben war, gestaubsaugt werden sollte, gekocht werden musste, keine Sonne schien, die die Batterien über die Solarpaneele laden sollte, im Winter die Heizung lief, und von der normalen Innen- und Außenbeleuchtung nebst ein wenig Fernsehen am Abend nicht weiter zu reden. Kurz: ein besonderes „Stromverbrauchs-Management" war unumgänglich, um einen gewissen Basis-Komfort leben zu können. Beim Wasserverbrauch gab es natürlich ebenfalls Einschränkungen. So hatten wir uns sehr schnell abgewöhnt, bei laufendem Wasserhahn uns in der Dusche einzuseifen, am Waschbecken die Hände zu waschen oder Zähne zu putzen. Der wöchentliche Verbrauch wurde von mir konsequent kontrolliert (was nicht schwierig war, da über die eingebaute Wasseruhr der Verbrauch abgelesen werden

konnte).Die Toilettenspülung war selbstverständlich mit Sparspülung ausgerüstet, was wichtig war, da wir drei Toiletten hatten. In wenigen Wochen hatten wir gelernt, den Wasserverbrauch auf diese Weise um im Mittel 50% zu verringern.
Ein deutlich schwieriger zu bewältigendes Manko war die Unmöglichkeit, den Anschluss eines Festnetz-Telefones zu erhalten. Dazu muss man wissen, dass in Spanien, gesetzlich geregelt, weder die Stromeinleitung noch die Telefoneinleitung von den Versorgungsgesellschaften bis zum Haus zur Verfügung gestellt werden müssen, sondern der Antragsteller die Kosten übernehmen muss. Mitte 2000 erließ die Zentralregierung eine Verfügung, die den Telefonversorger verpflichtete, jedem Antragsteller – egal wie weit abgelegen sein Domizil war – einen internetfähigen Telefonanschluß zu normalen Tarifen einzurichten. Die Telefonica glaubte, dieses Problem mit Funktelefon-Technik lösen zu können (teléfono rural). So erhielten auch wir einen solchen Anschluss. Auf diese „Telefon-Leidensgeschichte" werde ich später noch genauer eingehen.
T. hatte in Vorbereitung meines Aufenthaltes auch einen Termin bei zwei Firmen vereinbart, die Solartechnik anboten, lieferten und einbauten. Das Gespräch in der ersten Firma war nur sehr kurz, da sich schnell zeigte, dass der Chef eine primitive, inkompetente und verschlagene Verkäufernatur war, der natürlich gleich erklärte, er erkenne sofort, dass wir wüssten, was das Beste auf dem Gebiet der Solartechnik sei, nämlich seine angebotenen Produkte. Der „Bauernfänger" konnte natürlich nicht wissen, dass ich erprobter Architekt und Baumanager war, und fiel deshalb doppelt bei mir durch das Raster.
Der Inhaber der zweiten Firma erschien mir da schon fachlich wesentlich erfahrener, zumal mein Bauleiter seine Solaranlage über diese Firma bezogen hatte, und sehr zufrieden mit der Technik war. Ich hatte mir schon Wochen vorher eine Bedarfsaufstellung gemacht, in welcher ich die in jedem Fall regelmäßig in unserem Haushalt zu nutzenden Geräte mit ihrem Energiebedarf aufgelistet hatte. Das Ergebnis war ein mittlerer täglicher Durchschnittsbedarf von 9,6 KWh. Dabei hatte ich jedoch nicht den Bedarf der im Idealfall 24 Stunden aktiv geschalteten Fußbodenheizung berücksichtigt, ebenso wenig (in Unkenntnis), die Tatsache, dass eine Solaranlage ihren

„Flaschenhals“ in der Kapazität des Inverters hat, und die theoretische Leistung vermindert wird, je höher eine solche Anlage über NN zu liegen kommt. Weil ich auch unberücksichtigt ließ, dass jedes Gerät eine bis zum zwanzigfachen höhere Startstromstärke braucht, vertraute ich dem Vorschlag, bei konsequentem Stromverbrauchs-Management würde eine Inverter-Kapazität von 6,6 KW reichen. Hinzu kommt, dass die Speicher-Technologie, ob bei einer solchen Anlage oder bei zum Beispiel dem vieldiskutierten Elektrofahrzeug, noch derart ineffizient ist, dass auch zu diesem Punkt eine Erschwernis im Strommanagement gegeben war, die die regelmäßige Zuschaltung eines (in unserem Fall gasbetriebenen) Generators notwendig machte. Nämlich dann, wenn die Sonne tagelang hinter Wolken verschwunden war, oder wenn aus den Batterien mehr als 25% Speicherkapazität gezogen worden waren. Diese „Grenze“ leitet nämlich einen „Turnus“ ein, will heißen, die Batterie macht einen Lade-Zyklus durch, den sie in unserem Fall ungefähr 1800 Mal durchmachen kann, bevor sie ersetzt werden muss. Unsere Anlage bestand aus zwölf in Reihe geschalteter Batterien, die allein damals (Anfang 2000) schon DM 12.000.- kosteten. Die Zuschaltung des Generators, der im Einkauf (9 KW Leistung) auch ungefähr DM 5.000.- kostete, war also – trotz rasant steigender Flaschengaspreise (2010 kosteten 12,5 kg Butangas € 15.-) – immer noch günstiger, als nach 5-bis 7 Jahren neue Batterien kaufen zu müssen. Alles in Allem war die Solaranlage komplett mit 24 m^2 Paneelfläche für zirka DM 40.000.- zu haben. Da in diesem Fall wirklich alternativlos, erteilte ich den Auftrag, denn die individuelle Fertigung der Anlage brauchte ihre Zeit, und zur Wahrung des Erhalts von staatlichem Fördergeld von reichlich 30% der Investitionskosten, der Einbau der Anlage bis zum Ende Februar 2000 nachzuweisen war. Was zeigen uns diese Erläuterungen? Ökologisch verantwortungsbewusstes Leben ist sehr kostspielig, zumal ein Generatorleben nach ungefähr 6000 Betriebsstunden (also realistisch nach 10 Jahren) einen Austausch nötig macht, die Batterien, selbst bei pfleglichster Haltung, nach 10 bis 12 Jahren fertig sind, und in diesen 10 Jahren Flaschengas-Kosten in Höhe von, geschätzt, € 7.000.- anfallen. Außerdem sind in die ökologisch bedingten Kosten der Bau der Wasserdepots einzubeziehen, insgesamt ein Kostenfaktor von zusätzlich (im Jahr 2000) DM 35.000.-

T. hatte in den vergangenen Wochen mit allen spanischen Grundbesitzern gesprochen, durch deren Ländereien sich der annähernd 1.200 m lange Erschließungspfad schlängelte, um deren Zustimmung zum Ausbau zu einer Fahrstraße zu erhalten. Der größte Grundbesitzer erteilte seine Zustimmung ohne Einschränkungen, zwei andere stimmten unter der Bedingung zu, dass nach Ende der Bauzeit die Zufahrt nicht mehr genutzt werden dürfe. Damit war erstmal das größte Hindernis für eine erfolgreiche Bauabwicklung beseitigt. Es galt nun, die Erdbaufirma zu finden, die den Wegebau sowie den Geländeabtrag und Aushub durchführen sollte. Auch hierbei halfen die Verbindungen von T. , denn der Bruder des Automechanikers im Ort war einschlägig als Ein-Mann-Betrieb tätig. Im Laufe der Besprechung vor Ort erklärte Juan José, er kenne den Erschließungsweg, es gäbe bezüglich Ausbau für Schwerverkehr keine nennenswerten Probleme. Der Geländeabtrag sei für ihn auch eine Routinearbeit, er werde mit Pepe, dem Großgrundbesitzer mit seinen Mandel- und Olivenplantagen, sprechen, ob er Erdanschüttungen für die Herstellung zusätzlicher Bancales wünsche, da er dadurch seinen Baumbestand vergrößern könne. Juan José hatte eine Caterpillar Schieberaupe mit rückseitiger Wechselmechanik, und konnte, wie sich während seiner Arbeit später zeigte, vollendet mit dieser schweren Maschine umgehen. Seine herausragende Eigenschaft war aber, dass er – ganz in meinem Sinne – das Gelände nicht zerstörte, sondern stets vorher überlegte, wie er am schonendsten die notwendigen Anpassungen im Gelände vornehmen konnte. So schlug er vor, die Zufahrt von unserer tiefer liegenden Grundstücksgrenze zum unteren Bauteil, in welchem neben einem Apartement, Garage, Wirtschafts- und Technikraum untergebracht waren, serpentinen-geführt anstatt gerade anzulegen, was zwar für LKW-Anfahrt etwas schwieriger war, jedoch mehrere ältere hoch gewachsene Pinien, die als Sichtschutz gegen das Tal von Bedeutung waren, vor dem Fällen bewahrte, und den Zusammenlauf der höher gelegenen Zufahrt des Hauptgeschosses mit der tiefer liegenden Hauptzufahrt in eleganter Trassenführung ermöglichte.

In diesem Vorbereitungsstadium musste ich mir gegenüber zugeben, dass die rechtzeitige Einbindung der einschlägigen Fachleute, mir, als dem Architekten viele neue Erkenntnisse gebracht hatte. Wir sind zwar die „Dirigenten“ am Bau, jedoch

keineswegs allwissend, sondern eher von jedem Sachverhalt etwas wissend, was jedoch nicht ausreicht, um die besten Lösungen allein zu entwickeln.
In diesen Tagen führten mich K. und seine Frau im Dorf ein, indem sie mich auf den Spaziergängen im Ort bei jeder Gelegenheit den Bewohnern, die sie alle kannten, vorstellten. Besonders wichtig war der Besuch in „unserer" Bar Restaurante „Maria", denn die Besitzerin war die Schwester der Gattin des Bürgermeisters, der eine Tischlerei im Dorf hatte, und natürlich für die Innentüren, Turmtreppe, Regale, Klappläden und hölzerne Vordach-Konstruktionen usw. den Vorauftrag erhielt, damit er schon disponieren konnte.
Die 14 Tage waren rasch vergangen. Ich saß am Rückflug im Flieger mit dem Gefühl, unsere Zukunft auf den Weg gebracht zu haben, und war zufrieden...

Wieder in Lengede zurück, setzte ich mich umgehend an die nötige Umplanung des Landhauses mit dem Ziel, die Gesamtbaukosten zu minimieren. Das war natürlich nicht so einfach, da einerseits eine völlige Neugestaltung ausgeschlossen war, um nicht die erteilte Baubewilligung hinfällig werden zu lassen. Andererseits bestand meine Frau darauf, dass die Räumlichkeiten derart gestaltet bleiben, dass ihre Antik-Möbel gut unterzubringen seien. Außerdem wollten wir für die Kinder und Enkelkinder genug Räume mit entsprechend mindest notwendiger Nutzfläche erhalten, denn das Anwesen würde ja eines Tages in ihren Besitz übergehen. Da ich mir zum Ziel gesetzt hatte, möglichst viel Natur in das Haus einzubeziehen, waren auch zahlreiche Fenster- und Türelemente vorgesehen, was aber die Möbel-Stellflächen stark verminderte, und dadurch die räumliche Gestaltung noch schwieriger machte. Trotz hochgradig EDV-gestützter Planungsarbeit wurde die Zeit immer knapper, ich immer nervöser, mein Bauleiter drängte mich, die fertige Planung ihm zuzusenden, denn er wurde vom Architekten gedrängt, der schließlich meine alternativen Pläne umarbeiten musste, und verschiedene Gewerke für die Projektplanungen (wie Elektro, Heizung, Sanitär, Fassadenelemente usw.) dringend Detailunterlagen brauchten. Die Baufirma selbst hielt sich Gott sei Dank mit Planwünschen noch zurück, denn die konnte ihr nur der spanische Architekt liefern.

Der Beginn der Wegearbeiten war für Anfang November 1999 terminiert, und sollte in 10 bis 14 Tagen abgeschlossen sein. Durch dreitätigen Ausfall wegen Hydraulikschaden an der Schieberaupe - übrigens nicht der einzige Stillstand, da das Gerät öfters nicht mehr wollte - sowie durch mehrere Tage Regen war es Ende November, bis der eigentliche Geländeabtrag in Angriff genommen werden konnte.
Anfang November war ich gezwungen, kurzfristig nach Spanien zu fliegen, da die erste Übereignungsurkunde des Grundstückes vom Notar für null und nichtig erklärt worden war, da die Grenzverläufe unseres Grundstückes sowie aller angrenzenden Grundstücke in Natura neu amtlich vermessen werden mussten, da das Grundbuchamt die Richtigkeit der dem Verkauf zu Grunde gelegten Lageplanskizzen anzweifelte und ablehnte. Ich war natürlich extrem sauer auf Don H., da dieser als erster Ausländer vor vielen Jahren im Tal riesige Flächen aufgekauft hatte, und aus Kostengründen die Aufteilung in einzelne Parzellen selbst vorgenommen hatte und laienhaft auf DIN A 3 Bögen aufgetragen hatte. In Natura gab es daher keine gültigen amtlichen Markierungen, sondern lediglich einige „Pi mal Daumen“ hingepinselte von H.´s Gnaden. Als ich telefonisch von H. gebeten wurde, möglichst sofort einzufliegen, begründete er die Notwendigkeit jedoch damit, dass die Regierung landesweit die Aktualisierung der Grundverhältnisse, und damit der Katasterunterlagen, per Gesetz vorgeschrieben habe. Das stimmte zwar, jedoch war in unserem Fall die H.´sche Eigenmächtigeit hauptverursachend für das Parzellen-Chaos. Die betonte Witzigkeit von Don H. beim abend-lichen Notartermin ging mir stark auf die Nerven, und mir platzte endgültig der Kragen, als er auf die Frage des Adlaten, wer die Kosten für den zusätzlichen Notariatsakt übernehmen wird, fröhlich lachend auf mich deutete. Erst mein Hinweis, dass die Übereignung nach Lage der Dinge bis jetzt gar nicht rechtswirksam zu Stande gekommen sei, und ich ja nicht unterschreiben müsse, brachte ihn zur Vernunft, und stoppte seine gezwungene nervtötende Fröhlichkeit. Die letzte Prüfung der Parzellenaufteilung vor Erscheinen im Notariats-Allerheiligsten nach amtlich erstellten Vermessungsplänen durch den Adlaten ergab eine neue Unklarheit in den Besitzverhältnissen. Obwohl es inzwischen bereits nach 19.00 Uhr war, wurde auf Anordnung des Notars ein Bote nach Sella gejagt, (der Bürgermeister wurde telefonisch in das Rathaus

gebeten), um diese Sache zu klären. Um 20.30 Uhr war der Bote zurück, der Sachverhalt wurde im Dokument korrigiert, und nun sollte die Verlesung und der Unterschriftsakt erfolgen. Der Notar fragte mich, wo denn meine Frau sei, da dieselbe ja auch unterschreiben müsse. Meine schlichte Antwort, sie sei in Deutschland. Ich erklärte ihm, dass beim ersten Akt meine alleinige Unterschrift ausgereicht habe, da ich schließlich alleiniger Käufer sei. Er aber klärte mich episch breit auf, dass nach spanischem Recht die Ehefrau anwesend sein müsse, denn ihr ge-hören automatisch die Hälfte am Eigentum, und dies sei mit ihrer Unterschrift zu manifestieren. Diese Regelung habe der spanische Staat zum Schutze des Ehepartners im Falle einer Scheidung eingeführt. Allmählich stieg mir die Galle hoch ob der bürokratischen Hürden, die hier aufgetürmt wurden. Ziemlich „patzig" erklärte ich dem Notar, dass wir nach dreieinhalb Jahrzehnten Ehe nicht daran denken, uns scheiden zu lassen, dass meine Frau – wie von ihm vorgetragen – ja durch das Gesetz geschützt sei, und also ihre Anwesenheit eben deshalb nicht unbedingt erforderlich sei. Im Übrigen können wir vom Tisch aus meine Frau telefonisch erreichen, um ihre Bestätigung zu erhalten. Er solle doch bitte in die ihm vorliegenden Dokumente Einsicht nehmen, da würde er die Vereinbarung der Gütertrennung finden, die vor langer Zeit vor einem deutschen Notar geschlossen wurde. Antwort des Notars: Ein Telefonat beweise nicht , dass tatsächlich meine Frau am Apparat sei, und bezüglich Gütertrennung sei das vorliegende Dokument für ihn irrelevant , da es weder im Original, noch in Übersetzung, noch von einem spanischen Notar beglaubigt vorliege. Es lebe die spanische Bürokratie!!! Jetzt schaltete sich Don H. ein, denn er erkannte, dass der Verkauf kurz vor dem Platzen war, und bat den Notar eindringlich, die Angelegenheit nicht auf die Spitze zu treiben, und ich fügte hinzu, dass mein Rückflug am nächsten Morgen in aller Frühe gebucht sei, und deshalb keine Gelegenheit mehr gegeben sei, den Verkauf notariell abzuwickeln. Inzwischen war es 21.15 Uhr. Der Notar verlas widerwillig im Maschinengewehr-Tempo den Akt, knallte uns die Unterschriften-Füllfeder vor die Nase, wir unterschrieben, und standen um 21.30 Uhr völlig ausgepumpt auf der Straße….(Die Angabe des morgendlichen Rückflug-Termines war natürlich eine im richtigen Moment vorgebrachte Notlüge).

Am nächsten Morgen inspizierte ich die Wegebauarbeiten. Es hatte am Vortag intensiv geregnet, so dass der bereits planierte Teil rutschig und schlammig war. Der Erdbauer erläuterte mir die Trassenführung. Die Trasse erhielt eine leichte Querneigung zur Bergseite hin, damit vermieden wurde, dass bei starken Regenfällen das Wasser in die talseitig am Weg liegende Plantage strömen konnte. Der betroffene Grundbesitzer hatte die Wegführung im Einzelnen mit Juan José besprochen, und es wurde dabei auch festgelegt, dass Erdmaterial von unserer Baustelle zur Anlage von erweiterten Bancales entlang des Weges angeliefert und verteilt werden sollte. Zur besseren Befestigung gegen Regen wurde aus einem im Talgrund gelegenen Hang geeignetes Kies-/Sand-Material mit einem Kleinlaster über den alten Steilweg mühsam herange-schafft, und auf der neuen Trasse verteilt und eingewalzt. Darüber wurde mir jedoch nicht berichtet, was im Prinzip auch nicht nötig war. Ich erfuhr davon dadurch, dass mich die Ehefrau des „Philanthropen“ auf der Talstraße im Auto anhielt, ich die Scheibe herunterließ, um freundlich zu grüßen und mich nach dem Befinden der „Gnädigen“ zu erkundigen, wozu es aber nicht kam. Die Scheibe war noch nicht unten, prasselte eine Schimpfkanonade auf mich ein, die es wahrhaftig in sich hatte: Umweltschwein, Zerstörer der Natur des Tales, Großkotz, der meint, er könne sich alles erlauben, Ignorant schlimmster Sorte, Geldsack, und im Übrigen, und im Besonderen…. Ich war einigermaßen sprachlos, da ich überhaupt nicht in der Lage war zu erkennen, worum es überhaupt ging, daher gab ich grußlos Gas und fuhr in mein Quartier bei K. . Im Rückspiegel sah ich die Dame noch immer wild gestikulierend mitten auf der Straße stehen. K. klärte mich gleich danach auf: An der Abbaustelle des Kies-/Sand-Gemisches hatten die Schieberaupe und der LKW einen dort durchführenden Trampelpfad plattgewalzt. Die Philanthropengattin aber benutzte eben diesen Pfad täglich, um mit ihrem geliebten Hündchen Gassi zu gehen. Man erzählte mir später dass, als ich schon wieder abgeflogen war, dieser Vorfall in eine Anzeige bei der Umweltbehörde mündete – dem Leser sei anheim gestellt, zu ergründen, von wem die Anzeige kam – und wenige Tage später erschien auf den Ländereien des Don Pepé (jener schon mehrfach erwähnte Plantagenbesitzer, ein sehr netter und immer freundlich grüßender älterer Herr) ein „Forestal“ (Waldaufseher, die auch die Einhaltung der Umweltgesetze auf ihren Kontrollfahrten überwachen), der sich die begonnenen Anschüttungen für die Erweiterungen vorhandener Bancales anschaute, und erklärte, das sei alles verboten, und müsse rückgebaut werden. Don Pepé warf den Umweltbeauftragten kurzerhand von seinem Grund und Boden. Natürlich kam auch Besuch der Umweltbehörde auf unsere Baustelle, der sich jedoch nach Schilderung von T. sehr schnell wieder verabschiedete, als er erkennen musste, dass dieser Bau mit allen Bewilligungen vom Umweltministerium erfolgte. Ich muss zugeben, dass in den ersten zwei Jahren, die Anschüttungen das Landschaftsbild geringfügig störten, jedoch sehr schnell erkennbar war, dass der austreibende Bewuchs zur Verschönerung beitrug. Jene aufbrausende Lady entschuldigte sich später für ihr Verhalten in aller Form bei mir. Ich bin ja auch nicht nachtragend, vergesse jedoch nichts so ohne weiteres, wie hier zu lesen ist.

Kaum in Deutschland zurück, rief mich der Bauleiter an, und meinte, es sei notwendig, dass ich mir vor Ort den Einschnitt in das Hanggelände anschaue, denn es entstehe eine senkrechte Erdwand in einer Höhe von ungefähr 12 Meter im Norden hinter dem Haus, wenn der Geländeabtrag auftragsgemäß fortgesetzt würde. Ein nächster Flug innerhalb kurzer Zeit kam für mich nicht in Frage. Ich überprüfte am Plan, indem ich das Gelände maßgenau im Querschnitt mit Gebäudequerschnitt auftrug, die Lage, erkannte, dass nicht mehr als zwei Meter vom Nordflügel des Hauses entfernt tatsächlich die Erdwand senkrecht aufging, glaubte aber der Aussage des Erdbauers, dass das anstehende Material standfest sei, und beging den entscheidenden Fehler, im Rückruf dem T. anzuordnen, den Erdaushub wie ursprünglich besprochen fortzusetzen.
Wie schwerwiegend sich diese Fehlentscheidung später auswirken sollte, werde ich noch zu erzählen haben.

Anfang des Jahres 2000 flog ich zu einem Kurzbesuch der Baustelle nach Spanien, da der Beginn der Bauarbeiten unmittelbar bevorstand, die Fundamentgräben ausgehoben waren, das staatlich zugelassene Betonprüflabor mit seinem Laborfahrzeug bestellt war, und das Betonlieferwerk entsprechend disponiert hatte. Die Fundamente sollten an einem Tag gegossen werden. Am Tag vorher angekommen, begab ich mich am Spätnachmittag auf die Baustelle, ausgerüstet mit Plan, Maßband und Zollstock, um die Maßgenauigkeit der

Fundamentverläufe zu überprüfen. Dabei stellte ich in wenigen Minuten fest, dass die Fundamente des Nordtraktes falsch eingemessen und ausgehoben worden waren, so dass der östlich gelegene Quertrakt um 40 cm zu kurz werden würde, was natürlich völlig inakzeptabel war, da in diesem Bauteil die Gästezimmer mit Bad / WC zu liegen kamen, und aus Ersparnisgründen sehr knapp bemessen waren. Die fehlende Länge hätte den Entfall eines Gästezimmers bedeutet. Ich bat meinen Bauleiter umgehend auf die Baustelle. Wir nahmen noch mal die Naturmaße, und es zeigte sich der gleiche schwerwiegende Maßfehler. Es war inzwischen schon dunkel geworden. In diesem Moment war eines völlig klar: Eine Verschiebung des für den nächsten Morgen anberaumten Betonier-Termines war nicht möglich, da wir wochenlang auf einen nächsten Liefertermin seitens des Mischwerkes hätten warten müssen. T. „alarmierte“ daher den Junior-Chef der Baufirma, und ordnete sofortiges Erscheinen auf der Baustelle mit seiner Mannschaft an. Die Truppe war innerhalb einer dreiviertel Stunde einsatzbereit vor Ort, mein Leihwagen, das Fahrzeug von T. und der Firmen-Kombi lieferten das Licht. Es wurde verbissen geschuftet, es waren nur die Hack-Geräusche und das Keuchen der Arbeiter zu hören, keiner sprach ein Wort, der Chef arbeitete für zwei, denn ihm war klar, dass einzig und allein er Schuld an diesem Nachteinsatz hatte. (Eine rechtzeitige Kontrolle durch die Bauleitung der Kreidelinien-Anrisse der Fundamente hätte allerdings den Fehler gar nicht erst entstehen lassen). Seine Leute mussten erkennen, dass er durch seinen Einsatz versuchte, den Fehler wieder gut zu machen. Ich selbst betete im Stillen, dass nicht gerade jetzt ein Fels im Boden den Aushub der neuen Fundamentgräben behinderte. Das hätte die Betonage der Fundamente am nächsten Morgen unmöglich gemacht. (Wir hatten über die gesamte Zeit des Geländeabtrages in dieser Beziehung großes Glück, denn es gab keine Felsadern, die nur mit schwerem Gerät hätten beseitigt werden können, was derart teuer gekommen wäre, dass der Bau nicht hätte verwirklicht werden können). Es war klar, dass ich auf der Baustelle blieb, während ich meinen Bauleiter nach Hause schickte. Weit nach Mitternacht war die Arbeit getan, die Bewehrung in den Gräben neu verlegt, und eine nochmalige Kontroll-Messung bestätigte die Korrektheit der Grabenverläufe.

Wir alle am Bau Beteiligten waren natürlich am nächsten Morgen mangels ausreichend Schlaf einigermaßen schlecht drauf, aber mit fortschreitendem Arbeitserfolg hob sich die Stimmung. Ich brachte gegen Mittag für alle gebratene Hähnchen, was die Müdigkeit endgültig verscheuchte. Der Labor-Trupp war vorher schon abgerückt, da vom letzten Lieferbeton-LKW die Proben gezogen worden waren. Juanjo – der Junior-Chef – versicherte mir, dass er ab sofort eher zweimal mehr kontrolliert, bevor er Mauerwerk hochzieht, denn er habe jetzt verstanden, dass genaue Arbeit unumgänglich sei. (Dazu muss der geneigte Leser wissen, dass der junge Mann die Leitung der Firma nur unter dem Vorbehalt einer in jeder Hinsicht erfolgreichen Abwicklung dieses unseres Projektes vom Senior zugesagt bekommen hatte). Der Junior hatte bis dato als Vorarbeiter unter seinem Vater gedient. Seine Fähigkeiten in fachlicher Hinsicht, ebenso wie in der Führung der Leute, der Organisation und Logistik waren sehr ausgeprägt. Dennoch unterliefen ihm fachlich einige Baufehler, die zu vermeiden mir und der Firma einige zusätzliche Kosten erspart hätten. Da ich nur in längeren Zeitabständen jeweils wenige Tage vor Ort war, konnte ich natürlich nicht rechtzeitig Fehler vermeidend eingreifen. T. als mein Bauleiter hatte von Anfang an darauf hingewiesen, dass er Laie sei, und daher die Bauleitung ohne Obligo übernehme. Ich war mir des Risikos erhöhter Fehlerkosten bewusst, und kann daher auch heute in Erinnerung an all diese Vorgänge dem „Herrn T.“ (wie ich ihn zu nennen pflegte, wenn etwas falsch gelaufen war) nur bescheinigen, dass er sein Bestes gegeben hat, und ich ihm für seine erbrachte Leistung dankbar bin. Schließlich hatte ich in meiner aktiven Zeit als Baufirmen-Boss viel zu häufig zur Kenntnis nehmen müssen, dass auch „gestandene“ Bauleiter nicht selten sehr teure Fehler zugelassen haben.

Die wöchentlichen Berichte vom Baufortschritt, die ich von T. immer pünktlich erhielt, ließen unsere Erwartung immer mehr steigen, und deshalb entschlossen wir uns, im Mai 2000 per Flieger nach Spanien zu düsen. Dies war allerdings in jedem Fall erforderlich, da es einige Ausbau-Aufträge zu verhandeln und zu erteilen galt. Dieses Mal wollten wir aber ungebunden im Dorf übernachten, und so empfahl uns T. im Vorfeld unserer Reise-Organisation das „Casa rural“ (ländliche Frühstücks-Pension) über den Dächern von Sella am Hang gelegen. Die

Buchung erfolgte durch T. direkt, so dass wir keinen sprachlich bedingten Telefon-Stress hatten.
Wir hatten uns am Tag unserer Ankunft im Dorf in der Bar „Maria“ mit der Pensionsbesitzerin verabredet. Es erschien eine elegant gekleidete attraktive Dame, die mit fröhlichem „holá“ und „encantado“ auf uns zukam, Küsschen auf die Wangen (formvollendet links-rechts-links), und locker losparlierte, so dass wir Mühe hatten, sie zu bitten, langsam zu sprechen, damit wir wenigstens eine kleine Chance hätten, sie zu verstehen. Diese Bitte mussten wir in den folgenden Jahren mit abnehmender Häufigkeit immer wieder aussprechen, jedoch nicht immer mit Erfolg. Es gibt nämlich Leute, die schlicht nicht in der Lage sind, langsam zu sprechen. Und wenn diese dann noch „valenciano“ an Stelle von „catalan“ sprachen, waren wir völlig aufgeschmissen. Wir fuhren mit unserem Leihwagen hinter ihr her. Es ging durch engste und steile und kurvenreiche Gassen. Madame legte ein Tempo vor, das wir nicht halten konnten, denn ich wäre sonst garantiert in irgendeiner Hausmauer gelandet. Das für uns hergerichtete Zimmer bot einen wirklich beeindruckenden Blick über die Dächer, die verschachtelten Gässchen, die Gärten in den Hinterhöfen der Bürgerhäuser, in das abwärts führende kultivierte Tal mit seinen terrassenartig angelegten Hängen auf beiden Seiten, die mit Oliven-, Mandel- und Orangen- aber auch Zitronen- und Granatäpfel-Bäumen bepflanzt waren. Der Blick erweiterte sich bis zur Meeresküste. Die unendlich weite Wasserfläche verlor sich am entfernten Horizont im Dunst….Ein solcher Eindruck lässt die „germanische“ Heimat in Gedanken weit zurück und verblassen. Unser Traum wurde auch mit diesen empfangenen Eindrücken ein deutliches Stück mehr zur Wirklichkeit.

Nach dem Einchecken in der Pension beeilten wir uns, zum Auto zu kommen, um hinauf ins Tal der Tagarina zu fahren, unseren Bau zu sehen, zu erleben. Wieder fuhren wir gemächlich, denn die Zeit der Fahrt wollten wir auskosten, die Spannung sich steigern lassen in Erwartung des ersten Eindruckes des Bauwerkes in seiner Entstehung – unseres „Palacio“ (wie das Dorf den Bau getauft hatte). Als erstes begrüßte uns der Turm-Rohbau, das künftige „Allerheiligste“ meiner Frau. (Sie hatte sich einen Turm gewünscht, damit sie mit ihrem Himmels-Fernrohr nächtens die Sterne beobachten konnte, was sie allerdings dann nie tat). Mehrere Arbeiter waren gerade damit beschäftigt, das pyramidenartige Dach einzudecken. Unser Bauleiter T. war zur Begrüßung natürlich auch erschienen, und führte uns durch das Hauptgeschoss. In den Turm konnten wir noch nicht, da es meiner Frau nicht zuzumuten war, über eine sehr bedenklich aussehende, provisorisch zusammen gezimmerte Leiter zu klettern. Der untere Bauteil war ebenfalls schon im Rohbau fertig gestellt, und zwar einschließlich der Dacheindeckung. Insbesondere war schon seit Februar im Technikraum die gesamte Solartechnik installiert, jedoch nicht zur Benutzung zur Stromerzeugung während der Bauzeit freigegeben, um die Anlage zu schonen und in einwandfreiem Zustand bis zur Bauübergabe zu erhalten. Vor dem Technikraum sollte das Haupt-Wasserdepot gebaut werden, und zwar mit einem Fassungsvermögen von 100.000 Liter. Zur Erreichung dieser Menge hätte die Sohle zwei Meter tief unter Terrain liegen müssen. Die Sohlplatte war jedoch bereits auf Terrain-Niveau als Stahlbetonplatte fertig betoniert. Wohl wissend, dass meine Kompromissbereitschaft uns später Probleme in der Sommerzeit bereiten würde, da wir dann ab Mai bis November mit nicht mehr als 60.000 Liter auskommen müssen, akzeptierte ich den Sachverhalt, ließ also die Platte nicht abbrechen , und ordnete auch keine nachträgliche Ausschachtung an, da dies Zusatzkosten in hohem Ausmaß sowie Bauverzögerung bedeutet hätte. Davon abgesehen, hätte für den Zugang des Baggers das Baufeld komplett geräumt werden müssen, was wiederum die nötige Transport-Zufahrt zum Hauptgeschoss blockiert hätte. Don H. hatte mir lange vor Baubeginn geraten, ich solle mir einen Wohnwagen auf die Baustelle stellen, und die Bauleitung selbst übernehmen, nur dann würden hohe fehlerbedingte Zusatzkosten vermeidbar sein. Recht hatte Er!!

Die Erdwand hinter dem Nord- und Ost-Trakt des Anwesens ragte wirklich beängstigend hoch. Der Erdbauer hatte zwar in die Nordwand zwei schmale Bancales in drei bzw. sechs Meter Höhe durch Schaffung entsprechender Rücksprünge eingearbeitet, jedoch war die Wand über dem oberen Rücksprung absolut senkrecht und sogar leicht überhängend nochmals sechs Meter höher. Es war auch zu erkennen, dass nur in Teilbereichen das Materialgefüge fest war, in anderen Bereichen jedoch eine lockere Erdstruktur anstand. Die Ostwand hatte in sechs Meter Höhe die Fortsetzung des Rücksprunges der Nordwand, und war durch eine Abschrägung von 85 bis 60

Grad, obendrein nach Süden niedriger werdend, weniger gegen Abbruch gefährdet – glaubte ich! Ich stieg in das Gelände hinter dem Bau ein, und ging einen ausgeschobenen Weg entlang der Steilwand nach oben, am Rohbau meines „Allerheiligsten", einem achteckigen massiv gebauten Pavillon mit Rundum-Verglasung (in spanisch „Mirador"), vorbei und nahm den Steig bis hinauf zu dem kleinen Druckwasser-Depot. Dieses war auf einem von Buschwerk umwucherten kleinen Plateau errichtet worden. Weiter hinauf wollte ich nicht klettern, denn dazu hätte ich besondere Kleidung und Schuhwerk gebraucht, da nicht nur der Ginster mit seinen Widerhaken bewehrten Stacheln, sondern auch Skorpione und Schlan-gen häufig „Grüß Gott" sagten. Keine tödlichen Gefahren, jedoch im Falle des Falles sehr schmerzhaft, und das nächste Krankenhaus lag knapp 30 km weit an der Küste. Hier oben war eine Stille, ungestört von dem Baulärm, von Zivilisationsgeräuschen aller Art, eine Stille, die Deinen Herzschlag spürbar werden ließ. Mir fiel dazu nur – frei nach Goethe – ein: „Hier bin ich Mensch, hier darf ichs sein", und ich war so glücklich, dass ich eine Gänsehaut bekam……

Wir hatten uns schon Monate vorher in Deutschland für ein Küchenprodukt und –programm entschieden. Die Firma hatte in Spanien eine Produktionsstätte, und so konnten wir das nächstliegende Küchenstudio, dass diese Marke führte, aufsuchen, um unseren Entwurf zu besprechen und den Auftrag zu erteilen. Der Liefer- und Einbautermin wurde auf September festgelegt, denn zu diesem Zeitpunkt wollte ich wieder vor Ort den Baufortschritt, insbesondere des Innenausbaues, überprüfen.
An der Küste im Centro comercial gab es ein Möbelgeschäft, welches Massiv-Holz-Mobiliar im Landhaus-Stil führte. Wir suchten dort für unsere Gästezimmer die Einrichtung aus. Hier konnten wir ausnahmsweise preisgünstig einkaufen. Die Lieferung wurde auf Abruf ebenfalls im September geordert.
Für unser künftiges Wohn- und Kamin-zimmer suchten wir in einem Möbelgeschäft, welches der deutschen Speditionsfirma, die den Umzugsauftrag erhalten sollte, angegliedert war, die Sitzmöbel aus, Lieferung auf Abruf.
Mit T. verhandelten wir in den folgenden Tagen die Angebote für die Fassadenelemente. Dieses Kostenpaket überschritt in allen Angeboten meine Kostenschätzung rund um das Doppelte! Am günstigsten wären sicher Holzfenster bzw. –türen gewesen,

was auch eigentlich für ein Landhaus vorgeschrieben ist, jedoch hatte ich in den Jahren des Besitzes unseres Ferienhauses in Javea die Erfahrung gemacht, dass die intensive Mittelmeer-Sonne das Holz jährlich so stark austrocknet, dass ohne entsprechende aufwendige Behandlung die Elemente in wenigen Jahren auszutauschen sein würden. Unser Tischler im Dorf hätte einen solch großen Auftrag sicher gern ausgeführt. Kunststoff-Elemente waren unbezahlbar teuer, da es in Spanien so gut wie keine eigenen Werke gibt, die Kunststoff-Produkte herstellen, und der Import sehr teuer ist. So blieb nur noch das Fassadenelement aus Aluminium, in unserem Fall bronziert, damit es einen holzartigen Eindruck vermittelte. Die Fabriksprodukte waren in der Qualität sehr hochwertig, jedoch wiederum schlicht zu teuer. Wir entschieden uns daher für einen Familienbetrieb in Villajoyosa, der mir nach Vorlage eines Musters in der Lage schien, gute Qualität zu liefern. Ich kam bei dieser Entscheidungsfindung nicht auf die Idee, Kosten sparen zu können, indem ich die Anzahl der Fassadenelemente deutlich verringerte. Mein „Credo", die herrliche Natur erlebbar in das Hausinnere zu holen, versperrte mir das rationale Denken. Ich hätte jetzt noch problemlos diesbezügliche Anordnungen zur Vermauerung zahlreicher Fenster-/Türöffnungen geben können, zumal von den Terrassenflächen und vom „Patio" (Innenhof) aus das Panorama intensiv genug erlebbar war. Ich ignorierte auch die jederzeit und überall im Hinterland sichtbaren Landhäuser, die alle so wenig wie nötig Maueröffnungen hatten, und dies aus der Jahrhunderte langen Erfahrung, nur dadurch im Sommer die Hitze draußen zu halten, und im Winter die Kälte nicht hereinzulassen. Ein folgenreicher Fehler im Entwurf!. Wir Mitteleuropäer träumen seit den Zeiten des römischen Imperiums vom ganzjährig gleichmäßig angenehm warmen Klima rund um das Mittelmeer, sonnengebräuntes Leben mit energiegeladener Motivation, klimatisch bedingte Erschwernisse gibt es nicht, Umwelt und Natur kennen keine eiskalten Winde, keinen alles verschlingenden dichten Nebel, keinen tiefen Winter, dessen Schneelagen die Beweglichkeit der Menschen einschränkt oder sogar zeitweise unmöglich macht, keine schweren Stürme, die Bäume, ganze Wälder wie auch Konstruktionen wegreißen, keine sintflutartigen Dauerregen, die in wenigen Stunden Straßen, Brücken und Ortslagen durch die Fluten zerstören......Zu meiner Verteidigung sei gesagt, dass auch niemand der Talbewohner wie der Bewohner des Dorfes uns frühzeitig die Wahrheit über die Wetterphänomene offen

bart hat, denn das hätte meinen Entwurf vorrangig beeinflusst. Ich werde im Verlaufe meiner hier niedergeschriebenen Erinnerungen noch ausführlich über die Kämpfe gegen das Wetter berichten, werde schildern, wie sehr sich das Mittelmeerklima inzwischen gewandelt hat, wie wenig vom „Klima-Traum" übrig geblieben ist.

Kurzum, weitere Auftragsvergaben folgten in diesen Tagen, die Einzeltermine waren für alle Gewerke festgelegt, das Bauwerk musste nur noch termingerecht vollendet werden.

Wie vereinbart, flog ich im September 2000 wieder nach Spanien, denn der Bau ging seiner Vollendung entgegen. Es galt, ausführlich alle Arbeiten auf plangerechte und fehlerfreie Ausführung zu überprüfen, denn noch war Zeit, manchen Fehler zu korrigieren. Die Küche wurde termingerecht geliefert und eingebaut und zu meiner vollsten Zufriedenheit abgenommen. Besonders aufmerksam überprüfte ich die Dacheindeckungen aller Bauteile, denn ich wollte absolut im Vorfeld sicher gehen, dass es später zu keinen sturm- oder regenbedingten Problemen kommt. Die in Spanien übliche Schrägdach-Konstruktion, die ich so nicht kannte, überzeugte mich, da sie in Massivbauweise erstellt wird. Unter dem künftigen First wird auf der obersten Geschoßdecke eine 12 cm Ziegelmauer (Firstmauer) hochgezogen, auf die als Abschluss ein vorgefertigter Stahlbeton-Profilträger verlegt wird. Die Fußpfette wie auch die Sparren bestehen ebenfalls aus solchen STB-Profilträgern, in die Sparren-Zwischenfelder werden zirka 6 cm starke Lochziegel-Platten als verlorene Schalung eingelegt. Auf diese vorgefertigte Konstruktion wird ein 5 cm starker Betonestrich aufgebracht. Bei ausreichender Dachneigung (ab 25 Grad) werden so genannte Mönch-Nonnen-Ziegelverbände im Mörtel verlegt – fertig. (Ist die Dachneigung geringer als 25 Grad, wird vor Verlegung der Dachziegel noch eine bituminöse Schweißbahnlage auf den Estrich verlegt). Im Großen und Ganzen war ich mit der Bauausführung zufrieden, einige Mängel wurden durch entsprechende Nacharbeit beseitigt. Der ortsansässige Tischler wurde an seinen Liefer- und Einbau-

Termin für die Turmtreppe und sämtlicher Innentüren sowie anderer Holzarbeiten erinnert. Mit Bauleiter T. suchten und fanden wir an der Küste bei einem Keramikbetrieb einen marmorartig hergestellten Brunnen mit zwei übereinander liegenden Wasserbecken, gekrönt von drei nackten Nymphenfigurinen, die auf einem Sockel stehend aus dem Wassergefäß, welches sie auf ihren Köpfen trugen, das Wasser in Fontainen herabsprudeln ließen. Dieser Brunnen wurde neben dem Pool im Innenhof aufgestellt, und war als Überraschungsgeschenk zum Einzug für meine Frau gedacht. Die Übersiedlung in unser Landhaus war für den 23ten November 2000 vorgesehen.

Kapitel 3

Der Traum ist wahr

Nun konnten wir mit den Vorbereitungen für den Umzug nach Spanien beginnen. Zunächst verpflichteten wir eine Möbelspeditions-Firma, die uns unseren Hausstand von Tür zu Tür transportieren sollte. Ich erwähne diese scheinbare Selbstverständlichkeit deswegen, da in unserem Fall der Transport von Lengede bis in die Talstraße der Tagarina problemlos vonstatten gehen konnte, jedoch vom Abzweig in unseren Privatweg bis zum Haus der Umzugswagen mit Hänger mit großen Schwierigkeiten zu rechnen hatte. Aus diesem Grund erstellte ich eine genaue Wegeskizze, machte Fotos von der gesamten Strecke und schickte diese Dokumentation an die Umzugsfirma. Wir mussten uns gegen eventuelle Nachforderungen von Transport-Erschwernissen absichern.
Wir waren einerseits hoch motiviert, was den Umzug und damit verbundenen Stress anbelangt, andererseits überkam uns ein leichtes Grausen, ob der mehrwöchigen Packerei und dem Leben aus Kartons, das uns bevorstand, noch in Deutschland ebenso wie anschließend in Spanien. Unsere Garage diente als Kartonlager, was üblicherweise dazu führte, dass immer mal wieder Suchaktionen gestartet werden mussten, denn es verschwanden Dinge vorschnell in den Kartons, die eigentlich noch gebraucht wurden. Die anfänglich gestapelte Ordnung in der Garage war am Ende nur noch ein Chaos. Die dadurch unsortiert geladenen Kartons wurden entsprechend unsortiert in Spanien entladen. Den zusätzlichen Such-Stress kennt sicher jeder geneigte Leser!
Unser Vermieter belästigte uns mit der Suche eines Nachmieters, da wir vorzeitig den Vertrag lösten. Natürlich fanden wir keinen neuen Mieter rechtzeitig, und berappten zum Abschied noch drei Monatsmieten. Mein Trost bestand darin, dass derartige Einheitsmietvertrags-Vergewaltigung bald Vergangenheit sein würde.
Unser langjähriger Freund W. hatte uns seine Mithilfe beim Umzug angeboten, was wir dankbar annahmen, denn für den Transport des täglichen Bedarfs im PKW waren zwei Fahrzeuge von großem Vorteil.

Als in der dritten Novemberwoche an einem Tag das 5-Mann-Team nach Beladung von Zugmaschine und Hänger von Lengede aus startete, absolvierten wir mit dem Hausherrn die Schlussbegehung des Hauses, gaben alle Schlüssel zurück, Abschied, rein ins Auto und auf Nimmer Wiedersehen!

Zunächst steuerten wir den Wohnsitz unseres Freundes in Oberhessen an. Es____war natürlich schon dunkelster Novemberabend, als wir dort ankamen. Don Emilio, der Kater, hatte uns auf der Fahrt mit dem schon geschilderten Miau-Konzert in neuester Auflage unterhalten, was ihm jedoch nicht so gut gelang, da eine gute Surroundanlage, gegen die er kaum eine Chance hatte, im Auto eingebaut war. An Schlaf im Hause unseres Freundes war ja nicht viel zu denken, dazu waren wir viel zu aufgedreht. Jeder kennt dieses besondere Wach-Gefühl, welches Dich immer dann ergreift, wenn Dir entscheidende Geschehnisse bevorstehen. Uns ging es nicht anders. Am nächsten Morgen fühlten wir uns wie gerädert. Erst als wir auf der Autobahn A 5 Richtung Süd-West fuhren, entspannten wir uns allmählich. Kater Emilio schlief ausnahmsweise, der Wagen von Freund W. war im Rückspiegel gut zu sehen, was uns ebenfalls beruhigte. Ab Grenze Neuenburg wurde der Verkehr weniger, die Autobahn durch das Elsaß führt bekanntlich durch waldreiche hügelige Landschaften, die erlebenswert sind, und die Fahrt sehr angenehm gestalten. Der erste Tankstopp folgte, W. stieg aus seinem Fahrzeug, wobei ihm eine Rauchwolke folgte, denn in seinem von Zigarettenstummeln überquellenden Aschenbecher war das letzte „Lungenbrötchen“ noch nicht abgefackelt. W. hatte einen mittleren Zigarettenverbrauch in 24 Stunden von 60 bis 80 Stück, was ihn sehr schlank erhielt, seine Lunge krisenfest gegen den morgend-lichen Husten machte, und ihn davon abhielt, Mord durch Sport zu treiben. Wir fuhren an diesem Tag bis Montpellier, nahmen uns im Autobahn-Motel Zimmer, und schlossen dieses Mal die Zimmertür, bevor wir den Kater aus seinem Reise-Gefängnis befreiten.
Am zweiten Reisetag war eine Strecke von ungefähr 850 km bis zu unserem Anwesen zu bewältigen. Spanien erprobte Reisende kennen die Probleme, die auf der Autobahn ab spanische Grenze auf Dich lauern: Irrwitziger Verkehr in der Region Barcelona, als ob dort nur aus der Anstalt Entlaufene hinter dem Steuer säßen, Gangster-Cliquen, die Dein Auto ausrauben wollen, und weiter Richtung Andalusien eine gefährliche Müdigkeit durch

die endlos sich dahin ziehende Autopista, auf der Du zu dieser Jahreszeit fast allein unterwegs bist.
Wir bewältigten die Strecke in weniger als zehn Stunden, oder anders ausgedrückt nach knapp zwei Schachteln Zigaretten unseres Freundes. Gegen 16:00 Uhr passierten wir nunmehr als wirkliche Neubürger unser Dorf, und fuhren zehn Minuten später durch unsere Grundstückseinfahrt, bogen rechts in die untere Auffahrt ein, und rollten auf dem gelben Kies bis vor die Garage, deren Tor sich automatisch öffnete (das hatte Bauleiter T. so abgepasst, denn er erwartete uns mit seiner Frau). Ein erster Rundblick in unsere Landschaft – jetzt, da wir hier leben würden, - ließ mir das Wasser in die Augen steigen, denn ich spürte, der dritte Lebensabschnitt beginnt jetzt, und wird uns hoffentlich in die Lage versetzen, den Lebenswert bedeutend zu steigern, und nach unserem Gusto zu gestalten….Wir sind angekommen…..
T. und seine Frau hatten in der Küche ein Brot mit Butter und Salz gerichtet und begrüßten uns in unserem neuen Heim – ein wahrlich erhebender Augenblick. Ein Schluck Champagner besiegelte diese uns immer im Gedächtnis bleibende kleine Zeremonie. Es folgte ein Rundgang durch das Haus, um das Anwesen, und hinauf zum Mirador. Kater Emilio war begeistert, denn er erkannte augenscheinlich sofort seine alte Heimat wieder, durfte aber noch nicht streunen gehen, weil die Herrin Angst hatte, ihm könne etwas zustoßen. Freund W. nutzte unseren Rundgang, um im Pasillo unter dem Vordach des Hauseinganges die eine oder andere Zigarette zu rauchen. Er war trotz seiner Eigenschaft als Kettenraucher noch so weit denkfähig, dass er erkannte, in einem noch nicht durchgetrockneten Neubau sollte besser nicht geraucht werden. Das hielt er jedoch nicht durch, zum Beispiel, wenn er sich schon frühmorgens um 5:30 Uhr in der Küche Kaffee kochte und dabei mal schnell drei Stäbchen durch die Lunge zog. Das unterband die Herrin des Hauses aber ganz schnell, und verbannte den „Räucherlachs“ auf die Grillterrasse, was W. nicht so angenehm war, denn abends wurde es doch schon empfindlich kalt (von wegen Mittelmeerklima – und so…!). Beim Rundgang erläuterte mir T. die Solartechnik, Pooltechnik, Heizungstechnik, Stromverteilerkästen, diverse Fernbedienungen neben dem Hauseingang in der Diele, Generatorbetrieb, Garagentorautomatik, und vieles mehr, und bemerkte abschließend, ich würde mich schon hineinfinden, im

Übrigen stehe er ja als ehemaliger Bauleiter und Nachbar zur Verfügung.
Ich war stark überfordert von der Kanonade dieses Lehrgangs-Galopps, und ahnte Schlimmeres auf uns zukommen.
Unser Schlafzimmer konnten wir bis auf weiteres noch nicht beziehen, da wegen einer gerade erst reparierten Undichtigkeit im Leitungssystem der Fußbodenheizung der Teppich noch nicht auf dem frischen Estrich verklebt werden durfte. Wir hatten zwei eingerichtete Gästezimmer, deshalb erschien uns die Einschränkung zunächst nicht als echtes Problem. Wir konnten ja auch nicht ahnen, was in Sache Fußbodenheizung noch auf uns zukommen würde.
Die erste Nacht im neuen Heim, in völliger Dunkelheit mangels noch nicht installierter Leuchten und Lampen, umgab uns mit einer fast beängstigenden Stille im Haus aber auch (durch die gekippten Fenster) spürbaren absoluten Stille rund um das Haus. Unser Schlaf wurde durch nichts gestört. Herrlich!
Der Möbelwagen quälte sich am nächsten Morgen pünktlich den Weg hoch, wir hatten kaum Zeit anständig zu frühstücken, da die Truppe trotz vorhandener Einrichtungspläne natürlich nicht ohne wegweisende Kommandos geordnet vorging, sondern die Möbelteile erstmal irgendwo auf den verschiedenen Terrassen, im Patio oder im Pasillo abzustellen begannen. Besonders schwer, im wahrsten Sinne, taten sie sich mit dem 350 kg schweren Tresor, denn der musste über eine 12 cm hohe Schwelle in mein Privatbüro geschafft werden. Das sollte ja eigentlich für professionelle Möbelträger kein Problem sein, denn Tragegurte und zwei Mann, und die Aktion ist „zack-zack“ erledigt. Nur, die hatten keine Tragegurte!! Das Team, das in Deutschland die Möbel abgeschlagen und geladen hatte, sollte laut Vertrag in Spanien auch wieder entladen und aufbauen, nur kamen gegen die Zusage spanische Hilfskräfte zu uns herauf. Die hatten noch nie mit Gurten gearbeitet. Da wir zahlreiche Antik-Möbel besitzen, wäre der Einsatz des deutschen Trupps umso wichtiger gewesen, denn diese Jungs hatten im Umgang mit antikem Mobiliar einschlägige Erfahrung. Also, die Tresoraktion endete mit einem verbeulten Schwellenprofil, aber erst am zweiten Tag. In der Nacht stand der Tresor im Patio im Regen. Die Jungs stellten die Schränke wieder auf, dabei benutzten sie mehrere Bohrmaschinen, wir hatten tagsüber einige erste Lampen und Aussenleuchten montiert, Stehlampen aufgestellt und angeschlossen, und die Arbeiten kamen soweit

gut voran. Auf einmal totale Finsternis, Stromausfall. Ich ertastete die für diesen Fall bereitliegende Taschenlampe, nicht ohne im Dunkeln gegen alle möglichen herumstehenden und – liegenden Gegenstände zu rammeln, Gefluche aus dem Nordtrakt von den Möbelleuten, aus der Küche von meiner geliebten, immer die Ruhe bewahrenden Gefährtin, und meine Schimpfkanonade vervollkommneten die Lage. Der Sicherungskasten in der Diele zeigte alles ok, also ab nach unten in den Technikraum. Dort waren ebenfalls alle Sicherungen auf aktiv gestellt, verschiedene Kontroll-Dioden blinkten gelb und rot, ich hatte keine Ahnung, was das bedeutete, mir brach der Schweiß aus. Regen, Dunkelheit – was tun? T. anrufen, Problem schildern, in 15 Minuten sah ich die Autoscheinwerfer den Weg zu uns herauf durch die Finsternis greifen, T. ging sofort in den Technikraum, hebelte im Stakkato an einem Schalter herum und erklärte mir, nachdem sich nichts tat, mit Blick auf das Flackern der Dioden, die Batterien seien wohl leer gefah-ren. Wir gingen hinauf in die Diele, dort war das Kontrolldisplay für die Stromeinspeisung und die zur Verfügung stehende Kapazität installiert, und der geschulte Blick von T. bestätigte, dass die Speicher völlig leer waren. T. rief den Solarfirma-Boss an, dessen Frau war am Apparat und erklärte, ihr Mann liege mit Grippe auf dem Sofa, und unterwerfe sich gerade einer Grog-Therapie, er könne leider nicht kommen. Die Dame des Hauses muss jedoch anschließend ihrem Grog-unterworfenen Ehemann die dunkle Lage in unserem Haus geschildert haben, denn um 22:30 Uhr fingerte wieder Scheinwerferlicht den Weg hinauf und der Werkstattwagen hielt direkt vor den Arkaden des Patio. Inzwischen hatten wir die Möbelleute ins Quartier geschickt, denn die brauchten ja auch mal eine Ruhezeit, T. war von sich aus heim zu seiner, ob der Störung nicht gerade begeisterten, zweiten Hälfte geeilt. Meine liebe Frau begrüßte den Chef mit der feinen Bemerkung „was habt Ihr denn da für einen Sch…. geliefert. Ich hatte ihr leider noch nicht erklärt, dass allein wir die Schuld an dem Stromausfall trugen. (Diese verbale Entgleisung sollte sich noch jahrelang negativ im Verhältnis zu der Solarfirma auswirken). Der Boss und ich gingen in den Technikraum, dort wechselte er die keramische Hauptsicherung aus, warf den Generator an, und -- es ward Licht. Ich bedankte mich mehrmals, entschuldigte das Verhalten meiner Frau mit dem Stress, dem auch sie unterlag, und wünschte eine gute Heimfahrt. Freund W. und ich kippten darauf hin erstmal einen

ordentlichen Schluck Bier herunter, der Generator arbeitete fleißig und lärmend an der Aufladung der Batterien, was er auch mehrere Stunden am nächsten Tag tun musste, damit die Speicher wieder volle Kapazität erreichten. Der liebe Nachbar St. beklagte sich am nächsten Tag überall im Tal, ob des Stundenlangen Generator-Geflüsters, von den Leuten „oberhalb der Kante“, nicht ohne zu bemerken, dass „Die da oben“ nicht hierher gehörten. Friede sei mit uns allen, die wir im Paradies leben!
Nachdem die Möbelleute mehr schlecht als recht den Zugwagen ausgeräumt hatten, mussten sie zu einem Standplatz neben der Landesstraße unterhalb des Dorfes fahren, dort das Umzugsgut aus dem Hänger in den Zugwagen umladen, und sich wieder den Berg hinauf kämpfen. Bei der Umladerei gingen vorwiegend die wertvollen Antik-Möbel in Teilen zu Bruch, aber auch altes Familiengeschirr. Wir machten mit dem spanischen Geschäftsführer der Firma eine Bestandsaufnahme der Schäden, und verlangten die Restaurierung durch eine einschlägige Fachwerkstatt. Diese war gar nicht so einfach zu finden. Nach einigen Tagen kam eine junge Dame in Begleitung eines Kollegen, beide stellten sich als Restauratoren der Firma ….. in Denia vor, inspizierten ohne Umschweife das beschädigte Mobiliar, rauften sich (symbolisch) die Haare, ob der Zerstörungen durch unverantwortlich rabiate Handhabung der Möbelleute, erklärten, dass man die voraussichtlichen Kosten in einem Angebot an die Umzugsfirma ermitteln werde, und gaben Vorwarnung einer besonders teuer werdenden Restaurierung eines gebrochenen Suppenschüssel-Deckels, da es nur in Deutschland, und zwar in Berlin, eine Manufaktur gäbe, die solche Arbeit ausführt. Die Lieferzeit sei nach Monaten zu bemessen. Auch diesen Umstand akzeptierten wir, da wir ja nicht unbedingt unsere eingebrockte Suppe aus dieser Schüssel löffeln mussten.
Am Morgen des dritten Tages unserer neuen Zeitrechnung – November – 26 – im Jahre des Herrn 2000 – standen wir zu dritt im Patio, und bewunderten den chaotischen Berg leerer Kartons und die Stapellandschaft noch nicht geleerter Kartons. Wir dachten am späten Abend von Tag zwei, es würde reichen, die Faltkartons, Kleiderkartons und sonstiges Sperrgut einigermaßen wettergeschützt unter dem über die gesamte Breite des Patio gehenden Vordach vom Osttrakt zwischen zu lagern. Wir Dummerchens hatten dabei allerdings nicht an die

Möglichkeit gedacht, dass es ja auch noch das Element des Windes auf unserer Erde gibt: ein kurzer, aber heftiger Nachtsturm wirbelte das Umzugsgut kräftig durcheinander, wobei wir noch Glück hatten, dass nicht so mancher Karton im (noch nicht befüllten) Pool landete. Wir, in unserer Lernfähigkeit ausgeprägt, handelten schnell, indem wir alles wieder in das Hausinnere schafften, von wo wir es am Abend vorher entfernt hatten, um mehr Bewegungsfreiheit bei den Einrichtungsarbeiten zu haben. Die Zuhilfe unseres Freundes W. war natürlich unentbehrlich, trotz der viermaligen Zigarettenpausen pro Stunde.
So verstrich die erste Woche des Lebens auf der Tagarina mit Werkeln überall im Haus. Zwischendurch fuhr ich kurz hinunter ins Dorf, stellte mich im Rathaus offiziell vor, und füllte den Meldebogen aus. Man hat ja schließlich seinen Ordnungssinn. (In Spanien erhält jede Gemeinde von der Zentralregierung pro ordnungsgemäß gemeldeten Bürger eine jährlich festgelegte Summe als Zuschuss. Daher ist es wichtig, gemeldet zu sein). Bei dieser Gelegenheit schaute ich auch kurz in der „Bar Maria“ herein, wurde von der Bürgermeistersfrau – Pepita – herzlich begrüßt, ebenso wie von ihrer Schwester, aber auch von einigen Caballeros, die sich dort im Zuge ihrer Frühstückspause an der Theke versammelt hatten. Natürlich wurde ich zu dem einen und anderen Schnäpschen eingeladen, Ablehnung undenkbar! Etwas beduselt sammelte ich die Post für die Bewohner im Tal ein, um diese später in die Briefkästen an zuvor geschilderter Sammelstelle zu verteilen. (Die „Bar Maria“ fungierte damals als inoffizielle Poststelle für Dorfbewohner, die in Außenbezirken lebten. Erst im Jahre 2008 wurde dafür im Dorf eine Briefkastenanlage eingerichtet). Die Herrin fuhr in Begleitung der Frau von T. zum ersten Mal an die Küste zum Einkaufen. Nach ihrer Rückkehr schilderte sie mit großer Begeisterung das Einkaufszentrum. Es gibt dort Supermärkte, die alles zu bieten haben, was man braucht (oder nicht braucht). Auch die deutschen Marktketten seien vertreten. Riesige überdachte Parkplätze, ebenso großzügige Tiefgaragenanlage in einem Gebäudekomplex mit dutzenden Geschäften. Der Weg von unserem Anwesen in den Bergen des Hinterlandes bis dahin war allerdings 28 km weit, was weniger eine Zeitfrage war, sondern mehr ein Kostenfaktor bezüglich Spritverbrauches. Tankstellen gibt es nur an der Küste oder in größeren Orten im Hinterland. Dadurch bedeutete Nachtanken eine Anfahrt bis zur

nächsten Tankstelle von 25 km. Auch hier war klar, dass man diese Mehrkosten nur durch kombinierte Transporte etwas „abfedern“ konnte. So tauschten wir grundsätzlich an der Tankstelle auch das Flaschengas leer gegen voll, und erledigten noch andere Besorgungen. Nach Ablauf der ersten Woche fuhr unser Freund wieder nach Deutschland zurück. Er war sichtlich von dem nach seinen Lebensgewohnheiten entbehrungsreichen Leben im Paradies genervt. Stromsparen, Wassersparen, nicht im Haus rauchen dürfen waren nicht sein Ding. Wir danken Dir für Deine Hilfe, lieber Freund!
Nun waren wir beide unter uns, der Don Kater Emilio beaufsichtigte unsere Arbeiten im und rund um das Haus, hatte jedoch immer noch nicht die Erlaubnis der Herrin, ausgehen zu dürfen – der Arme!
Als soweit alle Lampen und Leuchten, auch alle Außenleuchten, angebracht waren, als wir nicht mehr, wie in den ersten Tagen, teilweise über Kartons steigen mussten, um uns den Weg zu bahnen, sondern so eine Art erste Ordnung eingekehrt war, erschien mein Bruder (wie gewöhnlich unangemeldet) mit seiner „Königin“, am Arm ein gerade mal vier Wochen altes Hundebaby, hielt es mir hin und sagte nur: „für Euch“. Der Blick dieses kleinen Bündels war so, als ob es sagen wollte, bitte behalte mich, ich will auch immer Dein treuer Begleiter sein. Ich war hin und weg. Mein Bruder wusste, dass wir uns mittelfristig einen Wachhund anschaffen wollten. Wir hatten aber vor, erst später die Familie mit einem Hundi zu erweitern, da wir uns noch zu wenig um ihn hätten kümmern können. Meine geliebte Frau kam zu uns, sah das Baby, erklärte mit fester Stimme, das Geschenk komme zu früh, blickte aber wieder das Bündel an, wobei ihr Blick sanfter wurde, die Stimme weicher, als sie fragte, wie „es“ (das Baby) denn heiße, worauf mein Bruder antwortete, wir sollen ihm den Namen geben. Es wäre herzlos gewesen, die Annahme dieses Geschenkes zu verweigern. Wir tauften den kleinen Kerl „Hannibal“ und waren fortan zu viert. Hannibal machte uns von Anfang an viel Freude: als erstes zerlegte er strategisch voll durchdacht das Korbgeflecht seines Hundekorbes. Zwischendurch gönnte er sich abwechselnd ein wenig Kissenbezug mit Füllung oder Uralt-Holzspäne, die er aus der antiken Spiegelgarderobe herausbiß. Darauf hin gewöhnten wir ihn tagsüber an die Außenbezirke des Hauses. Er ging bald auf Entdeckungsgänge, die ihm, sehr lehrreich für ihn, einige

Verletzungen einbrachten, in dieser Winterzeit allerdings nur durch stacheligen Ginster oder Steineichensträucher verursacht. (Die Bekanntschaft mit Skorpionen und Schlangen machte er erst im Sommer 2001). In der Nacht lag er auf dem nackten Fliesenboden, da wir nicht wöchentlich einen neuen Korb zu kaufen gedachten. Unser Hannibal fühlte sich durchaus wohl dabei, denn die Fliesen waren durch die Fußbodenheizung angenehm warm. Den bisher allein herrschenden Kater brachten wir noch nicht mit Hannibal zusammen, da wir wussten, dass er grundsätzlich gegen Hunde feindlich eingestellt war, denn es war ein böses Hundevieh, dass ihm in frühester Jugend das halbe Ohr abgebissen hatte, und wäre nicht sein damaliges Frauchen rechtzeitig dazwischen gegangen, wäre Kater Emilio sicher verspeist worden. Don Kater ging seit diesem Abenteuer grundsätzlich ohne Vorwarnung zum Angriff über, was wir unserem allmählich kräftiger werdenden (Noch-)Baby ersparen wollten.

Die Tage verstrichen, ausgefüllt mit der Einrichtungsarbeit. Zwischenzeitlich war der Spannteppich im Schlafzimmer verlegt worden, und wir konnten das Bett dort aufschlagen, sonstiges Mobiliar aufstellen, unseren Betthimmel anbringen, und endlich im gewohnten Ambiente entschlummern. Ein Fachbetrieb lieferte uns eine extra große Satellitenschüssel, damit wir verschlüsselte Sendungen, wie in Deutschland gewohnt, empfangen konnten. Das Wetter nahm allmählich leicht mittel- bis nordeuropäische Temperaturen an, was uns verwunderte, dachten wir doch, dass die Null Grad Grenze hier völlig unbekannt sei und im spanischen Wortschatz eigentlich nicht existiere. Wir hatten dabei völlig übersehen, uns für den Wohnzimmer-Kamin Brennholz liefern zu lassen. Die Fußbodenheizung lieferte nicht annähernd die Strahlungswärme, die nötig war, das Haus auf 18 bis 20 Grad Innentemperatur zu halten. Im Gegenteil: meine Handauflage-Tests zeigten, dass der Fliesenboden kälter und kälter wurde! Zwischen Weihnachten und Neujahr lebten wir dick eingepackt mit der wenigen Winterkleidung, die wir mitgenommen hatten (wer nimmt schon Wintersachen in ein immer warmes Klima mit??), und konnten wenigstens noch eine erste Fuhre Kaminholz organisieren, womit wenigstens im Wohn- und Esszimmer-Bereich eine leichte Erwärmung gegeben war. Außerdem düste ich an die Küste, und kaufte einen Gas-Zimmerofen, um uns ohne

Erfrierungen über die Tage zu bringen. Die Solarfirma, die auch die Fußbodenheizung über einen Subunternehmer geliefert und eingebaut hatte, war im Jahresurlaub, einen Notdienst gab es nicht. Die Heizung konnte nicht funktionieren, da im Leitungssystem der Druck nicht mehr gegeben war. Trotz Nachfüllung war innerhalb einer halben Stunde der Druck wieder abgesunken. Ich erinnerte mich an den Leitungsschaden im Schlafzimmer und ging auf die Suche nach einer möglichen neuen Schadstelle. Im Wohnzimmer wurde ich fündig: ungefähr 1 Meter vom Kamin entfernt sah ich feuchte Fliesenverfugung, trocknete einen kurzen Bereich mit dem Feuerzeug, und beobachtete diese Stelle. Nach wenigen Minuten war die Feuchtigkeit wieder entstanden. Somit war klar, dass darunter, eingebettet im Betonestrich, die Lei-tung oder eine Leitungsverbindung undicht sein musste.
Guten Rutsch und frohes Neues Jahr!!

Kapitel 4

Das arbeitsreiche Leben im Paradies

Das Jahr 2001 begann frostig, Wohnzimmer-Temperatur 14 Grad, Schlafzimmer 7 Grad. Zu Beginn der zweiten Woche waren die Solarfirma und deren Subunternehmer bestellt, um den Schaden zu beseitigen. Der Fliesenboden wurde vom Juniorchef der Baufirma vorsichtig an der von mir bezeichneten Stelle geöffnet, und das Wasser drückte sofort verstärkt nach oben. Freistemmen, Leitung reinigen, Sichtprüfung – ein glatter Schnitt in der Kunststoff-Leitung war die Ursache! Der Subunternehmer setzte einen speziellen Verschluss, Leitung dicht, Estrich wieder eingestrichen, neue Fliese versetzt und verfugt – erledigt. Aber jetzt ging eine Klartext-Diskussion der Verschuldensfrage los. Der Solar-Boss erklärte, dies sei offensichtlich Sabotage, sprich böswillige absichtliche Durchtrennung der Leitung, gewesen, und deshalb könne sein Unternehmen nicht haftbar gemacht werden. Ich erklärte, dass ich ein voll funktionsfähiges Werk bestellt habe, jedoch ein funktions-untüchtiges Werk empfangen habe. Im Übrigen habe der Subunternehmer versäumt, nach Verlegung des kompletten Leitungs-systems und vor Einbringung des Be-tonestrichs, die vorgeschriebene 48-stündige Druckprobe durchzuführen, denn dann wäre der Schaden sofort erkannt worden. Der Unternehmer solle froh sein, wenn ich nicht zusätzlich von dem Einbehalt aus der Schlussrechnung noch Kosten-Ersatz des uns entstandenen Folgeschadens verlange. Der Sohn des Solarfirmenchefs, der mittelfristig die Firma leiten sollte, war ebenfalls anwesend, enthielt sich aber jeden Kommentars. Ich merkte nur, wie konzentriert er der Diskussion folgte. Das technische Trauerspiel mit der Bodenheizung war damit aber leider nicht beendet, sondern es gab in den nächsten Jahren immer wieder in unregelmäßigen Abständen Druckabfall im System, der die Heizung lahm legte. Die mehrere Male herbei zitierte Solarfirma, die sich mittlerweile von ihrem Subunternehmer getrennt hatte (!), fand einfach nicht die Ursache des oder der Leckagen! Erst im dritten Jahr der Nutzung ergab während einer Druckprobe die Sichtprüfung der Haupt-Vorlaufleitung, dass diese im Bereich des Fundament-Durchbruches vom Untergeschoss in das Hauptgeschoss einen Bruch hatte, und aus mehreren feinen Rissen das Wasser drückte. Dabei musste ich feststellen, das die völlig inkompetente Heizungsfirma diese Leitung in das Fundament einbetoniert hatte, anstatt ein Hüllrohr zu verlegen, in welchem die Kupferleitung sich frei bewegen kann. Ein neues Bauwerk setzt sich mitunter noch bis zu zwei Jahre. Daher musste die Leitung Schaden nehmen. Die Leitung auszuwechseln, hätte bedeutet, im Hauptgeschoss den Fliesenboden der Diele, des Esszimmers und des Querflurs im Osttrakt freizulegen. Ich entschied daher, im Installationsgang unterhalb des Pasillos – der Bereich, in welchem alle Installationen, die in das Hauptgeschoss eingeleitet werden, frei zugängig waren – einen Anschluss an die Leitung zum Pool herzustellen. Der Pool war ebenfalls beheizbar. Deswegen war im Patio ein einschlägiger Verteilerkasten in die Außenwand des Wohnzimmers eingelassen. Hier wurde recht kostengünstig ein Abzweig in das Wohnzimmer hergestellt, und im Sockelbereich die Ersatz-Hauptzuleitung zum Verteiler im Querflur verlegt. Ich ließ dann auch gleich drei Strahlungsheizörper im Wohn-/Essbereich montieren, denn es war mir wichtig, dass diese Zone schneller erwärmt werden konnte, als das mit der Bodenheizung möglich war. Im Nachgang muss ich feststellen, dass der Einbau einer Bodenheizung grundsätzlich ein Fehler war. Dieses Heizungssystem kann die volle Wirkung nur dann erbringen, wenn sie rund um die Uhr aktiv ist. Der Stromverbrauch innerhalb 24 Stunden war aber für unsere Solaranlage viel zu hoch. Die Heizung lief Zeituhr-gesteuert daher nur zwei bis drei Stunden in der Früh und ein bis zwei Stunden am Abend. Ein Planungsfehler der Solarfirma! Diese hätte uns alternativ die Erzeugung der Heizenergie, in Verbindung mit der Warmwasseraufbereitung, durch ein zusätzliches Solar-Paneel-Feld anbieten sollen bzw. müssen. Mein Bauleiter hatte sich von Anfang an im Zuge des Baues seines Landhauses eine solche Anlage installieren lassen. Mir ist noch heute nicht klar, warum ich diesbezüglich von ihm keinen Tipp bekommen habe. (Auch zu dieser Thematik habe ich als Architekt sehr viel dazu gelernt. Ich muss selbstkritisch feststellen, dass ich es versäumt hatte, mich im Vorfeld einschlägig schlau zu machen). Unsere Solarfirma habe ich von dem Ausgang dieses Schadensfalles nie informiert, der Bau der Umleitung und Einbau zusätzlicher Heizkörper wurde von einer kompetenten Heizungsbau-Firma mit 30-jähriger Erfahrung schnell und kostengünstig durchgeführt.

Talabwärts, nicht weiter als 150 Meter von uns entfernt, lag etwas tiefer, eingebettet in locker gewachsenen Baumbestand, das Anwesen des Arzt-Ehepaares M. und G. Der Hausherr M. und seine Frau hatten dieses Landhaus von einem Münchener gekauft, der es einige Jahre vorher hatte erbauen lassen, um dort die späten Jahre zu verbringen. Sein Pech war nur, wie man uns erzählte, dass er seine Frau nicht gefragt hatte. Als er sie überraschend auf einem Spanienurlaub zu dem Haus führte, und es stolz in ihren Besitz übergeben wollte, machte die Dame ihm klar, sie werde hier niemals leben, sie sei Großstadt-verwöhnt, und brauche dieses Flair. Die Arztens brachten ihren Privat-Architekten aus Deutschland mit, der nicht wirklich Architekt war, und dieser „Kollege“ entwarf Erweiterungsbauten und Umbauten, die im Charakter nicht viel mit mediterranem Stil zu tun hatten. Die Bauarbeiten führte die Firma von Juanjo aus. Mein ehemaliger Bauleiter T. wurde für die Bauüberwachung verpflichtet. Wir erinnern uns, dass der Zufahrtsweg, den ich hatte herstellen lassen, gemäß Vereinbarung für den Bau- und sonstigen Verkehr nur für meine Bauzeit freigegeben worden war. Dies wusste Herr T. genau, denn er hatte das ja so verhandelt, ignorierte aber diese Einschränkung. Es fuhren also bis nach Ostern die LKW´s und PKW´s in täglichen Kolonnen, bis einem Spanier, durch dessen Grund der untere Teil des Weges von der Talstraße aus führte, die Sperrung innerhalb 48 Stunden ankündigte, und auch vollzog, indem er eine Kette quer über den Weg spannte, und die Zufahrt am oberen Ende mit Astwerk versperrte.

Einige Wochen vorher, in der jährlichen Regenzeit, erlebten wir die erste „Gota fría“. Dies ist ein sintflutartiger Regen, der in dieser Jahreszeit dadurch entsteht, dass das Mittelmeer noch immer Temperaturen zwischen 18 bis 22 Grad hat, die höheren Luftmassen jedoch nur wenige Grad über Null oder auch deutlich unter Null haben können. Wer diesen Schüttregen, der so dicht fallen kann, dass die Sichtweite gerade mal 10 Meter beträgt, und in einer Stunde bis zu 100 Liter/m^2 die Landschaft ersäufen kann, je erlebt hat, der entwickelt tiefe Ehrfurcht vor den Gewalten der Natur. Ich ließ die Blicke nicht mehr von der Erdwand, lief von Zimmer zu Zimmer, um West-, Nord- und Ostwand auf Standfestigkeit zu überprüfen. Als ich in verschiedenen Bereichen sah, wie sich erste Schlamm-Rinnsale bildeten, ahnte ich nichts Gutes. Nach wenigen Stunden – es war gegen Mittag – hörte ich ein lautes Poltern, spürte eine starke Erschütterung. Wieder lief ich durch alle Zimmer, bis ich vom Fenster des einen Gästezimmers im Osttrakt sah, dass ein tonnenschwerer großer Felsblock sich aus der Wand gelöst hatte, auf den unbefestigten Boden des ungefähr ein Meter breiten Umganges gekracht war, und aufspritzender Schlamm und Steine gegen das nächstliegende Fenster geschleudert worden waren. Die Isolierglasscheibe hatte standgehalten. Ich rannte hinters Haus, nur mit Badehose bekleidet, und kämpfte mich in kniehohem Wasser bis zu dem Wandausbruch. Es mussten sofort die Fenster gesichert werden! Ich rannte zum Nachbarn, wo sich die Bauarbeiter untergestellt hatten, da an arbeiten nicht zu denken war, eine Heimfahrt mit dem Kombi bei diesem Sturzregen aber auch zu gefährlich war, denn der Weg war ein Wildbach. Juanjo organisierte Hartfaserplatten aus dem Baumagazin, lud diese in den Kombi und mahlte sich bis zu unserer Hauptreppe hin und her rutschend hoch. Innerhalb einer Viertelstunde waren die Fenster mit den eingepassten Platten verschlossen. Das war knapp! Der Sturzregen hämmerte den ganzen Nachmittag auf die Dachflächen. Wenn Sturmböen den Regen schräg peitschten, dann trommelte es zusätzlich gegen die Scheiben. Ein wirklich Angst machendes Treiben. Im Laufe der Nacht wurde ich plötzlich im Schlafzimmer von einem Dröhnen, Erdbeben und Krachen geweckt, stürzte aus dem Bett, sah dass meine Frau in ihrem festen Schlaf nicht gestört war, weckte sie auf, schilderte mit „flatternder Stimme“, was ich gehört und gespürt hatte, und wir rannten erstmal vom Nordtrakt über den Querflur des Osttraktes in den Südtrakt, da dieser knapp 20 Meter weg von der Erdwand gelegen war. Ich zog mir dieses Mal Wetterstiefel an, Regenzeug hatten wir (noch) nicht, denn wie die Spanier sagen, regnet es ja nie, und daher sind weder ein Schirm noch Regenschutzkleidung nötig. (Während der regelmäßig wiederkehrenden Regenunwetter, die extrem zerstörerisch wüten können, schalten die Spanier offenbar ihr Bewusstsein und Gedächtnis ab). Ich also Außenlicht angeschaltet, Schirm aufgespannt, und hinter das Haus durch den Schlamm geschlichen. Ich traute meinen Augen nicht: aus der Nordwand waren großflächig über die gesamte Länge und aus allen Höhenlagen Tonnen von Erdmassen herunter gebrochen. Mehrere große Felsbrocken lagen am Boden, die Ausbruchsmassen türmten sich bis zu 1,5 Meter hoch auf. In diesem Augenblick kam mir das erste Mal der stille

Ausruf in den Sinn „Wo sind wir da hingezogen“. Da die Erdmassen natürlich sich auch bis zu einem halben Meter hoch an der Hauswand angelagert hatten, bestand Gefahr der Durchfeuchtung der Mauer, und das mit allen Folgerungen für den Innenbereich. Zum Glück hatte ich allerdings das Hauptgeschoß so geplant, dass der Geschossboden nicht direkt auf dem Terrain zu liegen kam, sondern als Geschossdecke 50 cm über Terrain ausgeführt wurde. Eindringendes Wasser wäre also im unteren Hohlraum versickert. (Diese Konstruktion war eigentlich dazu gedacht, eventuell anfallendes Hangwasser unter dem Hauptgeschoss durchzuleiten, und im Installationsgang in einer offenen Halbschalen-Rinne zu sammeln und abzuleiten. In allen Jahren hat es jedoch nie Hangwasser gegeben). Am nächsten Tag – der Schüttregen war in einen normalen Landregen mit nur 25 Liter/m^2 übergegangen – war mir bei näherer Überprüfung der Lage schnell klar, dass die Beräumung des Abbruchs erst möglich sein würde, wenn diese Massen einigermaßen trocken wären. Maschinelle Beseitigung war nicht möglich, da kein Gerät durch den engen Zwischenraum zwischen Erdwand und Hausmauer durchgekommen wäre. Außerdem wurde mir bewusst, dass eine aufwendige Sicherung des Hanges kurzfristig durchgeführt werden musste. Ich machte mich also Wochen später mit Schubkarre und Spaten, Pickel und Schaufel „á mano“ (per Hand) an die Arbeit. Derartige Massen sind ja schwer abzuschätzen, aber 30 cbm waren es sicher! Als diese Arbeit erledigt war, und ich ordentlich Muskelkater hatte, aber auch einige Kilo an Gewicht vermisste, was ja nicht nachteilig war, ließ ich Kiessand-Gemisch kommen, und stellte ein Planum her, denn ich hatte mich entschlossen, solange die Baufirma beim Nachbarn noch arbeitete, den Umgang hinter dem Haus betonieren zu lassen. Die Baufirma war auch deshalb nötig, da durch die Sintflut-Regenfälle vor dem unteren Geschoß in Höhe Garage ein Erdbruch erfolgt war, der die Böschung abrutschen ließ, sodass dort anstatt 5 m breit, die Vorfahrt nur noch 2,5 m Breite hatte. Mit dem Wagen aus der Garage zu kommen, ohne einen Abgang zu machen, war eine schweißtreibende Angelegenheit. Wir vereinbarten die Ausführung dieser Arbeiten für Mitte Mai.

Anfang April musste der spanischen Bürokratie Genüge getan werden, indem beim örtlichen Notar in Villajoyosa, die „Declaración de obra nueva“ (Erklärung über einen Neubau) ausgestellt werden musste. Dazu war es erforderlich, die

„Cedula de habitabilitat“ (Wohnbarkeitsbescheinigung) vorzulegen. Dieses Dokument wurde von dem Gemeinde-Architekten ausgestellt, der dieserhalb eine Bauabnahme körperlich in Form einer Baubegehung durchzuführen hatte. Ich pilgerte also ins Rathaus, erbat die möglichst rasche Begehung, worauf der Gemeindesekretär lächelte, einen Vordruck in die Schreibmaschine einspannte, diesen ausfüllte, stempelte und unterschrieb… fertig war die „Cedula“. Man sieht: es geht auch zwanglos. Der Termin beim Notar war mir im Vorfeld ein Graus, denn die Erinnerung an den letzten Auftritt dort war noch nicht wirklich verarbeitet. Jedoch war ich angenehm überrascht: kein Gedränge, fast müßiges Herumstehen der zahlreichen Angestellten, sofortiger Eintritt in das Heiligste. Es folgte das schon gewohnte „Verbal-Geratter“, Unterschrift, Dankeschön und gute Zeit, die Kasse ist vorne.

In diesem Monat baute ich unserem Hannibal ein Haus: Außenwände aus Natursteinen gemauert, Boden edel verfliest, Dacheindeckung innen wärmegedämmt, außen in Massivbauweise (von der spanischen Bauweise übernommen) mit bituminöser Isolierung, eingebauten Lüftungssteinen und Schwing-Lamellentür, in unverbaubar bester Lage, nämlich am Ende des Pasillos gegenüber vom überdachten Hauseingang. Kurz – vom Feinsten! Leider hat Hannibal diesen Luxus nicht ganz verstanden. Seine Eltern und sonstige Vorfahren lebten in Armut mehr aus der Mülltonne, was sich in den Genen unseres Prachtexemplares von einem Wachhund wohl eingenistet hatte. Der Hannibal lehnte schlichtweg die Saloon-Tür ab, die Demontage dieses nicht billigen Teiles war unvermeidlich. Daraufhin war Hannibal happy, stieg über die jetzt freigelegte Schwelle in sein Haus, drehte sich mehrmals alles beschnuppernd um die eigene Achse (wir nannten dieses beschnuppern „trüffeln“, weil er dabei immer - und noch bis an das Ende seiner Tage am 23-ten Dezember 2011 - wie ein Schwein grunzte), und legte sich endlich zufrieden dreinblickend hin, mit dem Kopf auf der Schwelle. Der Hannibal war wirklich ein verlässlicher Wachhund. Wir konnten nach einigen Wochen an der Art und Tonlage seines warnenden Bellens genau unterscheiden, ob ein Fremder nahte oder ein auch dem Hund bekannter Nachbar. Hannibal pflegte stundenlang an der niedrigen Brüstungsmauer des Pasillos zwischen den Arkaden zu lehnen, was ausschaute, als ob er sich ein paar Drinks an der Bar genehmigte, und beobachtete nicht nur unseren Zufahrtsweg hochkonzentriert, sondern auch das Tal und den Hang gegenüber. Wenn Bauern oder Spaziergänger, die wir so ohne Weiteres auf die Entfernung gar nicht erkennen konnten, sich im Gelände bewegten, bellte unser treuer Gefährte sofort heftig los. Dies tat er besonders in der Jagdsaison, denn die Jäger pflegten an unserer Grundstücksgrenze entlang den Hang zu ersteigen, auf der Jagd nach Bergziegen und Wildschweinen. Dieser jederzeit treue Gefährte erlitt leider gegen Ende des Jahres 2011 einen Herzanfall, bekam keine Luft mehr, verlor innerhalb von Stunden seine Kräfte, und musste eingeschläfert werden. Elf Jahre Partnerschaft und gegenseitige Zuneigung fanden damit leider ein Ende….

Wir hatten im Patio einen Pool bauen lassen, nicht allzu groß, aber dafür elegant geschwungen und mit römischer Treppe ins Wasser. Der musste vor Befüllung erstmal mit Bürsten von der Fugenschlämme des Mosaikbelages gereinigt werden, was meine Frau und ich an einem der Apriltage schweißtreibend erledigten. Das Wasser wurde mit Tankwagen herangeschafft. Die Befüllung war wegen der hohen Transportkosten nicht gerade preiswert, jedoch sollte das auch nur eine einmalig notwendige Aktion sein. Bei regelmäßiger Reinigung des Wassers kann nämlich die Qualität über die Jahre gesichert werden, der Wasserverlust durch normale Verdunstung ist jedoch auszugleichen. Wir brauchten fünf Transporte, denn die umgerüsteten Lastkraftwagen konnten wegen der Steilheit der Zufahrt nur 7.000 Liter laden. Mangels Vierradantrieb war es abenteuerlich anzusehen, mit welcher Mühe die Fahrer versuchten, ihren LKW rückwärts die obere Auffahrt bis zum Patio mit durchdrehenden Rädern zu bewältigen. Nach der letzten Fuhre war der Kiesbelag zum Acker geworden. Ein halber Tag Arbeit war angesagt, um die Auffahrt wieder herzurichten. Wir lernten daraus, dass im Paradies alle Aktionen im Regelfall nur mit zusätzlicher Arbeit, Mühe und Problemen zu bewältigen sind….

Für den 5-ten Mai war die „Inauguración“ des Hauses anberaumt. Der Entwurf der nötigen Einladungen dauerte viele Stunden, denn ich wollte in fehlerfreiem Spanisch den richtigen Ton treffen. Die Mentalität der Landbevölkerung war aber zu

diesem Zeitpunkt für uns noch schwer einzuschätzen. Die langjährig im Tal lebenden Deutschen gaben mir nur den Rat, keine Einweihung zu geben, da die Spanier zwar dankend annehmen aber nicht erscheinen würden. Don H. musste viele Jahre vorher einschlägige Erfahrungen machen. Wir konnten uns nicht vorstellen, dass die am Bau beteiligten Unternehmer, der Bürgermeister, der Bankdirektor, der Architekt und einige Spanier, die im Tal ihren Hauptwohnsitz hatten, unsere Einladung auf eine solche unhöfliche Art zurückweisen würden. Ich war mir sicher, dass Don H. in der Vergangenheit einen schwerwiegenden Fehler in seinem Auftreten den Spaniern gegenüber gemacht haben musste, und dafür damals die Quittung erhalten hatte. Ich fragte mehrere Party Services ab und stellte fest, dass wenig Interesse bestand, im bergigen Hinterland einen derartigen Full-Service Auftrag anzunehmen, zumal inzwischen die Anfahrt mit allem Zubehör über den nur schwer befahrbaren alten Weg möglich war. Schließlich erklärte sich ein Restaurant an der Küste bereit, das von uns gewünschte Buffet mit ausschließlich spanischen Spezialitäten zu liefern, einen Koch und zwei Serviererinnen beizustellen, sowie sämtliche notwendigen Stühle und Tische mitzubringen. Es war vorgesehen, an dem sicherlich angenehm warmen Maiabend im Patio zu „tafeln“. Das Buffet sollte im Wohnzimmer aufgebaut werden, der große Grillkamin auf der Terrasse vom Koch bedient werden.
Am Morgen des Festtages zeigte das Thermometer 6 Grad, der Himmel war mit dunkelgrauem Gewölk garniert, und daher als solcher nicht vorhanden, ein gefühlt noch kälterer Wind umschmeichelte das Anwesen. Der Beginn der Party war für 17:00 Uhr angesagt und pünktlich um 16:30 brach die Sonne durch die Wolken. Inzwischen hatten wir immerhin 11 Grad, der Wind hatte sich gelegt, alles war aufgebaut, das Buffet gerichtet, der Grill hatte schon die richtige Hitze…. Die Gäste konnten kommen – und sie kamen alle! Hintergrundmusik angestellt, erste Drinks serviert, lockeres Geplaudere in Grüppchen zusammenstehend oder flanierend, die Stimmung stieg, der Grill bruzzelte alle möglichen Fleisch-Feinheiten, und ich bat die Gäste um einige Minuten Aufmerksamkeit, denn ich wollte sie mit ein paar Worten begrüßen. Gesagt – getan (unter innerlichem Schweißausbruch) – gestottert und in der Rede stecken geblieben, da mir plötzlich die Vokabeln fehlten. Aufmunternde und freundliche Mimik und Gesten der Zuhörer

gaben mir jedoch mein im Stress blockiertes Gedächtnis wieder frei, und so gab es zum Schluss für mich ernst gemeinten Beifall. Alle umlagerten meine Frau und mich, machten uns Komplimente darüber, was wir geschaffen hatten, wünschten uns ein frohes Dasein in unserem Heim und trugen uns ihre Unterstützung für alle Fälle an. Wir beide waren selten so froh und zuversichtlich, wie an diesem Abend. Und weil das so war, illuminierte ich das ganze Haus, innen wie außen, und aktivierte die Poolbeleuchtung. Das Einweihungsfest war ein großer Erfolg, was auch durch die in den folgenden Tagen uns gegenüber mehrfach geäußerten Danksagungen bestätigt wurde.

Der Pool wurde eigentlich von meiner Mutter, die uns nach dem Fest für eine Woche besuchte, und die bei uns im Gäste-Apartement im Untergeschoss wohnte, eingeweiht. Obwohl es Mitte Mai noch immer nicht wirklich warm werden wollte, die Wassertemperatur im Pool betrug 17 Grad, kam die immerhin fast 87-jährige alte Dame im Morgenmantel vor dem Frühstück in den Patio, ließ die Hüllen fallen, stieg in das Becken, schwamm frohlockend ihre Runden, und ich sah vom Rand aus schlotternd zu. Ein paar besondere Tage, die uns im Gedächtnis bleiben werden, dieser Besuch...

Nach diesem Besuch war es Zeit, die Betonierung des Umganges hinter dem Haupthaus durchzuführen. Die Baufirma hatte diesen Teil der Arbeit in zwei Tagen erledigt. Die Sanierung des Hangrutsches vor der Garage war jedoch wesentlich zeitaufwändiger, denn eine einfache Verfüllung mit klass-iertem verdichteten Material reichte nicht aus, da die Vorfahrt zur Garage für Schwerlastverkehr standfest sein musste. Ein Heizöl-Transport mit maximal 5.000 Liter an Bord hatte schließlich ein Gesamtgewicht von 10 Tonnen. Es war daher nach Verfüllung des Ausbruches die Betonage einer Stahlbeton-Schleppplatte erforderlich, die in ein in die Böschung eingeschnittenes Streifenfundament eingebunden war. Gegen Ende Mai stellte ich fest, dass im Pool ein für diese Jahreszeit ungewöhnlich hoher Wasserverlust innerhalb 24 Stunden gegeben war, nämlich nicht weniger als 300 Liter, was ungefähr einer Mosaikhöhe der Verfliesung bzw. ein Prozent der Gesamtmenge entsprach. Ich wusste aus Angaben von T. , der auch einen Pool hatte, dass nicht einmal im heißesten Hochsommer eine solche Menge verdunstet. Der Verdacht lag nahe, dass das Becken nicht dicht war. Na prima! Der Anfangsverdacht erhärtete sich von Tag zu Tag mehr, denn der täglich gemessene Wasserschwund blieb konstant. Ich zitierte den Bauunternehmer vor Ort, erläuterte ihm den Sachverhalt, und fragte ihn, ob er das Becken genau nach Planvorlage gebaut habe, insbesondere die im Plan vorgesehene Stahlbeton-Grundplatte, bevor das eigentliche Betonbecken erstellt wurde. Es stellte sich heraus, dass weder die Grundplatte, noch das Becken selbst in Stahlbeton erstellt wurden, vielmehr wurde das Becken herkömmlich gemauert. Der Junior redete sich heraus, dass man in Spanien ein Schwimmbecken immer „so" baue, und dass Bauleiter T. zwecks Einsparung in den Baukosten dieser billigeren Bauweise zugestimmt habe. Ich war davon aber in den wöchentlichen informativen Telefonaten von T. nicht in Kenntnis gesetzt worden, sonst hätte ich sofort eine solche Ausführung untersagt. (Die primäre Grundplatte ist nötig, um im Falle eines ungleichmäßigen Bodendrucks druckausgleichend zu wirken, und dadurch Risse im Beckenboden zu verhindern. Immerhin drückten in unserem Becken auf 26 m^2 Bodenfläche 36 Tonnen Wasser, zuzüglich Eigengewicht des Beckens). Einen Wasserverlust schloss der Bauunternehmer dennoch aus. Ich zog einen neutralen Fachmann hinzu, der mir in Anwesenheit des Seniors, Juniors und kaufmännischen Leiters der Baufirma erklärte, dass hier tatsächlich eine Undichtigkeit vorliegen müsse. Das sei in diesem Fall besonders kritisch, da das Becken dreiseitig vom Bauwerk umgeben sei, so dass ein derartiger „chronischer" Wasseraustritt in das Erdreich die Fundamente unterspülen könne, womit das Gebäude in seiner Standsicherheit ernstlich gefährdet wäre. Diese Argumente überzeugten wohl die Baufirma, einer Entleerung des Pools und anschließ-ender genauen Prüfung des Beckens zuzustimmen. Kostenübernahme durch die Firma. Da im Hauptdepot nur noch knapp 20.000 Liter verblieben waren, (es hatte seit Januar kaum nennenswert geregnet, und der wochenlange Wasserverlust im Pool musste ja fortlaufend durch Nachfüllung ausgeglichen werden), konnte ich das Poolwasser vollständig in das Hauptdepot umpumpen. Kaum war das Becken bis auf wenige Zentimeter Wasserniveau leer gepumpt, sah man kleine artesische Brünnchen an mehreren Stellen Wasser in das Becken zurückdrücken! Damit war der Beweis erbracht: der Pool „schwamm" bereits förmlich auf einer darunter angesammelten Wasserschicht, die bereits so inhaltsreich war, dass sie gegen das Eigengewicht des fast leeren Beckens Wasser durch die verschiedenen Risse zurück drückte. Ein eindeutiger Garantiefall, was auch die Baufirma nunmehr akzeptierte. Ich hatte zu entscheiden, ob der Fliesenbelag im Patio aufgebrochen, das Becken abgerissen, und nach Plan alles neu gebaut werden sollte. Das hätte aber auch bedeutet, die den Patio nach Westen hin umgrenzende Bogenarkade mit ihren Balustraden abzutragen, da sonst das unabdingbar nötige schwere Baugerät nicht hätte eingesetzt werden können. Der noch relativ frische Außenanstrich des Grobputzes der Außenmauern hätte im Patiobereich ebenfalls erneuert werden müssen. Großbaustelle über Wochen also! Für uns undenkbar. Uns war zum Heulen zumute, wir wollten doch nur in Ruhe und stiller Zufriedenheit unsere Zeit verbringen, und jetzt das, als Draufgabe zu dem noch völlig ungelösten Problem der Erdwandbefestigung hinter dem Haus. Ich entschloss mich daher, eine solche Baustelle nicht zuzulassen, wohl wissend, dass ich damit keine dauerhafte Qualität des Schwimmbeckens anerkannte. Die Alternative lag im Einbau einer maßgeschneiderten Kunsstoff-Folie, die seit Jahren für Schwimmbecken angeboten wurden. Die Baufirma ging sofort auf diesen Kompromiss ein, denn das bedeutete für sie eine erhebliche Kosteneinsparung gegenüber eines Pool-Neubaues. Die nötigen bauseitigen vorbereitenden Arbeiten erzeugten Dreck genug, zumal die „Ethik“ am Bau für Spanier „in se“ bedeutete, Bauen macht Dreck, eine gottgewollte Tatsache. Von mir geforderte Abdeckplanen waren derart verschmutzt, dass man sie auch hätte weglassen können. Die Vorarbeiten waren im Aufwand nicht unerheblich, denn es mussten sämtliche wassertechnisch notwendigen Einbauten im Becken ausgebaut werden (Wandskimmer, Bodenskimmer, Hochdruck-Wasserzuläufe, Unterwasser-Scheinwerfer) und gegen solche mit für die Folie geeigneten Dich-tungsflanschen ersetzt werden. Dabei wurde natürlich beim Freistemmen des Bodenskimmers, obwohl ich noch Minuten vorher zu besonderer Vorsicht gemahnt hatte, eine Leitung der Bodenheizung zerkloppt, was einen Noteinsatz des „Fontaneros“ (Sanitärfachmann) zur Folge hatte. Dieser raste an die Küste zum einschlägigen Fachhändler, um eine für diese Leitungen speziell nötige Dichtungsmanschette zu kaufen, kehrte fluchend zurück, und forderte vom Bauunternehmer Satisfaktion in Form eines ausführlichen Umtrunks am Abend. Im Beckenboden war ein

Delphin als Mosaik eingelassen, der natürlich nach Verlegung der Folie nicht mehr sichtbar sein würde. Also verlangte meine Frau ersatzweise (auf Kosten der Baufirma) die Anbringung eines gleichen Mosaiks an der Wand über der Pooldusche. Zusätzlicher Dreck wurde dadurch auch in den bis dahin relativ sauber gehaltenen überdachten Patiobereich getragen. Meine Stimmung war inzwischen bei minus 22,5 Grad angekommen. Nach Fertigstellung der Vorarbeiten, und nach Reinigung der völlig eingezuckerten Außenmauern mittels Gartenschlauch, Waschen der Bodenfliesen, neuerlichem Egalisieren des Kiesbelages der Auffahrt, Intensivreinigung des Poolbeckens (es durfte nicht das kleinste Steinchen am Boden zurückbleiben!), war die Verlegung der Folie eine Angelegenheit von wenigen Stunden. Die Neubefüllung ging diesmal auf Kosten der Baufirma, die Folie im gleichen Mosaik-Design wie vorher, entfaltete sich unter dem steigenden Wasserdruck zu ihrer endgültigen Ausdehnung. Es zeigte sich erst jetzt, dass die Pariser Firma, die nach Naturaufmaß unseres Beckens die Folie EDV-gestützt in einem Stück hergestellt hatte, sehr genau gearbeitet hatte. Die absolute Faltenfreiheit war allerdings nur zwei Jahre gegeben. Danach bildeten sich durch äußere Einflüsse mehr und mehr Falten am Boden wie auch am oberen Befestigungsrand aus, was in erster Linie die Reinigung mit dem Sauger erschwerte, aber auch nicht gut aussah. Ein Mangel konnte jedoch nicht geltend gemacht werden, da der Hersteller vor Auftragserteilung auf diese material-bedingte Eigenschaft hingewiesen hatte. Hätte ich doch nur auf voller Ersatzvornahme bei der Baufirma bestanden! Aber, was soll´s, von wegen „hätte, hätte, hätte"…

Nach Durchleben und Durchleiden des Pool-Abenteuers war es Zeit, an die Befestigung der Erdwand zu denken. Ich hatte mir inzwischen Gedanken gemacht, mit welcher Technik eine dauerhaft standfeste Sicherung machbar wäre, wollte mich aber dazu mit unserem Nach-barn im Talgrund, Don E. , der unter anderem Baumeister gewesen ist, beraten, nachdem ich von unserer Baufirma und von anderen eine Absage erhalten hatte, da die Ausführung fast unmöglich sei, und zwar wegen nicht ausreichend vorhandenem Arbeitsraum, Gerüststellung fast unmöglich sei, und so weiter. Ich war danach fest entschlossen, die Arbeit allein durchzuführen, und sollte es Jahre dauern, und sollte ich dabei zusammenbrechen. Meine Frau äußerte in ihrer klaren, kurzen und eingehenden Art, dass ich dies unmöglich allein schaffen könnte. Don H. hatte mir einen angeblichen Bauwerker als Helfer angetragen. Dieser wohnte auf dem Campingplatz von H. in einem alten Wohnwagen mit Hund und Lebensgefährtin. Ich ließ ihn kommen, und hatte vom ersten Anblick an so meine Bedenken gegen den Typen. Ich sagte mir aber, eine Empfehlung von H. kann ja nicht negativ sein. Also zeigte ich ihm die Gegebenheiten, und fragte ihn, ob, und wenn ja, zu welchem Stundensatz er arbeiten würde. Der Mann erklärte betont forsch seine Zustimmung, nannte einen akzeptablen Stundensatz, und bat sogleich um einen Vorschuss zwecks Besorgung von Material und nötigem Werkzeug, welches wir beide zur Ausführung brauchten (Verzinkten Gitterdraht, 240er Nägel, Fäustel usw.) Ich gab ihm einen Scheck über 350.000.- Peseten, er ging zur Bank im Dorf, löste ihn ein, und…. ward nicht mehr gesehen! Ein Anruf von ihm, nachdem er bei H. seine Standmiet-Schulden bezahlt hatte und darauf hin davon gefahren war, setzte seiner Betrügerei die Krone auf, als er erklärte, er werde am nächsten Morgen pünktlich mit Material und Werkzeug auflaufen. Dabei wollte er nur Zeit gewinnen und möglichst weit weg sein, für den Fall, dass ich eventuell Anzeige erstatte. Aber Hauptsache, Don H. konnte die Schuld eintreiben, denn er hatte den Mann zur Bank begleitet, um gleich dort seinen Teil zu kassieren. Die Lehre daraus: sei nie zu vertrauenswürdig und schon gar nicht zu naiv! Es lebe unsere moralisch gefestigte Gesellschaft!

Die Beratung mit Don E. ergab, dass meine vorgesehene Konstruktion durchaus (in Eigenregie) machbar wäre, zumal meine Frau nach dem Reinfall mit dem Betrüger sich als Bauhelfer angeboten hatte.

Die Konstruktion der Wandsicherung war den Böschungssicherungen im Straßenbau ähnlich. Die gefährdete Erdwandfläche war insgesamt über 600 m^2 groß. Als Erstes wurde die Befestigung eines Drahtgittergewebes aus Zinkdraht mittels eingeschlagenen 240-er Nägeln mit Beilagscheiben ausgeführt. Dabei wurden ein Meter breite Geflecht-Rollen oberhalb der Wand im Erdreich verankert, die Rollen abgerollt, wobei eine Überlapp-ung von zehn Zentimeter wichtig war, damit die einzelnen Bahnen durch Verdrahtung der

Überlappung zu einer einheitlichen Fläche zusammengefügt waren. Die Verdrahtung diente auch als Bewehrung für die einzustreichende Betonhaut. Der zweite Arbeitsschritt bestand in der Betonage eines durchlaufenden Betonsockels, der die Vergitterung am Fußende der Wand fixierte und als Auflager für die Betonhaut diente.
Ich kaufte eine dreizügige Aluminiumleiter, die voll ausgefahren eine Arbeitshöhe von 7,5 M ermöglichte, was für die Wand ausreichte, da die Leiter auch auf die vorhandenen Bancales gestellt werden konnte. Eine elektrisch zu betreibende Betonmisch-Maschine wurde ebenfalls angeschafft. Zement und Kies-/Sand-Material wurde über die gesamte Bauzeit kostenlos von unserer Baufirma als Ausgleich für die Kosten der Lieferung und Montage der Pool-Folie herangeschafft. Vor Beginn der Betonierarbeiten mussten noch zwei Pinien gefällt werden, die der später zu betonierenden Entwässerungsrinne in sechs Meter Höhe im Weg waren. Der Stamm der beiden Bäume hatte einen Durchmesser von zwölf Zentimeter, und konnte daher mit der Elektro-Stichsäge problemlos geschnitten werden. Diese Aktion war in kurzer Zeit erledigt, dennoch aber stressig, da die Bäume direkt am Rand der Wand standen, und meine Höhenängste sich ab drei Meter aufwärts exponentiell zu steigern pflegen. Zusätzlich hatten wir als Schutzmaßnahme gegen Hinterläufigkeit von Regenwasser beschlossen, vom oberen Rand der Erdwand wasserundurchlässige Baufolien zu spannen, denn es war klar, dass bis zum Beginn der kälteren Jahreszeit im Dezember allenfalls ein Drittel der Flächen-Versiegelung mit Beton fertig gestellt werden konnte. Im Dorf wurde erzählt, dass die blaue Folie selbst vom Flugzeug aus auffallend zu sehen sei. Man glaubte zunächst, dass wir diese Folie dauerhaft angebracht hätten. Ich korrigierte persönlich in der „Bar Maria“ diesen Irrtum, weil ich sicher sein konnte, dass von dort aus meine Information noch bis zum Abend im Dorf herumgereicht sein würde. Mir war es sehr wichtig, dass die Dorfbewohner nicht eine Minute an unserer Rücksichtnahme gegen die Natur zweifeln würden.
Die Betonierarbeiten begannen Mitte August 2001. Meine Frau lernte bewundernswert schnell, möglichst kräfteschonend Schubkarre für Schubkarre der Kies-/Sand-Mischung zum Mischer zu fahren, stellte immer rechtzeitig Mischwasser in den Eimern bereit, hielt den Mischbereich laufend sauber, in allem besser wie ein Praxis-erprobter Bauhelfer. Wir begannen das

Tagwerk spätestens um 8:00 Uhr, und arbeiteten rund acht Stunden ohne Pause. In dieser Zeit schafften wir acht bis zehn Mischungen. Ich fuhr die bis an den Rand gefüllten Schubkarren zum jeweiligen Arbeitsbereich vor die Wand, und warf mit dem Streichbrett die Masse mit Schwung gegen das Gitter. Wichtig war dabei, dass die Masse sofort Halt fand, was allerdings häufig nicht der Fall war. Der sintflutartige Regen hatte nämlich die ursprünglich relativ ebenflächige Wand in eine senkrechte Kraterlandschaft verwandelt, und zwar mit ebenso vielen Löchern als Überständen. Solche Überstände oder auch Überhänge waren besonders schwierig mit einer Betonschicht zu verschließen, da das Gitternetz die Masse nicht halten konnte. Zahlreiche Versuche brachten schließlich die Lösung des Problems: ich musste zweilagig arbeiten, indem ich eine erste Lage hinter das Gitter drückte, den Beton „anziehen" ließ und Stunden später die zweite Lage auf das Gitter warf und unter Druck verstrich, sodass eine homogene Bindung der beiden Lagen die Gesamtmasse festhielt. Die auf diese Weise in reiner Handarbeit hergestellte Betonhaut hatte durch die „zerkraterte" Struktur der Wandoberfläche eine Dicke von 4 bis 60 cm, denn in besonders tiefen Ausbruchslöchern mussten entsprechend viele Schichten angeworfen werden. Die Tagesleistung fertige Wandversiegelung betrug kaum mehr als sechs m^2. Wegen der starken Sonneneinstrahlung musste der jeweilige Tagesabschnitt noch zwei bis dreimal nachgewässert werden, und Abbinde-Risse mit dem Streichbrett verschlossen werden. Betoniert wurde selbstverständlich vom Sockel aufwärts, und zwar in begrenzter Höhe von 1,5 Meter, wobei die obere Lage zehn Zentimeter über die untere Lage übergreifend betoniert wurde. Durch das Nachschlämmen der frischen Betonhaut bildete sich eine feine zementgebundene Sandlage an der Oberfläche, die eine Trennung der Oberen von der unteren Lage in der Übergriffzone erzeugte. Das war auch so gewollt, denn dadurch wurde künftiger Spannungsrissbildung vorgebeugt. Die fertige Wand sah viel lebhafter und natürlicher aus als eine in Schalung hergestellte Betonfläche, und zwar durch ihre „Kraterstruktur", die jetzt durch weichere Übergänge in der Betonhaut „entschärft" war. Die Sonne erzeugte einen lebhaften Licht-Schatten-Wechsel, die Wand „lebte".
Ich hatte zuerst die Ostwand in Angriff genommen, und zwar in dem Bereich beginnend, in welchem vor Monaten die Felsausbrüche mit Gefahr der Zertrümmerung der Fenster

geschehen waren. Als dieser besonders gefährliche Bereich versiegelt war, wechselte ich zur Nordwand, um die Wandfläche bis in Höhe der ersten Bancale in drei Meter über Terrain zu betonieren. Dies war bis zum Winter wichtig, denn die zu erwartenden Regenfälle würden sonst die Bancale endgültig ausschwemmen, den vorhandenen Rücksprung dadurch aufbrechen, und die Stabilität der Wand über die gesamte Höhe von zwölf Meter entscheidend zusätzlich gefährden. Diese Arbeit dauerte bis Ende Oktober. Jetzt war es wichtig, im Bereich der Westwand noch so hoch wie wetterbedingt möglich die Wand zu betonieren. Wir schafften noch zwei Lagen, also zwei Meter. Danach war es bis Ende März aus Gründen der Sicherstellung der Betonqualität unverantwortlich, weiter zu betonieren.
Die Monate bis zum Frühjahr 2002 musste ich häufig in die Wand einsteigen, um die Schutzfolien, die der Sturm losgerissen hatte, wieder zu befestigen bzw. zum Teil komplett auszuwechseln. Solche nicht ungefährlichen Aktionen waren mehrere Male auch in kalter, sturmgepeitschter Nacht nötig: gewappnet mit Nägeln und Fäustel krallte ich mich die schmale Bancale in sechs Meter Höhe an der Wand entlang. Ich schlug über Kopf beginnend zusätzliche Nägel mit Beilagscheiben ein, wobei ich aufpassen musste, dass größere noch nicht gesicherte Folienbahnen mich nicht in die Tiefe fegten. Ich denke noch heute mit Gänsehaut an diese Noteinsätze zurück, und werde ewig dankbar sein, dass in all´den Jahren mein Schutzengel immer zur Stelle war. Ich erinnere mich an die wirklich lebensgefährliche Lage, in die wir beide geraten waren, als wir eine 8x4 Meter Baufolie vor der obersten Kante der Nordwand, also in zwölf Meter Höhe, acht Meter lang ausgelegt und fixiert hatten, beide zu gleicher Zeit die Bahn aufhoben, um diese über die Kante nach unten fallen zu lassen. In diesem Moment kam trotz Windstille eine heftige Böe von Süden über den Bergkamm gegenüber auf der anderen Talseite, drückte die Plane zurück, die über uns schlug, und uns fast in den Abgrund gerissen hätte. Im wirklich letzten Augenblick gelang es meiner Frau und mir, uns von der Folie nach rückwärts fallen lassend zu befreien. Ich habe mein Herz bis dahin noch nie derartig stark gegen meine Brust hämmern gespürt…..
Ein besonderes Phänomen wurde durch tagelangen Dauerregen irgendwann im April des Jahres 2003 ausgelöst: ein Baumstamm-dicker Wasserstrahl schoss aus einer Spalte des

senkrecht aufsteigenden Felsmassives, in ungefähr 1.300 Meter Höhe, überspannte eine Distanz von fast 70 Meter, und riesige Wassermassen stürzten zu Tal. Hunderte Dorfbewohner pilgerten herbei, um dieses seltene Schauspiel hautnah zu erleben. Die Erklärung liegt in der besonderen geologischen Struktur des Gebirges der „Aitana“. Ist der anfallende Regen stark und dauerhaft genug, so sickert er von der Oberfläche des Gipfelplateaus über Kavernen in den Berg ein, und füllt die vorhandenen Höhlen mit Wasser. Die gespeicherten Wassermengen fließen normalerweise unterirdisch in das Tal, und versorgen nicht nur unser Dorf, sondern auch die vorgelagerten Küstenorte mit ausreichend Wasser. Über mehrere Jahre füllen sich die Hohlräume im Bergmassiv immer mehr an, bis ein Niveau erreicht ist, dass das Wasser aus dieser einen Spalte herausschießen kann. Etwa 300 Meter talwärts von unserem Anwesen gibt es eine andere Öffnung im Massiv, aus der nach starken länger andauernden Regenfällen ein Wildbach in einer über Jahrhunderte ausgewaschenen Rinne im Steilhang zu Tal stürzt. Dieser Sturzbach quert auch unseren Zufahrtsweg, welchen wir nach Zukauf des unteren Grundstückes von dem spanischen Besitzer durch den Bruder des direkt unterhalb von uns lebenden Nachbarn wieder nutzen konnten. Die Kraft der Wassermassen riss den Weg auf, und es war ein Glück, dass wir Geländegängige, Vierradgetriebene Fahrzeuge hatten.
Wenige Tage nach Neujahr bestand urplötzlich akute Waldbrandgefahr. Das kam so: Unsere Nachbarn entsorgten die Asche aus ihrem Wohnzimmer-Kamin in einem Blecheimer in ein Erdloch auf ihrem Gelände, welches der Hausherr mit einer Platte abdeckte. Er war der Ansicht, da könne nichts schief gehen, denn die Asche sei ja vollständig erkaltet. Irrtum! Es bildete sich ein Schwelbrand, der tagelang nicht bemerkt wurde, da er sich unter dem Buschwerk der Oberfläche ausbreitete, und zwar gemeiner weise ohne jede Rauch- bzw. Geruchsbildung. Ich war nach dem Frühstück ins Dorf gefahren, um einige Besorgungen zu erledigen, und als ich zurückfuhr sah ich schon dunklen Rauch aufsteigen. Der Doktor schlug mit der Schaufel auf das Erdloch, in welchem sich die Asche doch entzündet hatte, und fachte dadurch die Flammenbildung nur weiter an. Er sah, wie ich aus dem Auto stürzte, rief um Hilfe, schrie, er könne das Feuer nicht mehr eindämmen, und keuchte mit hochrotem und bereits rauchgeschwärztem Gesicht, indem er

weiter auf die Flammen einschlug. Der arme Kerl war in dieser Lage völlig überfordert, denn sonst hätte er das einzig Richtige getan, nämlich zuerst mit der Schaufel Sand, der ausreichend im Gelände vorhanden war, in das brennende Loch zu werfen. Inzwischen hatte meine Frau den Nachbarn E. herbeigerufen, der mit seinem Geländewagen auch in wenigen Minuten über den alten Weg sich heraufgewühlt hatte, und ohne viel zu reden, bereits glosendes Buschwerk mit Sand erstickte. Das Löschen mit Wasser war fast sinnlos, da aus dem in der Eile zusammengestückelten Schlauch das Wasser nur herauströpfelte. Man muss wissen, dass insbesondere nach wochenlanger Trockenheit die abgestorbenen Nadeln der Pinien, am Boden aber auch noch am Baum, förmlich explodieren, wenn die Feuerhitze intensiv genug ist. Vertrocknetes Kriech-Gewächs entflammt sich ebenso explosionsartig, sodass durch ein Überspringen des Feuers um mehrere Meter der Brand sich rasend schnell ausbreiten kann. Wir alle kämpften verzweifelt, stoppten den Brand in letzter Sekunde noch vor einer Piniengruppe, bei deren Entflammung wir den Kampf verloren gehabt hätten. Die Folgen: die Flora und Fauna auf unserer Talseite wäre großflächig vernichtet worden. Wir hätten in einem verwüsteten Paradies auf Jahre hinaus leben müssen… Aber wir besiegten das Feuer, hielten an diesem Tag und in der folgenden Nacht abwechselnd Brandwache, an Schlaf war sowieso nicht zu denken, und der Doktor schwor, er werde nie mehr auch nur ein ausgeblasenes Streichholz in das Gelände werfen.

Der Leser wird schon erkannt haben, dass das Leben im Paradies keineswegs langweilig ist, sondern vielmehr aufregend, spannend und…auch gefährlich.

Am 16-ten Januar 2002 riefen wir nach unserem Don Emilio, dem Kater.
Jedoch erfolglos. Wir durchsuchten das gesamte Haus vom oberhalb gelegenen Mirador über das Turmzimmer, in dem er sich wegen des phantastischen Ausblickes in alle Himmelsrichtungen gern aufhielt, im Hauptgeschoss, im Untergeschoss, besonders im Gäste-Apartement – nichts, kein Emilio. Meine Frau war dabei, die Nerven zu verlieren. Wir riefen und riefen nach ihm im Grundstück herumkraxelnd – nichts. Also rein ins Auto, talabwärts im Schritttempo, da wir

hofften, er hätte sich nur auf einen längeren Ausflug begeben. Wir fuhren die Hauptstraße langsam bis zum Dorf hinunter, hielten unterwegs mehrere Male an, blickten in die Seitengräben, in die Abgründe – eigentlich völlig sinnlos, denn eine Katze auf Schleichgang ist nicht zu entdecken, zumal sie, wenn sie gerufen wird, von ihrem versteckten Ausguck aus seelenruhig zuschaut, wie gerufen und gesucht wird, sich aber nicht vom Fleck rührt, wenn sie nicht will. Wir gaben die Suche auf, hatten beide eine schlechte Nacht, meine Frau eine schlechtere. Der kleine Kerl war uns inzwischen richtig „ans Herz gewachsen"! Meine Frau, stets positiv denkend, machte am nächsten Morgen mit fester Stimmlage klar, dass sie den „Kleinen" schon finden werde. Sprachs und begann die Suche neu, diesmal jedoch beginnend im Untergeschoss. Wenige Minuten später erschien sie im Wohnzimmer, froher, triumphierender Blick auf mich gerichtet, den Kater am Arm. Der Bursche hatte sich im Apartement auf dem Gäste-Doppelbett eine Höhle im Deckbett gebuddelt, freiwillig auf Speis´ und Trank über rund 20 Stunden verzichtet, und selig mal richtig ausgeschlafen. Wie er es geschafft hatte, unbeobachtet in den geschlossenen Raum einzudringen, wird uns immer ein Rätsel bleiben. Als er Minuten später an seinem Fressnapf Platz genommen hatte, haute er rein wie nie zuvor.

Die Regenzeit ging allmählich für die Frühjahrs-Phase zu Ende. Auf den Mandelplantagen im Tal verklärte die Mandelblüte die Natur in eine verzauberte Landschaft.

Wir nahmen die Arbeit zur Sicherung an der Erdwand am 26-ten Februar 2002 wieder auf. Das Wetter behinderte uns in den folgenden Wochen bis Mitte Juni häufig durch Kälte, Dauerregen und Sturm. Wir waren oft tagelang gezwungen, die Arbeit einzustellen. Je höher über Boden die zu betonierenden Tagesabschnitte waren, umso mühsamer wurde das Vertragen der mit Beton gefüllten Gummi-Eimer die Leiter hinauf. In Arbeitshöhe angekommen, klemmte ich den vollen Eimer auf einer Sprosse zwischen den Seitenstegen ein, immer bedacht, dass der Eimer keinen Abgang machte. Mit der Kelle schmetterte ich die Masse auf die Wand. Das „Schmettern" war gar nicht so einfach und auch gefährlich. Ich musste nämlich mit der Kelle weit ausholen, um genug „Schmattes" zu erzeugen, damit der Beton keine Möglichkeit hatte, sich vom Gitter zu lösen. Eimer mit dem Bauch fixieren, gleichzeitig mit linker Hand am Steg festhalten, leicht nach hinten gebeugt mit rechter Hand ausholen, der Betoneimer drohte dabei mangels ausreichendem Bauchdruck, einen Abgang zu machen, und wenn es ganz schlecht lief, rutschte mir die Masse beim Schwung holen von der Kelle und klatschte unter mir auf den Betonboden. Das bedeutete dann, die Leiter runter, natürlich mit dem Eimer in der Hand, Aufnehmen des herabgefallenen Betons, die Leiter wieder rauf, natürlich mit dem Eimer in der Hand. Bei einer Arbeitshöhe bis zu drei Meter war das „nur" Kräfte zehrend, höher hinauf kam jedoch mein Höhenangst-Empfinden dazu, was die physische Belastung noch verstärkte. Ich kann mich erinnern, dass ich eines Tages mitten in brütender Hochsommerhitze, allein an der Arbeit war, da meine Frau ihren monatlichen Großeinkauf an der Küste erledigte. Ich hatte zwar auf Bitte meiner Frau versprochen, keinesfalls allein zu arbeiten, dieses Versprechen jedoch ignoriert, da ich unbedingt einen Arbeitsabschnitt an der Ostwand in einer Höhe von sechs Meter fertig stellen wollte. Diese Wand wäre damit zum größten Teil fertig versiegelt gewesen. Ich also auf die Leiter, von Sprosse zu Sprosse mit dem schweren Eimer in der Rechten, mich mit der Linken haltend, was aber beim Umgreifen bedeutete, dass ich für ein paar Sekunden ohne Halt war. In solch einem Bruchteil rutschte die Leiter ein kleines Stück nach unten, ich bekam Panik und stürzte mit dem vollen Eimer aus fünf Meter Höhe ab, unten Betonboden. Mein Schutzengel war aber wieder zur Stelle: ich kam auf wie eine Katze nämlich auf allen Vieren, der Eimer vorneweg, dadurch bremste er meinen Aufprall, denn er lag genau unter mir an der Aufschlagstelle. Ich konnte mein Glück kaum fassen, bedankte mich umgehend bei dem Höchsten, stellte die Arbeit daraufhin für den Rest des Tages ein, erzählte meiner Frau erstmal nichts, erklärte kleinere Hautabschürfungen mit einem Stolperer in einen Ginsterbusch, und schilderte ihr erst Tage später dieses Geschehnis.

Wir arbeiteten verbissen weitere Monate an der Wand. Nach insgesamt 150 Arbeitstagen hatten wir mehr als ein Dutzend LKW-Ladungen Kies-/Sand, Hunderte Säcke Zement, und große Wassermengen verarbeitet. Meine Kniegelenke schmerzten chronisch, ebenso die Ellbogengelenke, die Hände waren jeden Morgen geschwollen, auf den Fersen konnte ich kaum auftreten. Meine Frau hatte Dauer-Muskelkater, war aber ansonsten fit wie zehn Paar Turnschuhe. Die gesamte

Erdwandfläche, mit Ausnahme der oberen fünf Meter der Nordwand, war Ende August fertig gestellt. Diesen letzten Teil konnte ich nicht betonieren, da die Wand durchgängig leicht überhing, und ein Anstellen der Leiter auf der schmalen Bancale nicht möglich war. Ich vertraute darauf, dass die angebrachte Vergitterung künftig ein weiteres Auswaschen der Wand verhindern werde. Im Laufe der Folgejahre wurde ich jedoch durch die Gewalten der Natur belehrt, dass mein Vertrauen ein grober Irrtum war, worauf ich später noch näher eingehen werde. Die Betonage der Auffahrt im Steilbereich vom Grundstückstor bis zur Gabelung der unteren und oberen Zufahrten konnte noch zwischen 27-ten August und 17-ten September 2002 ausgeführt werden. Allein dafür verarbeiteten wir 207 Mischungen.
Es standen nach Fertigstellung der Arbeiten an der Wand weitere Arbeiten zur Ausführung an: Freitreppe verfliesen vom Pasillo zum Umweg Richtung Mirador; Betonage des Weges oberhalb entlang der Steilwand mit zusätzlicher Kantensicherung mit einbetonierten Dachpfannen; Beton-Entwässerungsrinne am Mirador; Verlegung der Hauptentwässerungs-Leitung der Steilwand; Entwässerungsrinne der oberen Zufahrt.
Diese Arbeiten füllten noch viele Monate des Jahres 2003. Das viel gerühmte Mittelmeerklima erlaubte nämlich keineswegs ein zügiges Durcharbeiten. In der Herbstzeit verhinderten nicht selten Regenstürme den Arbeitsfortschritt, ja sogar bis zum Sommeranfang gab es immer wieder Kälteeinbrüche. Im Mai/Juni 2003 hatten wir tagelang Temperaturen von weniger als sechs Grad, gefühlt durch die eiskalten Winde noch weniger. Auch in diesen Breitengraden gibt es kein gleichmäßig angenehmes Klima mehr. Das Wetter tobt sich - wie überall auf dem Globus – von einem Extrem zum nächsten aus. Wir erinnern uns noch der achtziger Jahre des vergangenen Jahrhunderts, als an der Costa Blanca im Herbst und Frühjahr die Sonnentage in ihrer Erwärmung zum Bad im Meer eingeladen haben, und dabei ein leichter warmer Wind Dich umschmeichelte. Im Sommer war es stets sehr warm, aber bei niedriger Luftfeuchtigkeit, sodass Du die Tage aktiv im Freien verbringen konntest, außer in der Zeit zwischen 13:00 bis 17:00 Uhr. Der Winter kannte auch in unserer Bergregion keinen Frost, schon gar keinen wirklichen Wintereinbruch, der eine stabile Schneelage erzeugt hätte. Herbst- und Frühjahrsstürme

ließen zwar Unrat, der auf den Wegen und Straßen und Plätzen lag, hochwirbeln, hatten jedoch bei Weitem nicht die Kraft, selbst alte Bäume zu knicken oder Gebäudeschäden zu verursachen. Das Letztere war jedoch seit Beginn 2000 regelmäßig wiederkehrend der Fall. Wir haben noch in Erinnerung, wie ein Orkan im Centro Comercial an der Küste die Überdachungen der Parkplätze wie Papier aus ihrer Konstruktion gerissen haben. In Rohbauten von vielgeschossigen Häusern wurden die Schutzgerüste, und das gelagerte Material hinweggefegt, selbst National-Straßen wurden durch vom Sturm aufgetürmte Barrieren von Material aller Art und durch Überflutungen unpassierbar.
Diese Witterungszustände erschwerten zwar unsere Arbeiten, konnten uns aber nicht die Motivation und die dadurch gegebene Kraft rauben, unser Anwesen so zu vollenden, dass auch das heftigste Wetter keine nennenswerten Schäden verursachen konnte. Die härteste Arbeit war eigentlich außerhalb unseres Grundstückes nach Regen-Unwetter angesagt, nämlich dann, wenn der mühsam in Handarbeit hergerichtete Weg einmal mehr zum Wildbach zerfurcht worden war. Solche Einsätze dauerten mehrere Tage, obwohl alle am 1.200 Meter langen Weg teilhabenden Nachbarn mit ihren Frauen im Einsatz waren.
Die Folge von meinen monatelangen körperlichen Grenzbeanspruchungen war ein Kreislaufzusammenbruch am dritten August 2002. Meine Frau packte mich ins Auto auf den umgelegten Beifahrersitz und raste in das Klinikum von Villajoyosa. (Das Warten auf einen Rettungswagen hätte locker die dreifache Zeit verstreichen lassen). Dort angekommen gab es in der Notaufnahme noch mehr „Scheintote“ wie mich, jedoch hatte es mich durch harte Arbeit erwischt, während die anderen „Umgekippten“ im Regelfall zuviel am Sonnengrill gelegen hatten. Nach kurzer Wartezeit verpasste mir ein Notarzt die in diesen Fällen übliche „Hammerspritze“, ordnete noch 30 Minuten Ruhelage an, und anschließend verfrachtete mich mein Weib, die natürlich völlig fit und cool die Lage im Griff hatte, wieder in unseren SUV. Zuhause kochte sie einen wunderbar starken spanischen Kaffee. Ich hätte beinahe gleich danach wieder die Ärmel aufgekrempelt, aber ein leicht stechender Blick meiner Herrin zwang mich zur Vernunft.
Die Maloche hatte aber auch ihre guten Seiten. Mein leichtes bis mittleres Übergewicht war bald abgearbeitet, die Arm- und

Bauchmuskeln gestärkt, der Podex straffte sich auch wieder deutlich, was ich an den unauffällig bewundernden Blicken meiner Frau merkte, von der durchgehenden Sonnenbräune gar nicht zu reden, denn ich arbeitete bei heißerem Wetter in des Kaisers Kleidern, nämlich nackt. Das ist auch so ein Vorteil, wenn Du im Paradies lebst: In der Früh geweckt von dem Vogelkonzert, nackt vom Bett direkt in den Pool, die frische, noch kühle, Morgenluft tief eingeatmet, das Ganze mit Fernblick in die den aufgehenden Tag begrüßende Natur, mitunter mystifiziert durch den Talnebel, über dem unser Paradies lag. Anschließend duschen im Freien, genussvolles Frühstück, ebenfalls mit Fernblick, und die Morgenpfeife angeraucht.... Das ist Lebenswert!
Allerdings muss der Wahrheit halber erwähnt werden, dass diese Idylle nicht selten dadurch gemindert oder auch gestört wurde, weil die „Campesinos“ (Landbesitzer) ihren Laubfall, geschnittene Zweige und Böschungsbewuchs abfackelten. Dazu muss man wissen, dass die meisten Spanier Pyromanen sind. Diese nette Eigenschaft ist wahrscheinlich in ihren Genen verankert, und zwar seit sie vor Jahrhunderten das ganze Land abfackelten, um Holz für den Schiffsbau ihrer Armada zu gewinnen. In der Gegenwart versucht seit Jahrzehnten die Zentralregierung durch Aufforstung von mehreren zehn Millionen Baumsetzlingen diese Sünde rückgängig zu machen, jedoch ohne nennenswerten Erfolg. Wie auch: einmal Pyromane, immer Pyromane... Fenster öffnen, frische Luft reinlassen – Fehlanzeige. Wenn der Morgenwind auch noch Dein Haus umfächelt, gibt es nur noch die Möglichkeit, die Schotten dicht zu machen. Das ist im Sommer besonders ärgerlich, denn das Haus kann dann in den Frühstunden durch die ausgesperrte frische Luft nicht heruntergekühlt werden. Es ist zwar zwischen Anfang Juli bis Ende September eines jeden Jahres streng verboten, auch nur ein Streichholz anzuzünden, aber wo zu wenig Kontrolle ist, da ist auch kein Kläger.

Die Herstellung der Betonhaut für die dreiseitig hinter dem Haus verlaufende Erdwand erforderte allein zwischen dem 26-ten Februar 2002 bis zur Fertigstellung am 17-ten September 2002 die Anzahl von 463 Mischungen á 120 Liter Fassungsvermögen, wobei der Verbrauch im Jahre 2001 hier nicht berücksichtigt ist, da die diesbezüglichen Aufzeichnungen leider verloren sind. Wer von Ihnen, geneigter Leser,

Betonmischmaschinen befüllt, und die fertigen Mischungen vertragen und verarbeitet hat, kann sicher einschätzen, was wir da für eine Wahnsinnsarbeit zu zweit durchgehalten haben.
Die Betonierarbeiten wurden für dieses Jahr kurz vor Weihnachten eingestellt. Wir hatten in 2002 insgesamt 670 Mischungen verarbeitet.
Als die Arbeiten an der Erdwand hinter dem Haus soweit beendet waren, informierte ich die zuständige Redakteurin der Wochenzeitung „Costa Blanca Nachrichten" per Mail von dieser Methode der Hang- bzw. Wandsicherung, da kurz vorher über verursachte Erdrutsche und Hangrutschungen durch die Unwetter in ihrem Blatt berichtet worden war. Die Antwort der Redakteurin kam prompt. Sie erschien mit voller Kameraausrüstung am neunten August 2002 (und noch mal am Elften). Sie begrüßte uns mit der Bemerkung, dass sie an meinem Verstand gezweifelt habe, als sie las, wir hätten nur zu zweit allein diese „Wahnsinnsarbeit" gemacht. Im Laufe der Ortsbesichtigung konnte sie es gar nicht fassen, was da für ein Werk entstanden war. Sie klopfte immer wieder ehrfurchtsvoll an die Betonhaut, wohl um sich zu vergewissern, dass hier nicht graues Papier aufgeklebt worden war. Am 30-ten August erschien dann eine mehrseitige Titelgeschichte mit Titelbild unseres Anwesens und sonstigen Aufnahmen in der Immobilienbeilage des Blattes.

Auch unser Bauunternehmer kam mit seinen Leuten herauf gefahren, um das Werk, dessen Ausführung er abgelehnt hatte, mit seinen Leuten zu bestaunen. Wir hatten den Eindruck, dass er sich im Nachgang schämte, die Arbeit abgelehnt zu haben

Kapitel 5

Das Leben kann so herrlich sein…..

…..aber in der Natur des ach mit so besonderen Eigenschaften ausgestatteten Wesens der Gattung „Mensch“ liegt es leider, dass er sich noch immer in einem früh-pubertalem Stadium befindet, und die theoretisch mögliche Wertigkeit des Lebens in jedem Fall zu verhindern trachtet. Solange Charaktereigenschaften wie Selbstsucht, Ignoranz, Egozentrik, Gier, Neid und Missgunst, und was noch immer mehr an zerstörerischen Eigenschaften, leider den Menschen prägen, so lange wird das Paradies ein Traum bleiben, den Du Dir wünschen kannst, den Du suchen kannst, dessen Erfüllung Du anstreben kannst. Erleben wirst Du ihn wohl nie wirklich, denn sobald Du das Paradies gefunden hast, stehen Andere bereit, um Dein Paradies zu zerstören. Was den Anderen nicht vergönnt ist, sollst auch Du Individuum nicht besitzen….

Diese bittere Wahrheit vergiftete über die Zeiten im Paradies auch unser Leben, denn es gönnt Dir der Mitmensch in keiner Weise Deine still gelebte Harmonie mit der Natur, in Deiner Partnerschaft, und schon gar nicht als Dein Nachbar. Also versucht er zu zerstö-ren, quer zu treiben, zu hetzen, Unwahrheiten zu streuen und zu vergiften, wo er nur kann. Dabei provoziert er Dich so lange, bis Du reagieren musst, bis Du gezwungen bist, auf sein Niveau herabzusteigen, bis Du den Kampf aufnimmst, damit er die Möglichkeit hat, sich als Sieger zu profilieren. Dann stellt sich bei ihm eine perverse Zufriedenheit ein, verschafft ihm eine in Deiner Interpretation niedrige Genugtuung. Dann sucht er sich das nächste Opfer. Das Schlimmste: Wir Menschen haben über unsere gesamte Entwicklungsgeschichte nicht dazu gelernt, sondern im Gegenteil alle Fortschritte in erster Linie zur gegenseitigen Zerstörung genutzt. Betrachtet, was Ihr wollt, jede Errungenschaft wird mehrheitlich missbräuchlich eingesetzt!

Ein exemplarisches Beispiel sei diese Geschichte, die sich im August des Jahres 2003 zutrug….

…..Der Bruder des Nachbarn, dessen Grundstück unmittelbar unterhalb an unser Land angrenzt, hatte jene Parzelle, die an der Talstraße lag, und zwar dort, wo unser Zufahrtsweg abzweigte, von der spanischen Besitzerfamilie im Februar 2002 gekauft. Da der Weg damit dauerhaft für uns Anrainer nutzbar erschien, ließen wir ein massives Gittertor mit gemauerten Torpfeilern bauen, um zu verhindern, dass laufend Unbefugte mit ihren Autos bis vor unsere Grundstücke fuhren, zumal im Tal des Öfteren in Landhäuser eingebrochen worden war. An den Kosten der Toranlage, die in erster Linie auch das Haus des neuen Besitzers schützte, beteiligte sich dieser nicht, was uns nicht weiter störte, denn uns war nur wichtig, dass bezüglich Torbau Einvernehmen herrschte. Die Probleme begannen, als der Bruder weiter oben, den alten Weg, der sein Grundstück schnitt, durch je eine Sperrkette, zwischen Mauerpfeilern eingehängt, unterhalb und oberhalb seines Hauses absperrte, denn er war der Meinung, zukünftig werde ausschließlich der neue Weg genutzt. Er handelte aber mit dieser Aktion gegen eine zwischen den Brüdern getroffene Vereinbarung, die besagte, dass der alte Weg als Ersatz dauerhaft offen bleiben und befahrbar gehalten werden musste. Von dieser Vereinbarung wussten wir und das Ärzte-Ehepaar jedoch nichts. Der Bruder reiste im Sommer 2003 mit Kindern und Kindermädchen an, ärgerte sich in erster Minute seiner Ankunft, dass das Wegetor mitten am Tag verschlossen war, denn er hatte auch keinen Schlüssel vom Bruder zugeschickt bekommen, stiefelte zu Fuß die 1,2 km zu dem Haus seines Bruders hinauf, um sich seinen Schlüssel zu holen, und dabei gab es wohl den ersten Krach. Das Tor blieb sodann Tag und Nacht offen, denn K.-P. (der neue Besitzer) erklärte, er wolle nicht wie im Gefängnis leben. Der Bruderstreit weitete sich offen-sichtlich aus, denn einige Tage später war - wie zu Zeiten des Vorbesitzers wenige Meter vom Tor entfernt - eine schwere Kette über den Weg gespannt. Ich fuhr mit dem Wagen zurück bis zur Zufahrt zum Haus des K.-P., und ging zu Fuß zu der kleinen provisorisch angelegten Terrasse, wo gerade alle bei ihrem Frühstück saßen. Ich grüßte sehr höflich, wurde aufgefordert, Platz zu nehmen (die Kinderchen waren froh, weg zu kommen) und fragte auf den Punkt kommend, was der Anlass dieser Sperre sei. K.-P. erwiderte, sein Bruder dürfe so lange nicht mehr diesen Weg nutzen, als er den alten Weg nicht wieder öffne. Erst jetzt erfuhr ich von dieser internen Vereinbarung. Ich gab zu Bedenken, dass auch in Spanien ein im Kataster eingetragener Weg nicht ohne Weiteres gesperrt werden kann, und diese Maßnahme gegen uns andere Nachbarn ebenso ginge, was nicht akzeptabel ist. Daraufhin bedauerte K.-

P. , dass auch wir betroffen seien, und händigte mir zwei Schlüssel für das Kettenschloss aus. Jetzt begann erst richtig die Schlammschlacht. Da F. (der oberhalb wohnende Bruder) das Ärztepaar auf Konfrontation zu K.-P. „eingenordet“ hatte, wurde, ohne uns hinzu zuziehen, beschlossen, einen Anwalt einzuschalten, der natürlich umgehend einen Drohbrief an K.-P. schickte. F. wie auch K.-P. versuchten, sich jeweils in der Nachbarschaft Befürworter zu sichern. Dies gelang allerdings nur teilweise, denn F. war nicht unbedingt beliebt im Tal, und K.-P. war noch der „Eindringling“. Es genügte aber, den bis dahin im Großen und Ganzen gegebenen Frieden im Tal zu stören. Eine Besprechung zwischen uns drei „oberen“ Nachbarn verlief ziemlich emotionsgeladen. Wir hielten dem Bruder von K.-P. vor, er trage einen unsinnigen Bruderstreit zu unserem Nachteil aus. Mir platzte der Kragen. Lautstark und im Klartext warf ich den Nachbarn vor, dass durch Hinzuziehung eines Anwalts, und das auch noch ohne unser Wissen, die Lage sehr verfahren sei. Dadurch würde es sehr schwer werden, eine einvernehmliche und friedliche Lösung zu finden. In den nächsten Tagen organisierte der Anwalt eine Ortsbegehung mit einer Vertreterin des Umweltministeriums zum Zwecke der Besprechung einer alternativen Wegführung. Das Treffen hätten wir uns schenken können, denn die Dame erklärte uns, dass es völlig ausgeschlossen sei, im Landschaftsschutzgebiet eine neue Straße zu bauen. Der Erdbauer Juan-José, den wir ebenfalls hinzugezogen hatten, machte uns in einer weiteren Begehung ebenfalls keine Hoffnung für den Bau einer neuen Wege-Trasse. Don Pepé, der Plantagenbesitzer, hätte uns vom Wegetor in sein Grundstück abzweigend einen intern vorhandenen Erschließungsweg für seine Bancales zur Verfügung stellen können, lehnte dies aber ab. Er hatte uns ja auch schon genug Entgegenkommen gezeigt, und wir wollten ihn nicht weiter mit unserem Anliegen belästigen. Das Arzt-Ehepaar schlug dem K.-P. einen Grundstückstausch gegen eine wesentlich größere Finca vor, die sie vor kurzem günstig erworben hatten, etwas weiter oben an der Talstraße gelegen, und zwar ohne Wertausgleichs-Zahlung. Das war ein, wie wir fanden, sehr großzügiges Angebot. Nach telefonischer Rücksprache mit seiner in Deutschland verbliebenen Frau lehnte K.-P. jedoch ab. Da F. seinen Bruder täglich zusätzlich herausforderte, indem er – natürlich ohne einen Gruß aus dem Auto heraus anzudeuten - mehrmals pro Stunde den strittigen Weg abwärts fuhr, durch hohe Geschwindigkeit viel Staub aufwirbelte und dieselbedingt lärmte, sowie natürlich die symbolisch quer über dem Weg bereits ausgelegte Kette überfuhr, war es unvermeidlich, dass die Sperrkette von K.-P. gespannt wurde. Es verbreitete sich im Tal das Gerücht, dass K.-P. bereits einen Radlader bestellt hatte, der den Weg mit schweren Felsblöcken versperren sollte.

Ich entschied mich daher für einen letzten Versuch, im Gespräch mit K.-P. unter vier Augen eine außergerichtliche Lösung des Streites herbeizuführen. Als ich nach dem Frühstück mit dem Wagen auf dem Weg zu Besorgungen an der Küste war, sah ich im Vorbeifahren K.-P. beim Frühstück auf seiner kleinen Terrasse sitzen – allein. Das war eine gute Gelegenheit. Ich bat um Erlaubnis, sein Grundstück betreten zu dürfen, was sogar zuvorkommend mit der Bemerkung, ich sei jederzeit willkommen, bestätigt wurde. Ich nahm auf Bitten Platz, ein guter handgebrauter Kaffee wurde eingeschenkt, und wir beide ließen Kaffee trinkend einige Minuten lang vorbeigehen, um uns bewusst zu werden, dass jetzt eine Einigung erzielt werden sollte, um das Dasein für uns alle wieder erträglich zu machen.

Ich hatte in meiner aktiven Zeit als Firmenchef oft Gelegenheit, scheinbar völlig verfahrene Situationen zwischen unserer Firma und unserem Vertragspartner zu einem für beide Teile versöhnlichem Ende zu bringen. Die Lösung lag immer darin, dass ich solche Streitigkeiten zur Chefsache erklärte, und mich mit dem Chef unseres Kontrahenten zu einem Vier-Augen-Gespräch an neutralem Ort verabredete. Dies war manchmal auch ein Park oder ein stadtnahes Waldgebiet, denn nichts ist förderlicher, klärende Gespräche in friedlicher Umgebung auf einem Spaziergang zu erörtern. Ich war dabei immer bemüht, einen Rückblick auf das Verhältnis miteinander vor dem scheinbar endgültig uns trennenden Streit zu geben, die gute Zusammenarbeit in Erinnerung zu rufen, und den beiderseitigen Nachteil bei Abbruch der Geschäftsbeziehungen in der Zukunft darzustellen. Dabei ging ich nicht auf den gegenwärtigen Streit ein. Ich war nur bemüht, darzustellen, wie viel leichter und Erfolgversprechender die Zusammenarbeit stets war, und weiterhin sein könnte. Es kam dann in der Regel die Einsicht, dass ein Vergleich per Handschlag die beste Lösung sei. Der Geschäftsfriede war wieder hergestellt.

Daran dachte ich in diesen wenigen Minuten, und bot einen Vergleich an, der dem K.-P. das Ansehen nicht nur

wiederherstellte, sondern noch erhöhte, da ich erkannt hatte, dass ihm dies sehr wichtig war. Mitten bei meinen Einkäufen an der Küste, erreichte mich telefonisch M., der Arzt-Nachbar, und bat mich, so schnell wie möglich auf die Finca von K.-P. zu kommen, man warte dort auf mich, da ein Vergleich schriftlich abgeschlossen werden sollte. Natürlich unterbrach ich meine Einkäufe, und war in 15 Minuten vor Ort. Wie ich erfuhr, hatte M. , während ich mit K.-P. das Gespräch führte, mit F. gesprochen, und diesen mehr oder weniger gezwungen, alle Vorbehalte gegen seinen Bruder zu vergessen, und mit ihm herunter zu fahren, um eine Versöhnung zu versuchen. Dies gelang auch dank der Vermittlung von M., und war damit der Weg frei für einen Vergleich in Sache Wegerecht, zumal K.-P. den beiden mitteilte, dass ich kurz vorher diesbezüglich mit ihm ein gutes Gespräch geführt hatte.
Die Wiederherstellung des Friedens war sodann eine Angelegenheit von einer Stunde: Handschriftlich Aufsetzen der Vereinbarung, Verlesen, gemeinsam Unterschreiben – Cognac-Flasche auf den wackeligen Tisch – und Prost!.......

Ich bin sicher, jeder von uns für sich hat hinterher sehr tief durchgeatmet. Ob allerdings jeder begriffen hat, wie unsinnig dieser Streit war, bezweifele ich stark. Der Lebenswert, die innere Ruhe und der Frieden waren zu lange gestört, so dass leider ein bleibender Schaden wohl kaum beseitigt werden konnte….

Ein weiteres bitteres Beispiel, welches unseren paradiesischen Frieden nachhaltig störte und sich am 21-ten September 2002 ereignete, war der Verlust sämtlicher amtlicher Dokumente, Geld und anderer Dinge, die man mit sich täglich herumträgt, durch Diebstahl auf dem Großparkplatz des Supermarktes im Centro Comercial, während meine Frau unser Auto belud. Der Dieb schlich sich seitlich an den Wagen heran, öffnete die vordere Beifahrertür, und griff sich die Handtasche. Eine durch die Seguridad des Marktes sofort eingeleitete Suche in unmittelbarer Umgebung war gut gemeint, aber natürlich erfolglos. Die Anzeige bei der nächstgelegenen Polizeistation war notwendige Formsache. Ausweispapiere konnten nicht im Deutschen Konsulat in Alicante beantragt werden, sondern allenfalls in Barcelona oder in der Botschaft in Madrid. Daher erkundigte sich unsere Tochter beim für uns zuständigen

Einwohnermeldeamt, welches erklärte, die Beantragung der Ersatzpapiere könne nur durch meine Frau persönlich vorgenommen werden. Daher flog meine Frau Ende Oktober für einige Tage nach Deutschland. Derlei nervige, kostenintensive und deprimierende, sowie gefährliche und mitunter tödlich ausgehende Vorgänge sind seit Jahren in Spanien und anderen Mittelmeerländern leider an der Tagesordnung. Besonders direkt an der Küste liegende Urbanisationen und Villen werden planmäßig ausgeraubt, wobei die Gewalt gegen die Bewohner immer brutaler ausgetragen wird. Die osteuropäischen Länder haben noch in den 90-er Jahren des letzten Jahrhunderts gewarnt, dass durch die bestehende Armut in ihren Staaten mit einer Völkerwanderung Richtung Mittel- und Südeuropa zu rechnen sei. Die Menschen glaubten, ihr Elend in den vermeintlich so reichen Ländern mildern oder sogar beenden zu können. Wir erinnern uns, dass schon seit den Zeiten des spätrömischen Kaisertums asiatische und ost- sowie nordeuropäische Völker die Mittelmeer-Regionen überfluteten. Das Völkergemisch von Menschen aus euro-päischen aber auch afrikanischen Ländern ist überall an der spanischen Mittelmeerküste erlebbar. Viele, wenn nicht die Meisten, sind illegal „eingewandert“, wobei es auffällt, dass die afrikanischen Immigranten durchwegs arbeitswillig sind, um sich auf ehrliche Weise ihren Lebensunterhalt zu verdienen. Die Osteuropäer dagegen sind häufig in Banden mit mafiösen Strukturen organisiert, und ehrliche Arbeit ist für sie keine Option. Die spanische Polizei bemüht sich sehr, den Auswüchsen der Kriminalität Herr zu werden. Der Erfolg ist aber bescheiden. Am 20-ten Dezember 2002 kamen per Post ein neu ausgestellter Personalausweis und Führerschein, meine Frau existierte amtlich ab sofort wieder.

Das Neue Jahr begrüßte uns in aller Stille – herrlich diese besinnliche mitternächtliche Ruhe, ohne Knallerei und Gegröle - . Im Tal begingen wir, und alle Nachbarn, jeder in seinem Familienkreis, den Jahreswechsel ohne die übliche übertriebene Fröhlichkeit, aber dennoch mit lächelnder Zuversicht und feierlich gestimmt….
Am zehnten Tag des Jahres 2003 überraschte uns ein Schneesturm ersten Ranges. Bis zu 1,5 Meter hohe Verwehungen. Der zeitweise orkanartige Sturm machte die Schneeräumung fast unmöglich und auch unsinnig, denn in

Minuten war eine geräumte Teilfläche wieder verweht. Gefühlte Temperaturen von locker mehr als minus zehn Grad ließen die Wasserleitung, die uns vom oberen Druck-Depot versorgte, natürlich einfrieren, der Pool war zentimeterdick zugefroren, wenige gefüllte Wassereimer mussten reichen. Unsere Auffahrt war unbefahrbar, und wie wir von Nachbarn im Tal hörten, war auch die Talstraße nur schwer passierbar, die Hauptstraße zum Dorf hinunter war gesperrt. An der Küste gab es Verkehrs-Chaos, obwohl dort gerade mal 20 Zentimeter Schnee lagen. Man muss jedoch wissen, dass es in Spanien so gut wie keine Straßen-Schneeräumungsgeräte gibt, und Winterreifen sind auch nicht zugelassen. Kurz, meine Frau und ich nahmen den Kampf gegen die Naturgewalt auf. Wir waren zwei Tage lang die Verlierer. Am dritten Tag begrüßte uns in der Früh strahlend blauer Himmel. Die schneeverwehte, in der aufgehenden Sonne glitzernde Landschaft war so beeindruckend schön, dass mir dazu nur der Gedanke kam, wie lebenswert unser Planet ist. Jetzt hatten wir die Möglichkeit, die Schneeverwehungen zu räumen, die Frage war allerdings, womit und wohin mit den Schneemassen. Wir hatten nur einen Spaten und eine normale Schaufel. Schließlich ist Schnee in Spanien im Küstenbereich völlig unbekannt, warum soll man sich daher eine Schneeschaufel anschaffen? Die Dorfbewohner schwo-ren uns, als wir Tage später wieder in der Lage waren, mit unserem Geländewagen hinunter in den Ort zu fahren, dass es einen derartigen Schneesturm noch nie gegeben habe. Diese Information nützte uns wenig. Wir jedenfalls rackerten mit Schaufel, Spaten und (ungeeignetem) Besen, denn wir mussten als Erstes die Treppen vom Pasillo zum Untergeschoss freischaufeln, um in den Technikraum und Hauswirtschaftsraum zu kommen. Die Garage mit ihrem Kipptor musste ebenfalls freigelegt werden, denn neue Schneefälle waren angekündigt, daher war es angesagt, sich mit dem Wagen abwärts zu wühlen, und an der Küste einzukaufen, um die Vorräte zu ergänzen. In diesen Tagen zeigte sich, wie verlässlich unsere Energietechnik arbeitete. Wir hatten keinen Stromausfall, die Batterien wurden mangels Sonne mit dem Generator geladen, die Heizung lief auch klaglos, während an der Küste zeitweise nichts mehr ging wegen totalemStromausfalles. Diese Ausfälle in den öffentlichen Stromnetzen sind bei jedem besseren Regenwetter, Sturm oder wie in dieser Lage programmiert. Man muss sich nur in den Orten die vorsintflutliche „Knoten-Methode“ der

Stromleitungsverlegung anschauen, dann wird schnell klar, dass der wetterbedingte Kurzschluss geschehen muss. Unzählige Fälle von plötzlich auftretenden Überspannungen sind ebenfalls an der Tagesordnung, und dadurch werden vorwiegend elektronische Geräte zerstört. Die Elektrizitäts-Versorger erklären sich in aller Regel für nicht schuldig. Wahrheit ist aber, dass die Versorger mit dem unverantwortlich überzogenen Bauboom in dem Ausbau ihrer Leitungs-Infrastruktur nicht mithalten konnten, und die schlampig verlegten Leitungen dadurch zusätzlich überlastet wurden. Wir standen nicht selten an den Supermarktkassen in der Warteschlange, und von einer Sekunde zur Nächsten ging nichts mehr – Stromtod! Hiermit wird klar, dass eine exzessive Baupolitik, die die Landschaften durch Zubetonieren zerstört, ohne wirksame Regulierung jedem dahergelaufenen „Urbanisador“ (wörtlich: Stadtentwickler) es erlaubend, Siedlungen am Bedarf vorbei zu errichten, zu dem totalen Niedergang der spanischen Bauindustrie führen musste. Korruption aller Orten auf kommunaler- aber auch Landesebene machten, gedeckt durch „windige“ Gesetze, Enteignungen und teure Zwangsbeteiligungen an so genannten Erschließungskosten möglich. Da nutzte kein Einspruch des Einzelnen, und sogar das Europäische Parlament kämpfte vergeblich gegen derartige Auswüchse an. Wir aber konnten froh sein, im Landschaftsschutzgebiet zu leben, denn in unserem Tal gab es nach der Fertigstellung unseres Landhauses einen totalen und endgültigen Baustopp. Nur noch Renovierungen, Umbauten und geringfügige Anbauten wurden ausnahmsweise bewilligt. Der Schnee kam tatsächlich Ende Januar wieder zurück, diesmal jedoch trotz Sturm ohne Verwehungen, sodass wir weniger Mühe hatten, unser Haus freizuschaufeln. Wir hatten bis in den Februar hinein ein sich über unserem Aitana-Gebirge drehendes Kälte-Tief, das eigentlich – sollte man meinen – am Mittelmeer nichts verloren hatte, zumal es zu gleicher Zeit in Mitteleuropa wärmer und sonniger war. Wir haben relativ schnell gelernt, dass bei stabiler Hochdrucklage über Zentraleuropa die Atlantiktiefs in den Mittelmeerraum gelenkt werden, und umgekehrt, Hochdruck über dem „Mare Nostrum“ meist Schlechtwetter in Mitteleuropa bedeutete.

Unsere Tochter hatte sich für die Woche vom 10-ten bis 17-ten Februar entschlossen, „Mutterurlaub“ zu nehmen, indem der Ehemann ebenfalls Urlaub genommen hatte, um die drei Kinder zu Hause zu behüten. Natürlich glaubte Töchterchen, dass sie in diesen Tagen viel Sonne tanken könnte, während Strandspaziergängen den großen Zeh durch das Meerwasser ziehend, und luftig gekleidet tiefes Durchatmen, ihr eine entspannte Zeit verschaffen würde. Sie fror aber erbärmlich, versicherte uns, dass es zur gleichen Zeit in Deutschland vieeel wärmer sei, zog vom Gäste-Apartement im Untergeschoss in eines der Gästezimmer des Hauptgeschosses, da ihr nächtens die Kälte und das Heulen des Sturmes im unteren Bereich nun doch zu unheimlich waren. Sie war froh, nach einer Woche wieder zurückfliegen zu können. Wir waren froh, dass die Schneelage uns die Fahrt zum Flughafen erlaubte. Am nächsten Tag wieder Schnee und nochmals Neuschnee. Der monatliche Großeinkauf an der Küste musste verschoben werden, wir hungerten aber deshalb nicht. Unsere Tiere waren inzwischen auch erkennbar genervt. Kater Emilio, weil er im Gelände keine Chance hatte, was er aber jeden Morgen persönlich austesten musste, denn er glaubte uns nicht. Wir öffneten ihm eine der Terrassentüren, Emilio stieg in Zeitlupe über die Schwelle, steckte langsam und vorsichtig ein Pfötchen in den Schnee, und zog es schnell wieder zurück. Er lief zur nächsten Terrassentür, und der Test begann von vorne. Gott sei Dank beließ es unser Macho in der Regel bei zwei Versuchen, denn wir hatten im Hauptgeschoss fünf Ausgänge auf Terrassen. Uns genügte der sofort nach Öffnen einer Tür vom Wind herein gedrückte Schnee schon in einem Fall. Hannibal daselbst lag stoisch in seiner komfortablen Hunde-Villa, und ließ sich sein Haupt zuschneien, denn als guter Wächter zog er sich nur im äußersten Fall des Regen- oder Schneesturmes in die hinteren Bereiche zurück. Er konnte selbst in 40 cm Schneehöhe noch seine Spur im Gelände ziehen, wenn auch nur wie ein Springbock. Da wir mit Hannibal regelmäßig jeden Morgen mindestens 30 Minuten, jeden Abend mindestens 15 Minuten spazieren gingen, und das bei wirklich jedem Wetter, waren wir mit der Zeit im dauerhaft milden Mittelmeerklima abgehärtet worden. Erst Anfang April besserte sich das Wetter, doch am 15-ten und 16-ten April gab es den bisher intensivsten Sturzregen über mehr als 48 Stunden. (Das Phänomen des riesigen aus der Felswand ins Tal schießenden Wasserstrahles habe ich schon vorher geschildert). Nach diesem „apokalyptischen“ Vorgang fingen wir ernstlich an, darüber nachzudenken, ob wir zwei in unserem Alter in diesem „wilden“ Paradies dauerhaft durchhalten können…..

Kapitel 6

Neue Möglichkeiten

Unsere Arbeiten rund um das Haus gingen allmählich zu Ende. Die vorläufig letzte Maßnahme war die Verfliesung der Freitreppe hinauf zum Weg oberhalb der Steilwand, jener Weg nämlich, der zum Mirador führte. Nun war uns die Möglichkeit gegeben, im aufgehenden Frühjahr und bei besserem Wetter Urlaub im eigenen Heim zu nehmen.
Nach dem Frühstück und dem ersten Morgen-Pfeifchen den Hund abgeleint, und los ging es zum Morgenspaziergang. Hannibal konnte natürlich frei laufen, was er auch gründlich ausnutzte. Nicht selten legte er einen Blitzstart hin, wenn er einen Hasen im Visier hatte, doch war er jedes Mal niedergeschlagen, weil der Hase mit wenigen Sprüngen und Haken unserem Superhund zeigte, was Sache ist. War unmittelbar vorher ein Hundeweib den Weg entlang geschlichen, so „trüffelte“ unser Weiberheld kreuz und quer über den Weg, indem er seine Schnauze grunzend durch den Staub zog. Besonders nervig war dieses Gehabe, wenn die Hundedamen auf der Suche nach einem potenten Freier waren, denn in dieser Zeit verlor unser Held völlig die Orientierung, und hechelte sich wochenlang über die Zeit. Rechtzeitig zum Sonnenuntergang startete er vom Pasillo aus, in den Arkadenbögen auf der Brüstung bildhaft elegant sitzend, sein Wolfsgeheul (Hannibal hatte auch Wolfsblut in sich), um aus dem wenige Kilometer entfernten Tierpark die Wölfinnen anzulocken. Er hatte damit auch Erfolg, denn die Damen schlichen sich nächtens lautlos zum Hannibal, und es ging dann aber nicht mehr ganz so lautlos zur Sache. Unser Nachbar, Don Pepé hatte eine kleine Hundedame, die unbedingt meinte, sich in unseren Hannibal verlieben zu müssen. Er war aber auch ein Bild von Mann, wenn er so stolz morgens an den Mandelplantagen entlang schritt, während Pepé seine Bäume bearbeitete, und das Mini-Hündchen kläffte. Auch dieses Hundi schlich nächtens herbei, und bot sich unserem Prachtkerl an, was dieser natürlich nicht ablehnte. Eines Tages war Don Pepé ohne seine Hundedame in der Plantage.... Bei besonders gutem Wetter gingen wir die große Runde: unseren Weg abwärts bis

zur Einmündung in die Talstraße, links hinauf, an den bereits vorgestellten Nachbarn vorbei, machten bei Don E. und seinen Pferden Pause, inklusive Schwätzerchen bei einer starken Tasse Kaffee, und waren nach einer Stunde wieder zu Hause.

Nach diesem Spaziergang kam häufig das Sonnenbad: Rauf auf die Sonnenliege, natürlich nahtlos, Vogelkonzert, dazwischen kreischende Baumsägen, Gezische und Geraschel der auch schon munteren Schlangen im Gebüsch und unter den Felsbrocken, Generator-Geknatter im Tale, leichte Brise vom Berg herab, heftiges Geschimpfe der Bergdohlen gegen daherfliegende Eindringlinge, plötzliches Düsengetöse eines nach Alicante einfliegenden Jets, Emilios lautloses Erscheinen im Schleichschritt, Hannibals herrisches Gebell ins Tal gerichtet, die Poolpumpe startet und kräuselt die Wasseroberfläche, Sprung in das Becken, angenehme Abkühlung, Körpermassage an den Umwälzdüsen – Du genießt an einem solchen Tagesbeginn das Dasein im Paradies besonders spürbar, und Du glaubst, die hinter Dir liegenden Kämpfe gegen die Naturgewalten nur geträumt zu haben.

Anfang April 2003 holten wir vom Autohändler an der Küste unseren neuen, größeren und komfortableren Geländewagen ab. Endlich konnten wir ohne Probleme unseren durch die Wetterkapriolen zerfurchten Weg befahren, und das selbst bei Wildbach ähnlichen Verhältnissen. Regelmäßig notwendige Transporte brauchten einen Wagen mit großer Ladefläche. So mussten wir zum Beispiel je nach Verbrauch des Flaschengases für Küchenherd, Generator und Gasheizöfen mehrmals im Monat an die Küste fahren, um bei den Ladestationen die leeren gegen volle Flaschen zu tauschen. Auch die Müllentsorgung konnte nur mit unserem Auto durchgeführt werden. In Spanien fahren in ländlichen Bereichen keine Müllfahrzeuge die Fincas an, sondern der Müll muss in Säcken zum nächstliegenden Sammelplatz gefahren werden, um sie dort in die aufgestellten Container zu entsorgen. Der Vorteil ist, dass keine gesonderten Entsorgungsgebühren zu zahlen sind, denn die kommunal gesteuerte Müllabholung ist in der jährlichen Gemeindeumlage eingerechnet. (Wir zahlten zum Beispiel im Jahr 2010 eine Gesamt-Umlage von etwas mehr als € 60.- per anno). Unsere Hauskosten waren auch insofern sehr günstig, als wir zum

Beispiel Null Wasser- /Abwasserkosten hatten, denn es gab keine Kanalisation, es gab keinen Anschluss an das öffentliche Wasserversorgungsnetz. Allerdings gab es auch keinen Anschluss an das öffentliche Telefonnetz. Die Telefongesellschaft war zwar per Gesetz verpflichtet, jedem Einwohner auf Antrag eine internetfähige Leitung zu legen, wollte die sehr hohen Kosten einer Festnetz-Leitungsstruktur im ländlichen Raum jedoch nicht tragen. Daher erhielt ich ein Funktelefon zum Normaltarif, jedoch war kein Funkmast in Sicht, so dass das unterbrechungsfreie Telefonieren unmöglich war, ebenso wie eine einwandfreie Internetverbindung, die auch nur ein Steinzeit-Tempo zur Verfügung stellte. Die mangelhaften Kommunikationsmöglichkeiten beeinflussten unsere Abwanderungsgedanken maßgeblich, zumal sich abzeichnete, dass ich mittelfristig wieder als Architekt tätig werden wollte. Eine eigene Homepage sowie Breitband-Internet waren dafür unerlässlich, jedoch in unserem Standort nicht zu verwirklichen. Selbst Telefon und Internet über Satellit war in der Bandbreite begrenzt, und obwohl sehr teuer, nicht ausreichend für meine künftigen Kontakte mit Auftraggebern.
Eine Möglichkeit, im Tal wohnen zu bleiben, jedoch in einer Finca am Talgrund mit besseren Möglichkeiten der Kommunikationsanbindung, war dadurch gegeben, dass unsere Arzt-Nachbarn ein entsprechendes Anwesen hinzugekauft hatten, und uns in Miete überlassen wollten. Die Gebäudeanlage war jedoch nahezu völlig renovierungsbedürftig. Ich fertigte Naturaufmaße an, auf deren Grundlage ich den Altbestand umplante. Ein in solchen Renovierungen erfahrener örtlicher Architekt wurde hinzugezogen. Der riet uns bei der Ortsbesichtigung von einer Grundsanierung ab, da nicht einschätzbare Kosten entstehen können, die einen Neubau weit übersteigen würden. Unabhängig von der Kostenfrage schied eine Neubau-Lösung aber in jedem Fall aus, da eine Genehmigung im Landschaftsschutzgebiet keine Erfolgsaussicht hatte.

Am 13-ten Mai 2003 nahm ich daher telefonisch Kontakt mit unserem ehemaligen Verwalter und Makler in Javea auf, und bat ihn, unser Objekt zum Verkauf zu stellen. Meine Frau und ich, die wir eigentlich gar nicht dieses unser Paradies verlassen wollten, trösteten uns damit, dass sich in einer besser

erschlossenen Hinterland- Region ein ähnliches erlebenswertes Fleckchen finden lassen werde.
Wir selbst fingen an, die Immobilienbeilage unserer „Hauszeitung“ zu studieren, und fanden unter anderem das Angebot eines Erdhügelhauses. Ich war sofort neugierig, Details zu erfahren. Wir verabredeten uns vor Ort mit den Besitzern. Das Objekt lag im Hinterland, Region Murcia. Schon auf der Hinfahrt waren wir enttäuscht von der fast schon wüstenartig vertrockneten Landschaft. Wir waren eben verwöhnt von unserem grünen Tal. Dieses Landschaftsbild ist jedoch südlich von Alicante auf hunderte Kilometer bis hinunter nach Gibraltar typisch für das küstennahe spanische Hinterland. Ein Erbe der landesweiten Abholzung vor Jahrhunderten. Das Erdhügelhaus lag in einer Ortsrandlage eines kleinen Dorfes, mitten in einer staubigen Brache. Wir fuhren auf das Haus sehr langsam zu, wirbelten aber dennoch so viel Staub auf, dass der eigene Wagen zugepudert wurde. Wie mag das Gelände erst bei Dauerregen sein? Das Haus selbst war nicht in einer natürlich vorhandenen Erdhöhle gestaltet worden, sondern tatsächlich als Tonnengewölbe gebaut und mit Erde überdeckt worden, daher war es nur normal, dass die Feuchtigkeit an mehreren Stellen durch die Decke drang. Offensichtlich war keine fachlich einwandfreie Abdichtung ausgeführt. In Spanien gibt es in verschiedenen Regionen Höhlenhäuser, meist jedoch in tatsächlich uralten Höhlen eingerichtet, die sehr komfortabel, je nach Geldbeutel, gestaltet sein können. Licht-Dome erhellen die Höhle von oben, ein hallenartiger Zentralraum erschließt die Nebenräume, die moderne Technik ist selbstverständlich eingeleitet. Der Vorteil einer solchen Behausung ist die über das ganze Jahr gleichmäßige Innentemperatur, denn die meterdicke Felsüberdeckung hält Wärme und Kälte verlässlich ab. Leider war ein solches Objekt auch für alles Geld der Welt nicht zu finden. Eine meist introvertierte elitäre Schicht hatte durch die Jahre derartige Lebensformen zum Kult stilisiert. Da war kein Platz für unsereiner mehr frei.
Wir besichtigten auch ein Landhaus in einer größeren Stadt im Hinterland, das laut Angebot sehr preiswert erschien. Wieder Besuch und Besichtigung vor Ort. Bei diesem Objekt waren, zumindest für mich als Fachmann, zwei entscheidende Nachteile zu erkennen. Zum Einen war wohl vor kurzem erst eine Landesstraße direkt an der Grundstücksgrenze trassiert worden, die obendrein auch noch ungefähr acht Meter höher auf einem

Damm verlief. Zum Anderen war der Sockelbereich um das ebenerdig angelegte Haus umlaufend bis auf sechzig Zentimeter Höhe verfliest, und die Wandverfliesung ging über eine Hohlkehle in einen ein Meter breiten, ebenfalls umlaufenden verfliesten Weg über. Eine derartige Konstruktion des Sockels wird immer dann ausgeführt, wenn das Grundstück regelmäßig bei länger andauerndem Regen zu einem See wird! Dies war hier ohne Zweifel der Fall, und zwar seit dem Bau der Straße, die ein Abfließen des Regenwassers von diesem Grundstück nicht mehr möglich machte. Als ich nach dem Kaufpreis fragte, mehr oder weniger nur noch pro forma, wurde uns vom Familienoberhaupt locker ein um 50 % höherer Preis, als in der Annonce angegeben, genannt. Ich äußerte meine Verwunderung über diese plötzliche Wertsteigerung, worauf der Senior antwortete, Freunde hätten ihm am Abend vorher geraten, den Preis um eben diese Größenordnung zu erhöhen. Wir verließen die Leute ohne die übliche Abschieds-Zeremonie, und trösteten uns damit, dass wir einen netten Ausflug in die „Pampa“ gemacht hatten, allerdings bei 42 Grad Celsius im Schatten.

Wir hatten im Jahre 2001 ein Grundstück, das zwischen unserem Land und jenem des Ärzte-Ehepaares lag, von einem Schweizer zu gleichen Teilen erworben, denn wir wollten verhindern, dass unbekannte Dritte das Gelände kaufen und bebauen konnten. (Eine Bebauung war in 2001 noch möglich). Im Juli 2003 veräußerten wir unseren Anteil an die Nachbarn, damit wir im Falle eines Umzuges frei von diesem Besitz waren. Seit längerem verfolgten wir in der Immobilienbeilage der „Costa Blanca Nachrichten“ aufmerksam die Angebote für Landhäuser im Hinterland, und zwar in der Region Murcia, die sich weiter süd-westlich an das Land Valencia anschloss. Hier war die Vegetation noch nicht in dem Ausmaß wüstenartig trocken, als dies in der „Vega Baja“ (südwestlicher Landstrich der autonomen Region Valencia) der Fall war. Dabei stießen wir auf verschiedene Angebote im Hinterland von „Pilar de la Horadada“, einer kleinen an der Küste gelegenen Stadt.

Es waren immer weniger unzerstörte Landschaften zu finden. Man musste schon Einheimische bemühen, um überhaupt noch das wirkliche typische Spanien in Mensch und Natur erleben zu können.

Wir lernten also auf unserer Suche nach dem anderen Paradies in Pilar de la Horadada einen dort ansässigen Makler kennen,

der als gebürtiger Marokkaner lange in Deutschland gelebt und gearbeitet hatte, und jetzt sich seit Jahren in Spanien im Immobiliengeschäft einen Namen gemacht hatte. Señor M. verstand seinen Beruf noch als Berufung. Er bemühte sich, seine Kunden nach ihren Wunschvorstellungen in ihr neues Heim zu vermitteln. Er verdiente sich sein Honorar durch engagierte Recherche noch wirklich, und zwar für den Anbieter wie für den Suchenden. Das erkannten wir sehr schnell im Laufe unseres ersten Besuches in seinen Büroräumen, die nicht, wie üblich, irgendwo an der Strandpromenade auf allenfalls zwanzig m^2 Fläche billig zur Miete „hingequetscht" waren, das Schaufenster zugepflastert mit DIN A5 Flyern mit Foto und Preisangabe, damit die Leute in den Laden stürmen, die hingeworfenen näheren Informationen „fressen" und möglichst noch vor einer Ortsbesichtigung eine erste größere Anzahlung leisten, denn das Objekt hat natürlich ein halbes Dutzend andere Interessenten, die gerade unterwegs zur Bank sind, um den Anzahlungsbetrag abzuheben…
In den Räumen von M. herrschte angenehme Ruhe, arabischer Kaffee oder Tee wurde, je nach Wunsch, serviert. M. fragte sehr genau nach dem aktuell in Spanien vorhandenen Wohnumfeld, nach den Gründen des Wohnsitzwechsels sowie nach den Vorstellungen für die Wohnzukunft. Erst nach diesem „Interview" zeigte er uns Objekte, die er im Angebot hatte, aber auch Neubauprojekte, deren Planunterlagen auf großen Plantischen auslagen. Nachdem wir ein älteres Landhaus und zwei Neubauprojekte als nach unseren Vorstellungen für interessant bezeichnet hatten, lud uns M. zu einer Besichtigungsfahrt in seinem Wagen ein. Wir hatten uns dafür den Tag Zeit genommen. Auf der Fahrt konnten wir unsere Motivation für eine Umsiedlung näher erläutern, und, was besonders wichtig war, mit M. vereinbaren, dass ein Kauf Hand in Hand mit dem Verkauf unseres Anwesens gehen müsse. Das war für M. kein Problem, da er nicht nur regional begrenzt tätig war, sondern, international vernetzt, in ganz Europa und den arabischen Ländern Geschäftsbeziehungen unterhielt. Dabei war für ihn von Vorteil, dass er neben seiner arabischen Muttersprache noch deutsch, englisch, französisch und spanisch sprach. M. kontaktierte aus dem Auto den Bauunternehmer der beiden Neubau-Projekte, damit wir eine ausführliche Besichtigung vornehmen konnten. Als Erstes fuhren wir zu dem Landhaus, welches M. gekauft hatte. Die Renovierung war in

vollem Gang, denn nach Fertigstellung sollte es zum entsprechenden Mehrwert weiterverkauft werden. Für mich als Architekt fiel sofort die Liebe zum Detail in der Bauausführung auf, was in Spanien eher selten zu sehen war, denn hier ging es um schnelles, möglichst kostengünstiges und hohen Gewinn versprechendes Bauen. Ein sehr positiver Eindruck!
Anschließend besichtigten wir eine Wohnanlage, die aus zwölf Reihenhäusern um einen Innenhof mit Pool gruppiert, bestand. Im Ansatz recht ansprechend, jedoch nach unserem Empfinden, die wir aus der paradiesischen Abgeschiedenheit vom Berg in die Ebene wechseln würden, nun doch zu extrem andersartig. In Archena, einer Kleinstadt in der Nähe von Murcia, war eine Vorort-Siedlung im Bau, und zwar Mischbebauung von Reihenhäusern und Villen. Da Archena ein aus Zeiten des Römischen Imperiums gegründeter Badeort ist, und seine Thermen noch heute ganzjährig genutzt werden, und das mit jeder denkbaren medizinischen Betreuung, entschlossen wir uns, eines der Reihenhäuser, das erst im Untergeschoß erstellt war, und im Erd- und Obergeschoß noch geändert werden konnte, zu erwerben. M. war froh, für uns den neuen Wohnsitz gefunden zu haben, und drückte dies durch typisch arabisch emotionale Umarmungen und (bei meiner Frau) durch Küsschen links-rechts-links aus. Am zehnten August 2003 besuchte uns M. mit Familie in unserem Anwesen, denn er wollte Eindrücke sammeln, Bilder machen und die Verkaufs-Konditionen besprechen. Außerdem wurde der Vorvertrag für den Kauf des Objektes in Archena unterzeichnet und die Anzahlung geleistet. Zu diesem Anlass zeigte sich das Sommerwetter von seiner angenehmsten nicht zu heißen Seite. Wir saßen auf der dem „Sala de Estar“ (Wohnzimmer) vorgelagerten Kaminterrasse bei Kaffee/Tee und Kuchen, den unbeschreiblich schönen Blick in die begrünte Hügellandschaft genießend… M. meinte, er sei sicher, in relativ kurzer Zeit unser Objekt mit einer hohen Wertsteigerung für uns veräußern zu können. Die Ausschreibung werde er europaweit aber auch im arabischen Raum vornehmen. Meine Frau und ich waren diesbezüglich weniger optimistisch, denn uns war klar, dass in diesem Tal nur jene Individuen sesshaft werden können, die – wie wir beide – den Ausstieg aus der gehetzten und verhetzten Gegenwart als einzig richtige Alternative erkannt haben, und die naturverbunden bereit sind, eine gewisse Einsamkeit und Einschränkung leben zu wollen.

Kapitel 7

Warum in Spanien der Lebenswert zerstört ist

Beispiel Küstenstadt Pilar de la Horadada: Der Strandbereich ist bereits völlig verbaut. Großflächige Reihenhaus-Siedlungen in einer den Lebenswert zerstörenden Baudichte, angelegt zwischen rechtwinkelig angeordneten meist vierspurigen Straßen schocken den dahinschlendernden Betrachter durch die Monotonie sich unendlich wiederholender gleicher Haustypen. Es fehlt nur noch eine hohe Einzäunung, und das Ghetto ist vollendet! In den Jahren zwischen 2000 bis 2009 wurden hunderttausende solcher „Schachteln“ gebaut und die Küstenlandschaft, aber auch das Hinterland dadurch schwer verschandelt. Die Profitgier der Investoren war nicht zu bremsen, obwohl die Spanische Nationalbank schon im Jahre 2003 gewarnt hatte, dass dies durch die völlig am Bedarf vorbeigehende Bauwut ein böses Erwachen zur Folge haben werde, wenn nämlich die obendrein völlig überteuerten Objekte nahezu unverkäuflich sein werden. Noch allerdings funktionierte das „Baucasino“ in Spanien. Wir erinnern uns, dass König Juan Carlos eines Tages die Küstenlandschaf-ten auf einem Besuch seines Sohnes, der als Pilot der Luftwaffe in San Javier (in der Nähe von Torrevieja) stationiert war, mit dem Hubschrauber überflog, und sich anschließend offiziell als Staatsoberhaupt erschüttert über das Ausmaß der Zersiedelung der Küstenlandschaften gezeigt hat. Natürlich hatte er vollkommen Recht, jedoch gehört wurde er nicht. Wie wir alle wissen, hat sich für Spanien im Jahr 2008/2009 diese blind machende, Vernunft abtötende Raffsucht der Baumafia, gepaart mit Korruption im ganzen Land, bitter gerächt.

Auch rund um Torrevieja gibt es solche Residenten-Ghettos, deren Baudichte und Uniformität es fast unmöglich machen, das eigene Heim überhaupt zu finden. Privatheit kann in keiner Minute gelebt werden, zumal die aneinander gebauten Einheiten den Schall von Haus zu Haus durchlassen, und dadurch die gegenseitige Belästigung extrem ist. Streitereien bis hin zu Schlägereien sind in derartigen Siedlungen nicht selten.

Ein weit schlimmeres Beispiel ist der Badeort Benidorm. Als Badeort stellt man sich eine gartenartig angelegte Stadtlandschaft vor, und zwar mit zahlreichen Parkanlagen, in

denen vereinzelt kleinere Hotels, Restaurants und Freizeiteinrichtungen den Badegast zum Verweilen einladen. Strandpromenaden ohne jeden Verkehr sind nicht endlos mit Geschäften, Restaurants oder Spielhallen, Trinkhallen und sonstigen Zockerbuden verbaut, sondern bieten die Möglichkeit, überall auf den Bänken zwischen Baumgruppen Platz zu nehmen, und in erholsamer Ruhe und Gelassenheit die vorbeischlendernden Badegäste zu beobachten. Nichts davon ist in Benidorm zu finden. Nimm das Bankenviertel von Frankfurt oder die Zockermeile Wall Street in New York und packe noch mehr Hochhaus-Klötze in die Baulücken, dann hast Du Benidorm. Es pulsiert lärmend, stinkt nach billigem Frittenöl, es knattert und rattert vom Moped- und Motorradlärm, es schieben sich endlose PKW-Kolonnen durch die Straßen. Die Touristen grölen saufend durch die Stadt. Benidorm ist das Eldorado des Billig-Tourismus. Kein Wunder, denn diese Stadt, die ehemals ein verträumtes Fischerdorf war, ist derartig verkommen, dass kein Mensch, der auch nur normal werthaltige Ansprüche an das Urlaubsmilieu stellt, sich dort auch nur Stunden freiwillig aufhält. Ein Ryan Air-Ziel eben. Eine Woche Benidorm, all in, 99 engl. Pfund. Billigster Fusel muss allerdings extra bezahlt werden. Einziger Lichtblick ist der Benidorm Palace, der ein seit Jahrzehnten gleich bleibend gutes und niveauvolles Varieté-Programm bietet.
Wenn man die AP 7 von Valencia kom-mend in Höhe Javea passiert, sah man vor zehn bis fünfzehn Jahren rechterhand eine begrünte Hügelkette. Seit einiger Zeit sieht man nur noch in Kammlage eine endlose Reihenhaus-Silouhette, denn hier wird den Bewohnern Meerblick geboten. Dafür wurden sie aber auch gnadenlos abgezockt, denn diese „Hütten“ sind enorm teuer. Man muss sich wirklich fragen, wie viel Dummheit der Käufer im Vorfeld des Kaufes gefressen haben muss, um sich einzureden, er habe die glücklich machende Idylle erworben. Warum begreifen solche Leute nicht, dass sie auf einen Hügel in blühender Landschaft hinauf spazieren können, und oben angekommen, sich nur umzudrehen brauchen, sich hinzusetzen, und den Meerblick in Harmonie mit der Natur und in wohltuender Stille genießen können.
Die Liste solcher zerstörerischen Bauprojekte ist lang. Während der Fahrt auf der Küstenautobahn erlebt man von der Costa Dorada bis zur Grenze nach Portugal durch gebaute Gigantomanie ein Küstenpanorama, das seine einmalige

Harmonie, die in Jahrtausenden von der Natur geschaffen wurde, in nur drei Jahrzehnten verloren hat.
Selbst unser Bergdorf ist inzwischen durch ein „Meerblick-Projekt“ in seiner durch Jahrhunderte gewachsenen Struktur von an den Hang geschmiegten und in engen Gassen verschachtelt aneinander gebauten Häusern verschandelt. Da hat irgend ein profitgieriger Investor den Bürgermeister davon überzeugt, dass Plantagen auf den Hangterrassen keinen nennenswerten Profit bringen, sondern das Dorf durch eine Reihenhaus-Anlage attraktiver gestaltet werden könne. Die Vermehrung des eingesetzten Kapitals ist garantiert, und zwar für das Dorf und natürlich auch für die eigene Tasche. Die Bürger von Sella erhoben von Anfang an lautstark Protest, die Mehrheit war gegen die Zerstörung des Ortsbildes, aber es nutzte nichts. Der Gemeinderat segnete nach entsprechender „Bearbeitung“ die Ortserweiterung ab. Die Baumaschinen rückten an, die seit Generationen mühsam im Hang angelegten Terrassen wurden in wenigen Tagen abgetragen, die Topographie des Geländes „umgebrochen“. Schwere Bagger hämmerten sich mit dem Felsmeißel in den Stein, und brachen den Hang auf. Senkrechte Felswände bis zu 15 Meter hoch wurden auf diese Art geschaffen, damit die Siedlungsstraßen trassiert werden konnten. Dabei drückte Bergwasser aus der Wand, und es bestand die Gefahr eines kaum aufzuhaltenden Hangrutsches. Spezialisten wurden gerufen, deren Gutachten ergab, dass die dauerhafte Hangsicherung Unsummen verschlingen würde. Und dann kam der Absturz der Weltwirtschaft ins Bodenlose, und damit war dieses Projekt tot. Heute siehst Du schon aus der Ferne bei der Anfahrt diese Bauruine. Wer das alte Panoramabild noch im Gedächtnis hat, dem kommen die Tränen.
Spanien und seine Bevölkerung waren bis Ende der Siebziger Jahre des vorigen Jahrhunderts relativ arm aber zufrieden. Mit der Vollmitgliedschaft in der Europäischen Union begann die segensreiche wirtschaftliche Entwicklung ihr zerstörerisches Werk. Die Spanier waren nicht auf den Geldregen aus dem Strukturfond der EU vorbereitet. Das ist so, als wenn ein zeitlebens bettelarmer Mensch plötzlich den Jackpot im Lotto gewinnt: der kann sinnvoll mit dem Geld nichts anfangen, der verliert jegliche Orientierung und Bodenhaftung, der wird ausgenutzt und manipuliert, und zwar so lange, bis das vermeintliche Glück und der glückliche Gewinner zerstört sind.

Autobahn- und Nationalstraßenausbau schufen die infrastrukturelle Basis für die bequeme Erreichbarkeit der gesamten Mittelmeerküste aber auch des Hinterlandes. Das übrige Europa begann, in Spanien zu investieren. Besonders die Lobby der Tourismus-„Industrie“ manipulierte die spanische Zentralregierung, die Küsten-Regionalregierungen und deren Parlamente bis hinunter auf die kommunale Ebene. Die Tourismusbranche versteht es seit Jahrzehnten meisterhaft, die Urlauberströme in die Weltregionen zu lenken, die sie „entdeckt“ hat, investiert und zerstört hat, um anschließend die Manipulationsmasse Tourist abzuzocken. In Spanien jedenfalls löste die Kombination der fließenden Strukturmittel mit Investitionsboom und Tourismusboom den Bauboom aus. Damit war der Weg in eine lebenswerte Zukunft für das Land in die falsche Richtung betoniert….
Die spanische Wirtschaft war völlig einseitig auf den Tourismus, und damit im Zusammenhang, auf die Bauwirtschaft ausgerichtet. Eine breitere Palette von Forschung und industrieller Fertigung wurde nicht geschaffen. Die Banken gaben über Jahrzehnte bereitwilligst Kredite zu günstigsten Konditionen, wobei die Bonität der Kreditnehmer kaum überprüft wurde. Modell Supermacht Amerika!
Misserfolg von der Geschicht´: überlass´ Dich der Gier zu sehr nicht.
Mit dem gepumpten Geld investierten Banken, Institutionen, Baufirmen und Private hemmungslos in immer mehr und größere Projekte, so lange bis der Boom zusammenkrachte, ausgelöst durch die „Mächtigste Nation der Welt“. Amerika und sein verblendetes Volk können einem nur Leid tun. Bitter ist nur, dass seit einem Jahrhundert die übrige Welt alles übernimmt, was „missionarisch“ von Amerika als Segen bringend verkündet und aufgezwungen wird. Wenn die Welt doch nur erkennen würde, dass die Jahrhunderte bis Jahrtausende gewachsenen Kulturen in den anderen Kontinenten unzählbar mehr zu bieten haben als das gerade mal über 200 Jahre gewachsene Amerika! Für mich ist es absolut verständlich, wenn sich Kulturen wie die Chinesische oder auch Alt-Europäische Kultur Belehrungen, Besserwisserei, Arroganz und Machtgehabe der Amerikaner verbieten. Zumal in Amerika die Republikaner wie auch die Demokraten aufeinander

loshacken, und sich gegenseitig blockieren, und das zum Nachteil des eigenen Kontinents, aber auch der übrigen Welt.
In Spanien sind am Ende des Baubooms und der Zerstörung der Landschaften über eine Million Wohnungen oder Häuser unverkauft. Mindestens eine ähnliche Anzahl haben die spanischen Banken von illiquiden Kreditnehmern in ihren Beständen. Der Immobilien-Markt kann sich gar nicht mehr fundamental erholen, es sei denn, man würde den Überbestand wieder abreißen. Das allerdings mit der Auflage, im Zuge des Rückbaues der Natur so gut es geht wieder das zurückzugeben, was in ihr vernichtet wurde. Mir ist klar, dass ein solches Ansinnen unrealistisch und unbezahlbar ist. Die einzige Möglichkeit ist die, dass sich die Natur über Jahrzehnte / Jahrhunderte durch Überwucherung wieder gegen den Menschen durchsetzt und zurückholt, was ihr geraubt wurde. Siehe das Beispiel „Angkor Wat“ aus dem zehnten Jahrhundert in Kambodscha!

Kapitel 8

Architektur in Harmonie mit der Natur

Am siebten August waren wir bei M. , und fuhren von dort ins Hinterland, nicht weit entfernt von der Landeshauptstadt Murcia, in der Nähe von Archena, um in dem Ort Pliego, ebenfalls eine alte Römersiedlung, ein 80 Hektar großes Gelände zu besichtigen, in dem Orangen- und Zitronenplantagen lagen. M. und vier andere Investoren aus der Gegend überlegten, dieses Gelände zu kaufen, um darauf eine Urbanisation zu errichten. M. war geschäftsführend mit diesem künftig möglichen Projekt betraut. Er wollte von mir als „seinem Architekten" wissen, ob eine Bebauung auf diesem Land grundsätzlich möglich wäre, denn die Parzellen waren zum Teil in ihrer Topographie sehr zerklüftet. Indem wir das Gelände zu Fuß durchwanderten, bildeten sich vor meinem geistigen Auge schon erste Ansätze einer denkbaren Bebauung ab. Zurück von unserem Rundgang, wollte M. meine Meinung erfahren. Ich sagte ihm, dass eine Urbanisierung dieses Grundstückes durchaus möglich wäre, zumal die umgebende Landschaft – ein weites Tal, begrenzt von bewaldeten Hügeln – sehr attraktiv als Erholungsgebiet ist. Außerdem gehört Pliego zu den römischen Bäderorten, und man könnte in dieser Urbanisation in erster Linie gehobenes Wohn-Ambiente für ältere Menschen erschaffen. Auf die Frage, ob ich die Entwurfsplanung

übernehmen würde, sagte ich zu, jedoch mit der ausdrücklichen Einschränkung, dass ich nicht für die übliche zerstörende Verbauung zur Verfügung stünde. M. bestätigte, dass er und seine Partner das weit überdurchschnittliche Wohnumfeld mit hohem Lebenswert erbauen wollten. Das entsprach ganz meinen Idealen. Der lang gehegte Traum, bei voller Gestaltungsfreiheit entwerfen zu können, würde für mich wahr werden! Nach Rücksprache von M. mit den Partnern, versicherten Alle, dass ich völlige Entwurfsfreiheit habe. Somit war für mich die Sache klar.
Obwohl M. mich darauf hinwies, dass das Projekt in der Verwirklichung hinsichtlich Baubewilligung durch das Bauministerium, keineswegs gesichert sei, begann ich mit der professionellen Ausstattung meines Büros. Dazu waren erhebliche Investitionen nötig, vor allem in Hardware und Software, denn ich wollte mit Hilfe modernster CAD-Technik per Computer das Projekt in völliger Eigenregie ohne Mitarbeiter entwickeln.
Zeitdruck hatte ich nicht, denn die Kapitalbeschaffung für eine solche Bebauung über mindestens € 80 Millionen braucht auch Zeit. Wenn man in einer Umgebung lebt, die Ruhe und Entspannung ermöglicht, dann hat die Kreativität Gelegenheit, sich zu entfalten. So war es bei mir. Lange Tage wanderte ich durch das Gelände oder zog mich in den Pavillon zurück, um in Gedanken das Projekt „La Isla“ (Die Insel) im Rahmen eines Anforderungskataloges zu entwickeln. Den Namen gleich am Anfang der kreativen Arbeit zu finden war wichtig. Denn nicht nur ich selbst wollte den Geist dieser Stadtentwicklung durch ein Synonym ausdrücken, sondern meine Auftraggeber wollten auch wissen, mit welchem Namen das Projekt in die Vermarktung starten sollte. Das über 80 Hektar große Gelände hatte in verschiedenen Grenzbereichen Abtreppungen, die ich in der Planung erhalten wollte. Die gesamte Topographie sollte möglichst unangetastet bleiben. Die Natur sollte der Bebauung die Infrastruktur vorgeben, und die Bebauung nicht den Charakter der Natur zerstören. Die gesamte Anlage sollte sich weitgehend selbstständig versorgen können. Das bedeutete die Planung eines Kraftwerkes für die Stromeinspeisung, eines Pumpwerkes für die Wasserversorgung, eines Einkaufszentrums für den gehobenen Bedarf, einer Verwaltung und einer Hotelanlage. Diese war erforderlich, um in der Hauptsache Besuche der Anwohner unterbringen zu können, aber auch die

Betten- Kapazitäten der nahen Landeshauptstadt mit einem Fünf-Sterne-Hotel zu erweitern. (Murcia-Stadt hatte nämlich nur ein derartiges Hotel zu bieten). Außerdem war in dem Hotelzentrum ein Seminar- und Tagungszentrum geplant, ein Sport-, Fitness- und Wellness-Zentrum, sowie Restaurant-Zentrum. Ein Hallen- und Freiluft-Schwimmbecken, in einer exotisch bepflanzten Parkanlage gelegen, ergänzten diese zentralen Anlagen.
Die Verbauung der Wohnanlage selbst sollte gelockert und angepasst an die Geländestrukturen gestaltet sein. Es sollte das Erlebnis einer Gartenlandschaft Wirklichkeit werden. Keine rechtwinkelige Straßen-Geometrie, keine endlos sich gerade dahin ziehenden Reihenhaus-Zeilen, keine Häuser höher als zwei Ebenen. Der Käufer sollte Gelegenheit bekommen, neben der Wahl zwischen ein Dutzend vorgegebenen Haustypen, auch individuell nach seinen Wünschen gestaltete Anwesen beauftragen zu können. Der Charakter des arabisierten mediterranen Baustiles musste jedoch beachtet werden.
(siehe dazu folgende Bilder und Skizzen)
Die künftige Einwohnerschaft würde sich zum größeren Prozentsatz aus vermögenden spanischen Familien, die hierher ihren Alterswohnsitz zu verlegen gedenken, und vorwiegend aus den Metropolen des Landes kommen, zusammensetzen. EU-Ausländer, aber auch Bürger aus arabischen Ländern sollten als weitere Käuferschichten beworben werden. Der angestrebte hohe Baustandard, sowie die luxuriöse Infrastruktur würden es durchwegs nur begüterter Klientel ermöglichen, sich in dieser Urbanisation einzukaufen.
Obwohl im Grundkonzept der Planung von mir vorgesehen war, die Privatspäre der Bewohner dadurch sicherzustellen, dass in erster Linie die Grundstücke der Häuser groß genug für Gartengestaltung war, damit auch entsprechende Sichtschutz-Bepflanzung ermöglicht wurde, sollten die einzelnen Parzellen bedingt durch die Ausdehnung ihrer Fläche nicht zu teuer werden. Es war außerdem von der Baubehörde die Geschossflächenzahl vorgegeben, um eben eine zu dichte Verbauung zu verhindern.
Die Bebauung wurde maßgeblich von den so genannten „Vecindades“ oder „Nucleos“ (Nachbarschaften) geprägt. Eine solche Nachbarschaft hatte eine Brutto-Grundstücksgröße von 95 x 75 Meter, also einer Fläche von +/- 7.125 m^2. Umgeben von Mauern oder Zäunen, gruppierten sich darin sechs bis acht

Villen mit zugehörigen Parzellen von 700 m² bis 800 m² um eine innere Gemeinschaftsanlage von +/- 1.500 m². Je nach Typ der Nachbarschaft lagen in diesem Kernbereich Spielplätze, Teichanlagen, Gemeinschafts-Pool oder Pavillons.
Ergänzt wurden diese Nachbarschaften durch Reihenhauszeilen, die in geschwungener Linie der Landschaft in ihrem Verlauf folgten. Auch hier waren Gartenanlagen mit Spielplätzen und gestalteten Treffpunkten für den Plausch unter Nachbarn vorgesehen. Ich war überzeugt, mit diesem Konzept einen Lebensraum zu schaffen, der hohen Lebenswert sichert.
Die Ausarbeitung der Entwürfe in verschiedenen Varianten erstreckte sich über vier Jahre. In dieser Zeit wurde immer deutlicher, dass die wirtschaftliche Entwicklung bezüglich der Verwirklichung des Projektes große Probleme bereiten würde.
Als ich die ersten Entwürfe im Frühjahr 2004 dem M. vorlegte, war er sichtlich begeistert. Auch die übrigen Gesellschafter äußerten sich überaus zufrieden. Eine erste Vorlage von Bildern bei den Banken hatte zur Folge, dass eine der namhaften spanischen Sparkassen das Projekt kaufen wollte, was natürlich von der Gesellschaft abgelehnt wurde.

Gelände-Erschließungsplan

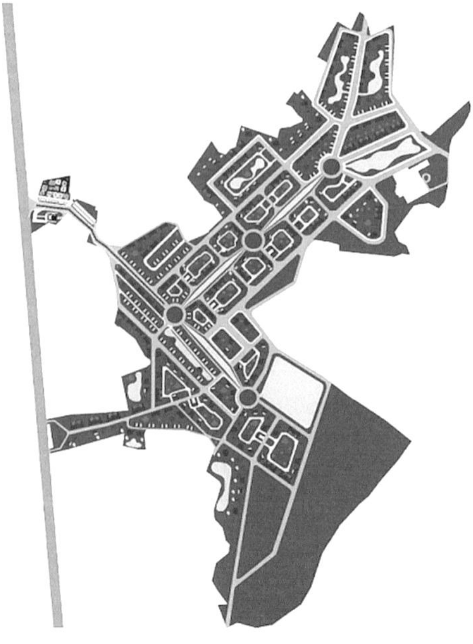

Als nächstes wurde eine Sitzung im Rathaus von Pliego im Sitzungszimmer des Bürgermeisteramtes anberaumt, denn es galt, die Bürgermeisterin und den Gemeinderat von dem Projekt zu überzeugen. Ich hatte schon im Vorfeld eine „Neubau-Ruine“ des Ortes, in exponierter Stadtlage an der Durchfahrtsstraße gelegen, die bis zum Dachgeschoß im Rohbau fertig gestellt war, jedoch vom Bauunter-nehmen bisher nicht vollendet wurde, so umgeplant, dass sie der historischen Tradition entsprechend in der Fassadengestaltung dem arabischen Baustil nachempfunden war. Diese Arbeit muss wohl die Gemeinde überzeugt haben.

Zufahrt in die Stadtlandschaft

Beispiel einer Nachbarschaft

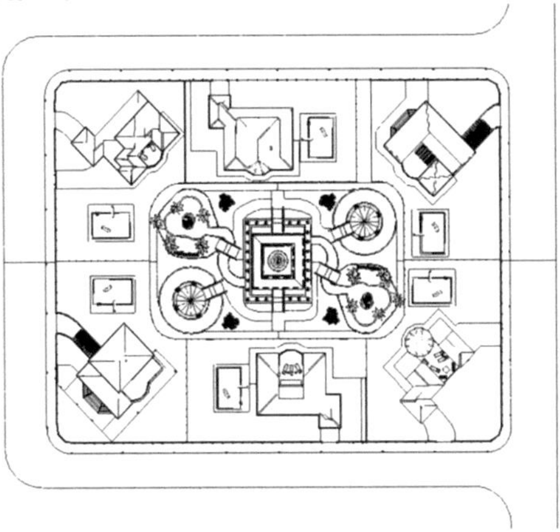

Impressionen der Nachbarschaften

Reihenhausanlage

Reihenhauszeile

Einkaufszentrum

Hotel, Gastronomie, Wellness- und Sport-zentrum

Die Sitzung verlief daher sehr positiv in dem Sinne, dass nach längerer Diskussion und Lichtbildvortrag das Gemeindegremium der Überzeugung war, man sollte dieses Projekt in jedem Fall verwirklichen. (Dazu muss man wissen, dass nach spanischer Gesetzeslage die Kommune in der Größenordnung von 2 % bis 10 % der Investitionssumme eine Abstandszahlung erhält, was natürlich die Zustimmung schmackhafter macht. Leider jedoch auch zum „Sündenfall“ verleitet). Anschließend begaben sich die Bürgermeisterin, der Gemeinderat und wir in eine Gaststätte. Es war schon 22:00 Uhr, was jedoch in Spanien die übliche Zeit für das Abendessen ist. Es wurde bei ungezählten Gängen original spanischer Küche in gelockerter Stimmung die Zukunft des Ortes für die Zeit nach Fertigstellung von „La Isla“ in rosafarbenem Flair gemalt. Nach Mitternacht wollte ich dann doch die Heimfahrt antreten, ohne zu ahnen, dass zwischenzeitlich die Sintflut begonnen hatte. Das merkten wir jedoch vor dem Restaurant, als wir binnen weniger Minuten völlig durchnässt wurden. Die Fahrt über die Autobahn von Murcia an Alicante vorbei bis Villajoyosa ist mir noch in lebhafter Erinnerung. Pures Aquaplaning zwang mich, fast im Schritttempo zu fahren, Sicht keine zwanzig Meter. Ab Autobahnabfahrt auf der Landesstraße in Richtung Gebirge wurden die Verhältnisse noch gefährlicher, denn die Bergstraße war sehr eng und kurvenreich, was schon tagsüber bei trockenem Wetter keine Fahrfreude aufkommen ließ. Jetzt aber schlich ich betend, dass ich gut zu Hause ankommen möge, die Straße hinauf. Unser Privatweg war natürlich in der „Wildbachkurve“ überflutet, jedoch für unseren SUV kein Problem. Um 3:30 Uhr kurvte ich endlich in die Garage ein. Meine Frau war sehr froh….

Die Voraussetzungen waren also gegeben, von den Banken das nötige Startkapital zu günstigen Bedingungen zu erhalten, zumal die Gesellschaft entsprechende Sicherheiten in Form von Immobilienvermögen anbieten konnte. Die Gesellschaft fasste den Beschluss, die Bewerbung und Vermarktung erst zu beginnen, wenn vom Land die Baubewilligung schriftlich vorliegt. Das war ein Kardinalfehler, denn der Bauantrag wurde nach mehreren Überarbeitungen des Infrastrukturprojektes sowie der Bebauungsplanung erst Ende 2006 eingereicht.

Verschiedene Auflagen der Bau- und Umwelt-behörde machten zusätzliche Änderungen erforderlich, die die Bewilligung immer weiter hinausschoben. Ende 2007 wurde uns die Baubewilligung erteilt. Die Gesellschaft bat mich, bei der Suche nach Investoren mitzuhelfen. Zu dieser Zeit war am Horizont bereits der wirtschaftliche Niedergang erkennbar. In der Immobilien- und

Bau-branche hielt man die Fahnen hoch und ignorierte die warnenden Anzeichen. Erste Firmenzusammenbrüche im Bausektor tat man als Einzelfälle ab. Mir kam es vor, als tanzten alle um so wilder auf dem Vulkan, je kritischer die Lage wurde.
Ich nutzte meine Verbindungen in Deutschland, und konnte gegen Ende des Jahres 2007 einen Immobilienmakler, der mehrere solvente Investoren vertrat, für unser Projekt interessieren. Herr I. erhielt von mir erste Entwurfsunterlagen sowie Wirtschaftlichkeitsberechnungen zur Einsicht. Ein Termin vor Ort wurde für Anfang Januar 2008 vereinbart.
Ich empfahl M., in Archena im besten Bäder-hotel für I. und uns Zimmer zu reservieren, weil ich wusste, dass I. auf Komfort und Ambiente Wert legte. Für erprobte Geschäftsleute bedarf es eigentlich nicht derartiger Erwähnungen, hier jedoch war Provinz-Mentalität und Arroganz bestimmend. Die Gesellschafter meinten daher, es reiche die Einquartierung in einem Landgasthof aus, dessen Küche zwar einigermaßen gut war, die Zimmer jedoch unter aller Erwartung. Nachdem ich I. am Flughafen El Altet abgeholt hatte, erläuterte ich ihm Details des Projektes. In Vorahnung, dass I. bezüglich der Auswahl des Hotels sauer sein werde, rühmte ich die landschaftliche Idylle, in der wir Quartier beziehen werden, fand aber meine Befürchtung bestätigt, als I. andeu-tete, er habe sich via Internet über die Region informiert, und so sei wohl Archena und Murcia eine Besichtigung wert.
Nach einem guten spanischen Mittagessen in unserem Gasthof stellten wir in einem Lichtbildervortrag das Projekt vor. Es waren alle Gesellschafter anwesend. Herr I. zeigte während der Vorstellung keine Regung, während die Gesellschafter euphorisch auf ihn einredeten, obwohl er kein Wort spanisch verstand. M. übersetzte zwar, aber sehr fragmentarisch, wobei er so manche Äußerungen unterschlug. I. war sichtlich von dem „Verbal-Stakkato“ genervt. Um das zu bemerken, fehlte aber allen Sitzungsteilnehmern das Gespür. Die lautstark und durcheinander angepriesene Einmaligkeit des Projektentwurfes grenzte schon an Marktschreierei. Die in erster Linie nur auf Profit ausgerichteten Gesellschafter ignorierten dabei, dass es im übrigen Europa durchaus ähnlich wertige Planungen und Realisierungen gab. Oder wussten sie es wirklich nicht?
I. unterbrach mit einer herrischen Geste den Redefluß und erklärte, dass seine Investoren nur an 100%-igen Übernahmen interessiert seien und fragte auf den Punkt gebracht, wie hoch

der Übernahmepreis sei. M. ,als geschäftsführender Gesellschafter, nannte einen sechsstelligen Millionenbetrag. I. antwortete kurz und klar, er biete maximal 40 % des geforderten Prei-ses. Die Gesellschaft solle sich bis zum nächsten Tag sein Angebot überlegen, sich dabei aber im Klaren sein, dass dieses Gebot nicht verhandelbar sei.

Am Abend hatte ich Gelegenheit, mich mit I. unter vier Augen ausführlich zu unterhalten. Dabei wurde klar, dass am nächsten Tag die sofortige Zusage für die Übernahme erfolgen könnte, natürlich nur zu den Bedingungen von I. Ich wusste jedoch bereits, dass die Gesellschaft in ihrer Ignoranz der sich abzeichnenden Immobilienkrise allenfalls bereit war, einen Abschlag von 30% zu akzeptieren.

Am Morgen des folgenden Tages versuchte ich alles, um M. klar zu machen, dass die Gesellschaft bei Annahme des Angebotes ihr eingesetztes Kapital um 100% vermehrt hätte. Die Gier war aber so stark ausgeprägt, dass sie den Blick für die Wirklichkeit versperrte, und eine Verdreifachung des Kapitaleinsatzes noch immer als erzielbar angesehen wurde. M. glaubte auch, er hätte I. geködert, indem er ihm (im Flüsterton) eine Provision von acht Prozent in Aussicht stellte. Ich konnte wenigstens erreichen, dass I. und die Gesellschaft sich gegenseitig nicht das endgültige Scheitern erklärten, und erreichte eine Fristverlängerung zur Ausarbeitung zusätzlicher und detaillierterer Wirtschaftlichkeitsberechnungen.

Die Wochen verstrichen. Meine Bemühungen, beide Seiten zusammen zu bringen waren leider erfolglos. Erst im September 2010 gab M. mir gegenüber in einem Telefongespräch zu, dass es ein großer Fehler war, nicht auf das Angebot eingegangen zu sein. Alle Versuche, andere Investoren zu finden, scheiterten. Die weltweite Finanzkrise ließ mein Projekt endgültig scheitern. Ich hatte vier Jahre Zeit und Kosten eingesetzt. Eine Vergütung meiner Arbeit ist nicht erfolgt. Die anfängliche diesbezügliche Warnung von M. wurde Wirklichkeit…..

Für M. habe ich in diesen Jahren noch mehrere andere Projekte entworfen, nicht nur in Spanien, sondern auch in Marokko. Verwirklicht wurde nur ein Apartement- und Geschäftshaus. Ein Honorar in Geldwert gab es nicht, dafür die Zusage, jederzeit dort während eines Urlaubs kostenfrei wohnen zu können.

Außerdem entwickelte ich ein Dutzend Muster-Anwesen der luxuriösen Kategorie, denn ich wollte auf den Ansturm der begüterten Klientel in „La Isla“ vorbereitet sein.
Zusammen gefasst kann ich sagen, dass ich in den Jahren der Entwurfsarbeit viel Freude an meinem Beruf hatte, denn eines konnte ich verwirklichen: ohne einengende Beeinflussung, wirtschaftlicher oder gestalterischer Art, meine Ideen in dreidimensionales virtuelles Erleben umsetzen.

Kapitel 9

Jeder Tag bringt Überraschungen….

Eigentlich konnte das Wetter noch so unwirtlich sein, wir versuchten stets, das Beste daraus zu gewinnen. Es gab Stunden oder auch Tage, da verschwand unser Anwesen völlig im Nebel, Sichtweite weniger als zehn Meter. Dabei zogen Nebelwolken durch die Arkadenbögen in unseren Patio, und hüllten das Haus förmlich ein. Tagsüber empfanden wir das als romantisch. In der Nacht jedoch, wenn Dein Blick aus einem unserer zahlreichen Fenster die vollkommene Schwärze einfing, und die Stille der Außenwelt die Anspannung Deiner Nerven noch steigerte, wenn es dann auch noch stürmte, wobei in so manchem Winkel des Hauses das Heulen des Sturmes die Stille unterbrach, dann kontrollierten wir alle Fenster und Türen lieber zweimal, um uns zu vergewissern, dass die „Berggeister“ uns nichts anhaben können. In einer solch´ dunklen Nacht fing unser Hannibal an, in einer besonders scharfen Art zu bellen, er hörte nicht auf, im Gegenteil, sein Gebell wurde immer lauter und heftiger, gemischt mit perfektestem Wolfsgeheul! Mir war klar, dass draußen sich eine oder mehrere unbekannte Personen aufhalten mussten, denn wir konnten schon lange an der Art und Tonlage, wie unser Wach-Genie bellte, genau erkennen, ob ein Nachbar oder Jäger am Weg war, oder eben Fremdlinge. Ich also die Keule und Handscheinwerfer gegriffen, eine größere Ladung Mut dazugepackt, und mit voller Entschlossenheit ins Dunkel stürzend, den in solcher Lage gewöhnlich dummen Spruch in die Nacht gebrüllt „quien vive?“ (wer da?). Augenblicke später sah ich unseren Nachbarn M. ebenfalls mit Scheinwerfer und „Schlagzeug“ bewaffnet, zu seinem Grundstückstor laufen. Wir riefen uns gegenseitig kernige Parolen zu, die mir fühlbar Mut gaben. Unsere Taktik war, „die Feinde“ einzukreisen, nach dem Motto „getrennt vorrücken, vereint zuschlagen“. Nichts regte sich. Wir stellten die Lauscher auf, bewegten uns nicht, horchten angestrengt in die Nacht…. Auf einmal raschelte es unter einer Piniengruppe, ein schwarzes Gesicht hob sich zwischen den Steineichen-Büschen hoch und fragte ganz leise, ob der Wolfshund hoffentlich an der Kette liege. Ein zweites Gesicht tauchte auf, ebenfalls geschwärzt. Wir hatten Mühe, unser Schlottern so zu unterdrücken, dass die Jungs unsere Angst nicht erkannten. Als ich bestätigte, der Hund sei sehr gefährlich, (was ja nicht stimmt, aber es ist besser, wenn die Leute das glauben. Hannibal ist ein gaaanz Lieber!), und dass er an der Leine ist, erhoben sich die beiden Gesichter, und es kamen zwei Typen in Kampf-Tarnuniform zum Vorschein. Sie waren in voller Montur, sprich mit allen Waffen gerüstet. Na denn! Der Fall klärte sich wie folgt: Die Armee hielt eine Nachtübung ab. Wir hatten die „Guten“ erwischt. Die „Schlechten“ befanden sich auf der Suche nach den „Guten“, um sie kaltzustellen. Die Soldaten entschuldigten sich für die Belästigung bei uns, und zogen ab.

Dann gab es die zwei Nächte, wo die Sicht bis weit über die Hügel gegeben war, allerdings getrübt durch schwarze Rauchwolken und rötlichen Schein.
Die Bergwelt stand in Flammen!
Mit dem Feldstecher verfolgten wir den Kampf der Bodentruppen, die auch in der Nacht die Feuersbrünste an ungezügelter Ausbreitung hindern wollten. Der Einsatz von Löschflugzeugen war in der Nacht extrem gefährlich. Es wurde aber mit mehreren Hubschraubern dennoch versucht. Ein Westwind blies kilometerweit Aschepartikel bis auf unsere Terrassen. Wir konnten nur schwer einschätzen, wie weit weg von uns die Berge in Flammen standen. Nachbar M. hatte wohl auch Bedenken, dass das Feuer sich bis in unser Tal fressen könnte, denn Wind aus Westen würde die Feuersbrunst zu uns treiben. Deshalb fuhr er Richtung Westen, um die Lage möglichst nahe vor Ort besser einschätzen zu können. Als er zurück war, gab er uns und anderen Nachbarn Entwarnung, da die Brandzone jenseits eines kaum bewachsenen Trockentales lag, über welches das Feuer nicht springen könne. Brandursache war in einem Fall gezieltes Abfackeln, im anderen Fall eine durch Sturm gerissene Überlandleitung.
Spanien, wie auch alle Mittelmeerländer, haben jedes Jahr das Problem mit den Feuersbrünsten. In den meisten Fällen werden diese durch Unachtsamkeit, durch „warme Methode der Urbarmachung“, oder durch Kabel der Überlandleitungen ausgelöst. In den Kabeltrassen werden in Mitteleuropa Brandschneisen geschlagen, im Mittelmeerraum spart man sich das Geld, schließlich kann und will man nicht den Lauf der schicksalshaften Ereignisse bremsen oder verhindern. Spanien hat vor Jahren ein Gesetz erlassen, welches auf Brandflächen,

ob gezielt brandgerodet oder durch Selbstentzündung verbrannt, für dreißig Jahre das Gebiet nicht bebaut werden darf. Schon im darauf folgenden Sommer waren die Brände sehr deutlich zurückgegangen. Zufall? Oder sollte die Natur doch auch manchmal von Menschen erlassene Gesetze beachten? Denn die Brandstifter hat es ja nie gegeben!

Es gab aber auch die ganz normal in geregelten Bahnen ablaufenden Tage.
Um an einem solchen Tag im Sommer zu erwachen, brauchten wir keinen Wecker. Das Morgenkonzert der Vogelwelt drang trotz zugezogener Vorhänge durch die gekippten Fenster. Es wäre sündhaft gewesen, weiter in den Federn liegen zu bleiben, anstatt mit durchgestrecktem Körper im Patio den Tag zu begrüßen. Ich habe bereits geschildert, wie unser Hannibal sein Revier auf unserem Morgenspaziergang „abzutrüffeln" pflegte. Frühstück und Spaziergang war gegen 9:30 bis 10:30 Uhr erledigt, je nachdem, mit wie vielen Nachbarn ich mich am Weg getroffen hatte. Es gehörte für mich jederzeit zu den kleinen angenehmen Erlebnissen, bei einem Plausch zu verweilen, insbesondere unbehelligt von üblicher Morgenhektik und lärmender Zivilisations-Kulisse.
Nach dem Morgenspaziergang machte ich einen routinemäßigen Inspektionsgang. Unser Anwesen hatte eine komplexe Haustechnik, was in erster Linie an der ökologisch basierten Energieversorgung lag. Der Pfad hinauf zum Druckwasserdepot war steil und auch durch das Polster der vertrockneten Piniennadeln ziemlich rutschig. Mit Badeschlappen unmöglich und gefährlich zu begehen. Oben auf dem Plateau des Depots angekommen, war der Blick in die Ferne noch atemberaubender als vom Patio oder Mirador aus. Allein schon wegen dieser Aussicht kraxelte ich gern dort hinauf. Wie unerlässlich derartige Inspektionen waren, zeigte sich beispielhaft an diesem 7.000 Liter fassenden gemauerten Behälter. Bei voller Befüllung war der Wasserdruck so stark, dass aus den Mauersteinfugen das Wasser herauslief. Eine Behebung dieses Schadens war nur möglich, indem das Wasser in den Pool abgelassen wurde, um nach Trockenlegung eine Risse überbrückende Kunststoff-Beschichtung innen aufzuspachteln. Vom Pool wurde das abgelassene Wasser mit einer Tauchpumpe in das Hauptdepot geleitet. Das obere Depot konnte nach Abbinden und Aushärten der Beschichtung wieder

befüllt werden. 2 Tage ohne fließendes Wasser! Aber wir hatten ja den Pool, aus dem wir uns bedienten. In dem oberen Depot waren Niveaumelder eingebaut, damit die Pumpe im unteren Depot automatisch abschaltete, wenn der maximale Wasserpegel erreicht war, und wieder automatisch ansprang, wenn der minimale Wasserstand gegeben war. Jedoch hat diese wichtige Pumpensteuerung nicht lange funktioniert. Im ersten Sommer unseres paradiesischen Lebens konnten wir uns nach drei Stunden Pumpleistung davon überzeugen, wie ein munteres Bächlein geräuschvoll plätschernd über die Steilwand hinter dem Nordflügel als kleiner Wasserfall herabstürzte! Der untere Niveaugeber, der logischerweise im Wasser installiert war, verursachte einen Kurzschluss, mangels Strom reagierte der obere Niveaugeber nicht mehr, und ein Wasserverlust durch Überlauf von ungefähr 3.000 Liter war die bittere Folge. Diese Problemtechnik legte ich daraufhin still, was allerdings bedeutete, dass ich zu Beginn der wöchentlichen Pumpaktion durch das Mannloch des Hauptdepots den Pegelstand messen musste, damit ich sicher sein konnte, nicht zu viel hoch zu pumpen. Als zusätzliche Kontrolle ließ ich eine Wasseruhr im Poolhaus installieren. Bei diesem Überlauf zeigte sich, dass trotz aufgebrachter Innenbeschichtung das Wasser wieder durch die Steinfugen drückte. Eine zusätzliche „Panzerbeschichtung" war erforderlich. Das Material dafür besorgte mir ein Nachbar in Deutschland. Mit ihm zusammen krabbelten wir stundenlang in dem Behälter herum, und – geschützt mit Atemmasken – brachten wir die Beschichtung auf. Mir war inzwischen klar, dass das Depot nur einem maximalen Druck von 4.000 Liter standhielt, was ich auch zukünftig beim Hochpumpen beachtete.
In unserem Hanggelände lösten sich zu allen Jahreszeiten Steine aus der Erde, die nicht selten auf unsere obere und untere Auffahrt krachten. Daher überprüfte ich routinemäßig die Wege, aber auch im Erdreich vom Regen frei gewaschene Steine auf (noch) sicheren Halt. Wir hatten immer wieder Stein-Ausbrüche aus den Hangzonen, die mitunter gefährlich sein konnten, wenn man gerade dem herab kollerndem Stein im Weg war. Besonders nach starken Regenfällen war die Untersuchung der Hänge erforderlich. Es war nach einem einstündigen 80 Liter Sturzregen meistens Geländearbeit von zwei Tagen erforderlich, um die vom Wasser frei gespülten Furchen in den Auffahrten am Grundstück wieder zu beseitigen. Auch die in Erdbauweise seitlich angelegten Entwässerungsrinnen mussten mühsam neu

gezogen werden. Gebrochene Äste, die herabhingen waren abzusägen, zu zerkleinern und in einer naturgegebenen kleinen Senke zu lagern.
Die dauernde Beobachtung der aufgehenden Erdwand hinter dem Haus war besonders nach intensivem Regen wichtig. Es gab Auswaschungen von Felsbrocken der Größe eines mittleren Findlings, die nur noch von dem verzinkten Gitter gehalten wurden. Es war nur eine Frage von Stunden, wann das Gitter dem Gewicht nicht mehr standhalten und zerreißen würde. Das hätte in der Folge schwere Schäden am Haus durch den Absturz des Felsens aus einer Höhe von acht bis zehn Meter bedeutet. In einem Fall war die Sachlage so kritisch, dass ich sofort auf die Bancale in sechs Meter Höhe musste, um den Absturz eines ungefähr eine Tonne schweren Felsens zu verhindern. Ich bereitete in der Bancale unterhalb des Brockens ein Erdbett vor, damit bei dem kontrollierten Absturz die betonierte Entwässerungsrinne nicht zerschlagen würde. Dann schnitt ich die Gittermatte vorsichtig auf, damit sich der Fels langsam aus der Erdwand herauslösen sollte. Ob meine Taktik erfolgreich sein würde, war keineswegs sicher. Natürlich stand ich während der Schneide-Aktion mit ausreichendem Sicherheitsabstand seitlich, schließlich wollte ich mir ja nicht meine Gehwerkzeuge zerschmettern lassen. Das Schutzgitter war von Anfang an sein Geld wert: es rostete nicht, da es aus Zinkdraht geflochten war, und es zeigte sich nach den vielen Jahren in diesem Moment, dass es seine Funktionsfähigkeit noch immer voll erfüllte. Kaum hatte ich den letzten entscheidenden Schnitt mit der Drahtschere gemacht, polterte der Brocken aus anderthalb Meter Höhe auf das zuvor gerichtete Erdbett. Anschließend war es nur noch ein Kraftakt, den Felsbrocken mit dem Spaten die Rinne entlang zu hebeln bis zum Beginn der Bancale. Dort wurde er seitlich zu anderen Findlingen gerollt, um den „Steingarten“ zu vervollständigen.
Nicht nur im Grundstück gab es jederzeit genug Arbeit, sondern auch auf unserem Zufahrtsweg von der Talstraße bis zu uns hinauf. Auch hier spülte der Sturzregen Erd- und Geröllmassen auf den Weg, und zerfurchte die Fahrbahn. Es gab oft Frust, wenn wir den Weg tagelang wieder hergerichtet hatten, und kaum nach Fertigstellung zerstörte das nächste Wetter unsere Arbeit. So wichtig und unver-zichtbar schließlich der Regen war und ist, so fragten wir uns doch immer wieder, warum er nicht als normaler Landregen die Natur und uns Menschen versorgt,

sondern heutzutage überwiegend im Katastrophenausmaß zerstörerisch wirkt. Auch ich kenne natürlich die Ansagen der „Gurus“. Wenn es Dich aber immer regelmäßiger, immer öfter selbst trifft, Dir Deine friedliche Ruhe im Paradies nimmt, dann stellt sich die Frage, wo gibt es auf unserem Planeten noch einen Flecken, der im ewigen Frühling verharrt?
Ich will jedoch nicht weiter auf den Wetter-Kapriolen herumhacken, denn schließlich sollen wir zum größten Teil selbst daran schuld und verursachend sein, was allerdings andere Wissenschaftler mit der Begründung verneinen, dass die Entwicklungsgeschichte unserer Erde derartige Zeiträume schon oft in der Vergangenheit durchlebt hat.

Ich habe schon die Komplexität der Haustechnik erwähnt. Besonders sensibel ist die Solartechnik, und hier die elektronisch gesteuerte Umwandlung und Regelung des über die Solarpaneele durch die Sonne in die Batterien eingespeisten Stromes. Nur die Elektronik ermöglicht die für empfindliche elektronisch gesteuerte Geräte notwendige „saubere“ Energie der üblichen 230 bis 240 Volt / 50 Hz. Ohne Sonne keine Einspei-sung, ohne ausreichender Batteriekapazität keine komfortable Endversorgung. Daher hatten wir einen gasbetriebenen 10 KV Generator, der mit der Solaranlage gekoppelt war, und nach Bedarf gestartet wurde, um die Batterien aufzuladen. Der Vorteil dieses Gerätes war aber auch, dass mehr Strom erzeugt wurde, als für die Nachladung nötig, so dass während des Generatorbetriebes zahlreiche Verbraucher zeitgleich in Betrieb genommen werden konnten (wie Staubsauger, Waschmaschine, Geschirrspüler, Poolpumpe u.a.m.). Dies setzt jedoch voraus, dass der Generator in technisch einwandfreiem Zustand ist, was leider nach bereits drei Jahren nicht mehr der Fall war. Wie der Service-Techniker feststellte, hatte der Generator schon während der Bauzeit, von den ausführenden Firmen genutzt, Schaden genommen. Ein Eintausch gegen ein neues Aggregat wäre sehr teuer gewesen. Daher beschloss ich, einen kleineren Generator als Reserve für den Fall der Fälle anzuschaffen. Die Zielfahndung in den Kleinanzeigen unserer Hauszeitung ergab einen Treffer. Vollmundiges Versprechen des Top-Diesel- Aggregates zum unschlagbar günstigen Preis, „Kommen, Kaufen, Anschließen und das Haus erstrahlt im Lichterglanz“. Ich den Hänger angehängt, runter an die Küste, rein in den Laden. Sitzt da ein

Budda-ähnliches menschliches Wesen am Kopfende eines schlauchartigen Lagerraumes auf einem Podest, neben sich einen Karton, der die Kasse war. Zwei dunkle Punkte im Gesicht zwischen den Fettpolstern blickten mich undefinierbar an. In perfektem Nicht-Spanisch wurde ich nach meinem Wunsche gefragt. Ich deutete auf besagten Wunder-Generator. Das menschliche Wesen rührte sich nicht, was offensichtlich auch viel zu gefährlich war, denn die kleinste Bewegung hätte sicher den Schemel, auf dem die Fleischmassen überhängend zu wenig Platz gefunden hatten, in ´zig Einzelteile zerlegt. Es versuchte nur, den baumstamm-dicken Arm zu heben, was wohl bedeuten sollte, mich zu nähern, um zu zahlen, den Generator zum Hänger vor der Tür zu zerren, und irgendwie auf die Ladefläche zu hebeln. Ich wollte noch handeln, was der Budda ablehnte. Er erklärte stoisch und in der Art, die keinerlei Widerspruch duldete, dass es keine Garantie gäbe. Mein zarter Hinweis, dass zwei Jahre Garantie auch in Spanien gelten, wurde mit gefährlich ansteigender Stimmlage abgeschmettert, ich könne mich im Falle eines Fehlers direkt an den chinesischen Hersteller wenden. Toll! Und ich war weggetreten genug und kaufte das Ding!
Auf der Fahrt nach Hause erwarb ich an unserer Küsten-Tankstelle noch einen 20 Liter Blechkanister,befüllte diesen mit Diesel und kurvte frohgemut Richtung Berge.
Die Aufstellung des Generators in der Garage – kein Problem. Die Befüllung mit Sprit – schon eher ein Problem. Die Kabelverbindung zur Solaranlage – Kleinigkeit. Vor dem ersten Start Studium der Betriebsanleitung – mangels chinesisch/deutsch gemischter Sprachkenntnisse – grande problema . Sonst hätte ich nämlich das Kauderwelsch in dem entscheidenden Passus interpretieren können, der darauf hinwies, dass der Generator erst fünf Minuten warmlaufen soll, bevor die Verbindung zur Solaranlage zugeschaltet wird. (Diese technische Feinheit war in dem Marken-Generator eingebaut. Der brauchte aber nur 15 bis 30 Sekunden, bis er sauber lief und automatisch an die Solaranlage „andockte“). Abgesehen von dem Betriebslärm und dem Diesel-Gestank verlief der erste halbstündige Probelauf scheinbar reibungslos. Ich hoffte allerdings, dass die Nachbarn taub wären, denn die Lärmbelästigung war sicher im ganzen Tal schwer erträglich. Unser Hannibal mit seinen sensiblen Lauschern hatte sich in die hinterste Ecke seiner Villa verkrochen, den Kopf zwischen den

Vorderpfoten. Meine geliebte Gattin schaute mich mehr als prüfend an – ohne Kommentar, was auch gut so war, denn ich begriff bereits, dass diese Aktion ein Reinfall war, und ich hätte auf ihre noch so kleine Bemerkung sicher leicht ungehalten reagiert. Am nächsten Tag wollte ich es genauer wissen und startete schon nach dem Morgenspaziergang das „Geschoss". Dabei hatte ich leider meine Fassade voll über dem Generator und bekam den dunkelgrauen Verpuffungsqualm voll ab. Ein Zeichen schlechter Verbrennung in den zwei Zylindern. Kaum hatte ich wieder normale Luft eingesaugt, um meinen rauchgeschädigten Lungen etwas Gutes zu tun, da gab es im Technikraum einen mittellauten trockenen Knall, eine kleine Wolke setzte sich durch die offene Tür ab, der ein beißender Gestank nach verbranntem Kabel und Kunststoff folgte.
Die Hauptplatine des Inverters war zerfetzt worden! Ein Teil, welches im Austausch keine Arbeitskosten verursachte, außer Anfahrtskosten, ansonsten aber „nur" € 1.300.- kostete. At this moment I really was not amused.
Ich setzte mich, nach Alarmierung der Solarfirma zwecks sofortigem Austausch der Platine, an meinen Computer, und gab in der Hauspostille eine Kleinanzeige auf, sinngemäß lautend: „Extrem günstig neuwertiger Generator abzugeben, Kommen, Bezahlen und zu Hause in Betrieb nehmen, Diesel-Kanister mit Sprit inkl." Unter Einrechnung der Kosten der Solar-Reparatur, des Verlustes beim Weiterverkauf, des nachgeholten 3-Jahres-Service des 10 KV-Generators, ergab sich ein Gesamtaufwand, zu dem uns im Tausch gegen den vorhandenen Generator ein nagelneuer geliefert worden wäre.... Halleluja!

Das Wetter forderte uns im November 2003 schon wieder zum Kampf heraus. Diesmal war die Zerfurchung des Privatweges vom Tal bis zu unserer Finca derart gründlich, dass man nur noch von einem Wildbach sprechen konnte. Wir drei Nachbarn, die den Weg dauerhaft nutzten, hatten die Nase voll, und keiner von uns wollte sich weiterhin bei der jedem Wetter folgenden Sisyphusarbeit noch mehr kaputt machen.
Wir setzten uns zusammen, um eine umfassende Sanierung und dauerhafte Befestigung der Zufahrt zu besprechen. Unser Ärzte-Ehepaar hörte meinen Vorschlägen mit Interesse zu, da sie wussten, dass ich in den Jahren vor dem Ausstieg aus dem Berufsleben in meiner Firma auch Straßenbauprojekte durchgeführt hatte. Nachbar F. jedoch, als gelernter Kaufmann

in einer Straßenbaufirma jahrelang tätig, wollte mir erklären, wie ein Belagsaufbau einer solchen Straße kostengünstig und auch dauerhaft haltbar auszuführen wäre. Seine Ausführungen ließen erkennen, dass er keine Ahnung hatte. Als er sich darauf berief, er habe seine „Weisheit“ von einem der Straßenbauleiter aus seiner ehemaligen Firma, „riss mir die Krawatte“. Ich erhob daher die Lautstärke in meinem Kommentar erheblich, was natürlich bei F. aber auch beim Hausherrn und seiner Frau sehr schlecht ankam. Kurz, ich erklärte, einen solchen Mist hörte ich mir nicht länger an, und dass ich mit meinem Drittel-Anteil der Kosten dafür auch nicht zur Verfügung stünde. Gesprochen, aufgestanden, leichte Abschiedsverbeugung (man hat schließlich Stil), und raus aus der Hütte.

Am folgenden Tag – ich war in der Früh mit unserem Hannibal unterwegs – begegneten mir „zufällig“ die Ärzte. Ich wurde gebeten, Ihnen doch zu erläutern, wie ein haltbarer Belag auszuführen wäre, und wie viel so etwas kosten würde. Ich erläuterte zwei Methoden der Ausführung, eine billige und eine hochwertigere teurere.
Wir holten Angebote ein. Mir war schon vor Angebotsabgabe klar, dass unsere verständigen Nachbarn vom Hocker fallen würden. Sie wollten nicht zur Kenntnis nehmen, dass 1.300 Meter Straßenbefestigung, zumal im Gebirge, schlicht und ergreifend richtig Geld kosten. Die Mehrheitsentscheidung gegen uns mündete darin, dass nur ungefähr 500 Meter durch Aufbringen einer Asphaltdecke ohne tragfähigen Unterbau in Auftrag gegeben wurden, 800 Meter blieben zerfurcht und staubig. Später fragte uns jeder Besucher, ob uns das Geld ausgegangen wäre. Was sollte ich antworten? Ich konnte doch nicht bekennen, dass unsere Nachbarn engstirnig und ohne Ratio diese Lösung bevorzugt und besch-lossen hatten. Meine Antwort war daher immer gleich, nämlich dass uns unser ökologisches Gewissen bestimmt habe, so wenig Fläche wie möglich in unserer „göttlichen“ Natur zu versiegeln. Manch einer durchschaute meine Antwort, da ich meinen Sarkasmus nicht gut genug verbergen konnte.
Die Asphaltierungsarbeiten wurden kurz vor Weihnachten 2003 ausgeführt. Restarbeiten vom Wegetor bis zur Einmündung in die Talstraße wurden in der zweiten Januarwoche abgewickelt.

Schon im Frühjahr erkannten die lieben Nachbarn, was es für ein Fehler war, die Billig-Ausführung gewählt zu haben. Es wuchsen nämlich locker an zahlreichen Stellen pflanzen durch den Asphalt. Nachbar F. ging fast täglich mit der Giftspritze spazieren, was das Wachstum der Pflanzen aber überhaupt nicht störte. Eher waren die Tiere gefährdet. Daher organisierte F. einen Bully-Brenner, schleppte Gasflasche und Brenner über den Weg, und heizte die Schößlinge kaputt. Dabei wurde rund herum natürlich auch der Asphalt in seiner bitumengebundenen Struktur geschädigt.
Und so weiter, und so weiter, Geld fünfstellig „verbraten", Erfolg = Misserfolg, Einsicht = Null. Es lebe die Präpotenz!

Dieses leidige Thema erledigte sich im Jahr 2007 und 2008 durch Herstellen einer Betondecke in den seinerzeit nicht befestigten Abschnitten. Das hat natürlich dann richtig Geld gekostet. F. war zu dieser Zeit bereits nach Südamerika ausgewandert und hatte seine Finca an einen Deutschen verkauft, den ich noch vorstellen werde. Dessen Bemühungen um eine nachhaltige Wegesanierung war es zu verdanken, dass die Arzt-Nachbarn und wir mit dem „Neuen" zusammenlegten, und die Betonierarbeiten des Weges von polnischen Bauarbeitern ausgeführt wurden.

Kapitel 10

Wenig Licht und viel Schatten

Wir hatten schon in den achtziger und neunziger Jahren des vorigen Jahrhunderts in unserem Ferienhaus in Javea regelmäßig unseren Jahresurlaub verbracht. Das damalige bescheidene Preisniveau wussten wir sehr zu schätzen. Das war zu den Anfangszeiten der Zugehörigkeit Spaniens zur Europäischen Union. Im Laufe der Jahre lernten die Spanier, dass sie bei den Urlaubern richtig abkassieren konnten. Meeresklima, Sonne und Sonnenbrand erzeugten eine (schmerzliche) Hochstimmung, die das Geld locker aus den Taschen purzeln ließ. Wir erinnern uns, dass vor dem Jahrtausendwechsel, als die Peseta noch gültiges Zahlungsmittel war, ein opulentes Abendessen im Restaurant mit feinerem Ambiente noch nicht einmal tausend ptas kostete (ungefähr Euro 4,50). Nun kann man sagen, dass die Teuerung ein „Naturgesetz“ sei, was jedoch dann nicht annehmbar ist, wenn die Preissteigerung jährlich bei bescheidenen 10% liegt, und das jedes Jahr! Die Spanier haben sich an ihrer Gier verschluckt. Es ist verständlich, dass eine Nation den Anschluss an den Wohlstand anderer Staaten anstrebt, jedoch sollte das in Maßen geschehen. Eine Steigerung des Lebensstandards, bedingt unter anderem eine strukturierte Entwicklung der Wirtschaftsleistung, eine breit gefächerte Produktionsvielfalt mit stetig steigender Produktivität. Das jedoch braucht Zeit, die sich das Land glaubte, nicht geben zu müssen, da die Union jährlich Milliarden an Geldern aus dem Strukturfond über dem Land ausschüttete, wobei diese Mittel zu einem erheblichen Teil sinnlos verprasst wurden.

Beispiel: Wir fuhren Ende der Neunziger das erste Mal von der Autobahnabfahrt Villajoyosa nach Sella über die Landesstraße. Diese wurde damals gerade aufwändig im Grundausbau neu trassiert – ein Millionen-Projekt. Keine Frage, das war notwendig, sinnvoll und sehr teuer. Nur wenige Jahre danach wurde auf die neue Straßentrasse eine neue Asphaltdecke aufgezogen, obwohl keine sichtbaren Abnutzungen zu erkennen waren.

Die Preisentwicklung am Bausektor schlug ab Mitte der Neunziger des vorigen Jahrhunderts alle Rekorde. Die Baumafia kannte keine Grenzen mehr, und zockte die Käufer von Neubau-Immobilien gnadenlos ab. Ob Landsleute oder Ausländer, alle zahlten sie die astronomischen Preise, die Banken spielten im großen Roulette bedenkenlos mit und drängten den Käufern die Darlehen förmlich auf.
Beispiel: Während in Deutschland um das Jahr 2000 der Quadratmeter Wohnfläche schlüsselfertig zwischen Euro 600.- und Euro 1.200.- kostete, war zu diesem Zeitpunkt in Spanien bereits der Preis bei Euro 2.400.- angekommen. Im Jahre 2008 – also kurz vor dem weltweiten Zusammenbruch der Immobilienmärkte – lag dieser Preis bei bis zu Euro 6.000.- für ein Apartement oder Haus in normalem Qualitätsstandard.
Am Bau herrschten besondere Gesetze. Der Bauarbeiter war derart gefragt, dass der Unternehmerlohn von Euro 14.- (im Jahr 2000) auf Euro 45.- (im Jahr 2008) stieg. Die Materialpreise hatten keine Bodenhaftung mehr, denn die Gewinne mussten sprudeln. Auch im privat angeforderten Dienstleistungsbereich wurden horrende Summen verlangt. Die Gärtnerstunde war nicht unter Euro 20.- (brutto / netto – unversteuert!) zu haben. Die Raumkosmetikerin verlangte neben ähnlichen Stundensätzen außerdem eine zuvorkommende Bewirtung während der Arbeitszeit, die Arbeit selbst wurde auf ein möglichst geringes Maß reduziert.
Es war für uns jedes Mal in Deutschland ein Erlebnis, wenn wir die Kosten der Lebenshaltung in der Heimat mit denen in Spanien vergleichen konnten. Ob im Restaurant, im Supermarkt oder im Haushalts-Dienstleistungsbereich, es war alles deutlich preiswerter. Die eine oder andere Aus-nahme gab es jedoch und gibt es noch immer. Beispiel 1: die Gesundheitskosten. Ein Arztbesuch in Spanien – auch beim Zahnarzt – ist wesentlich kostengünstiger. Ebenso sind die Medikamente auch heute noch vierzig bis sechzig Prozent billiger, obwohl hier in den letzten Jahren eine deutliche Anhebung der Preise zu verzeichnen war. Beispiel 2: Die Spritpreise. Es ist nicht so, dass die Ölkonzerne in Spanien in ihrer Preisbildung zurückhaltender wären als bei uns. Es wird in gleichem unverschämten Maß abgezockt. Der spanische Staat erhebt jedoch auf den Sprit deutlich weniger Steuern. Im Übrigen fällt die KFZ-Steuer bis zu 75% geringer aus als in Deutschland. (Es muss ja mal gesagt werden: alle deutschen Regierungen verhalten sich unerträglich still, wenn es

darum geht, die Abzocke der Öl-Multis mit ihren Preisabsprachen zu stoppen, denn leichter kann der Staat Steuern nicht einkassieren, als durch die Sätze auf den Sprit. Wenn von aktuell Euro 1,50 für den Liter Super allein Euro 0,90 an den Fiskus gehen, dann wäre der Finanzminister „mit dem Klammerbeutel gepudert“, wenn er dem Wirtschaftsminister freie Hand ließe, um die Konzerne zu fairen Preisen zu zwingen. Zeitnah geäußerte Strategien zur Eindämmung der ungezügelten Preisbildung durch die Multis wurden unauffällig wieder fallen gelassen. Und unsereAutomobilclubs, die unter ander-em die Millionen Mitglieder vor solchen Preis- und Steuerauswüchsen schützen sollten und auch könnten, erschöpfen sich in selten in den Medien geäußerter „sanfter Schelte“. Die Medien selbst achten mehr auf die Multis als gewinnbringende Werbekunden, denn als die notwendig an den Pranger zu stellenden gnadenlosen Abzocker. Was sind wir doch als Volk für Duckmäuser, die zu lethargisch und saft- und kraftlos sind, um derartigen Missständen entgegen zu treten!)

Nun sollte man ja meinen, die Hochpreis- Gier-Politik im Bausektor konnte uns, die wir schließlich an den Verkauf unseres Anwesens dachten, nur Recht sein. Was eine hohe Wertsteigerung anbelangt, war dies natürlich richtig, und kam uns sehr gelegen.
Leider bedeutete das jedoch nicht, dass sich die Interessenten bei uns die Klinke in die Hand gaben. Der Grund dafür war der fehlende Meerblick und die Abgeschiedenheit unseres Landsitzes. In sieben Jahren, die wir das Anwesen am Markt hatten, besuchten uns dennoch Dutzende Kaufinteressierte. Alle diese Leute brachten jedoch eine unabdinglich notwendige Voraussetzung für das Leben bei uns im Tal nicht mit, nämlich die Verbundenheit mit der Natur und dem Leben in dieser Natur. Ich will Ihnen einen typisch ablaufenden Besichtigungsbesuch schildern, dessen weitergehende Deutung ich dem geneigten Leser selbst überlassen will.
Eines Tages meldete sich ein Ehepaar – nennen wir sie Bill und Jane - telefonisch bei uns an. Es wurde ein Besichtigungstermin vereinbart. In der Regel war es notwendig, die Besucher im Dorf abzuholen, um zu vermeiden, dass sich die Herrschaften verfuhren. Die fünf Kilometer vom Dorf bis zum Abzweig in unser Tal fuhr ich gewollt langsam, um einen ausgiebigen Eindruck der Landschaft zu vermitteln. Die Fahrt im Konvoi das

Tal hinauf bis zu unserer Finca beobachtete ich im Rückspiegel, denn da zeigte sich schon an der Fahrweise des Besuchers, ob er Probleme mit der Bergstraße hatte. Oben angekommen, konnten wir schon den weiteren Ablauf dadurch „identifizieren", in welcher Weise der erste Kommentar beim Aussteigen aus dem Fahrzeug geäußert wurde. Ein uneingeschränktes Bewundern der Bergkulisse war viel versprechend. Eine Bemerkung der doch recht beschwerlichen Anfahrt war wenig versprechend. Ein schweigender sich lang hinziehender Rundumblick bedeutete meist das Empfinden „hier bin ich Mensch, hier darf ich´s sein"(Goethe) – also positiv. Nach einigen solchen Terminen hatten meine Frau und ich uns angewöhnt, besonders die „Gnädige" diesbezüglich zu beobachten, denn in unserer Zeit der (fast) abgeschlossenen Emanzipation zeigt letztlich die Frau mit dem Daumen nach oben oder unten. Der sich anschließende Rundgang durch das Haus ließ auch sehr schnell das wirkliche weitergehende Interesse erkennen. Gezielte und vertiefte Fragen waren uns lieber, als fast wortloses kurzes in die Räume blicken, denn wir suchten Käufer, von denen wir das Gefühl gewinnen konnten, dass sie sich mit innerer Überzeugung, so wie wir, hier ihr Leben einrichten und gestalten würden, und zwar in Übereinstimmung mit der umgebenden Natur. Rendite-orientierte Investoren sollten unser Anwesen nicht erhalten. Wenn Besucher einen Weg zum Pavillon nicht für notwendig erachteten, war davon auszugehen, dass sie die Verinnerlichung mit der Natur weder suchten, noch als Notwendigkeit empfanden. Es gab Besucher, die sich schnell sehr wohl in unserem Hause fühlten. Die wurden dann auch zum Tee oder Kaffee eingeladen, damit wir sie näher kennen lernen konnten. Dabei erfuhren wir im Gespräch immer wieder, wie sehr den Leuten das Leben an der Küste schon nach wenigen Jahren auf die Nerven ging. Streitereien mit Nachbarn, Einbrüche, Lärm Tag und Nacht, schlechte Luft….

Diesbezüglich war unser Tal natürlich im Empfinden der Gäste die Oase an sich. Wir mussten uns aber immer wieder die banalen Bedenken der „Gnädigen" anhören, wenn es darum ging, dass der Einkauf doch so weit weg sei, die Fahrt an die Küste auf der Bergstraße kein Vergnügen sei, die Einsamkeit doch zu groß sei, der Meerblick fehle, und so weiter und so fort…. Nach längerer geduldiger Anhörung solcher Einwendungen, konterte ich mit Fragen, wie viel Zeit denn die

Einkaufsfahrt in der Heimat benötige, ob es denn dort noch den „Laden um die Ecke“ gäbe. Antwort: „Ja, es dauere doch rund eine dreiviertel Stunde, um in das Einkaufszentrum zu kommen, den Tante Emma-Laden gibt es leider auch nicht. Doch, doch, so gesehen hätten wir ja Recht, was den kleinen Einkauf im Dorf anbelangt, und es sei ja auch wirklich die Anfahrt von und zur Küste über die gut ausgebaute und verkehrsarme Straße in weniger als einer halben Stunde machbar, aber die Einsamkeit!“ Uns war klar, dass die Dame schlicht „Frack-Sausen“ vor der Bergfahrerei hatte und das möglichst tägliche „Küsten-Ramba-Zamba“ nicht missen wollte. Oft nahm mich der „Familienvorstand“ zur Seite, um mir zuzuflüstern, er würde unser Anwesen kaufen wollen, müsse das jedoch erst noch mit seiner Frau besprechen, er melde sich. Natürlich erfolgte keine Rückmeldung. Die Chefin hatte den Daumen gesenkt – Ende der Debatte!
Eines Tages rief mich unser Freund und Makler M. an, um seinen Besuch mit einem noch jüngeren englischen Ehepaar anzukün-digen. Am vereinbarten Tag hatten wir wieder Wetterglück. Es war angenehm warm, leichtes Lüftchen, fast wolkenloser Himmel, die Berge und Hügellandschaft zeigten sich vom Freundlichsten. Begrüßung, Rundgang im Haus, im Grundstück, intensives Fragen und Antworten, Einladung zum Tea afternoon. Dabei kam im Gespräch heraus, dass das Ehepaar ein Casa rural aus dem zu erweiternden Gebäudekomplex machen wollte. Ich erklärte mich bereit, die notwendige Umplanung bei Kauf kostenfrei zu übernehmen, und bei der Gemeinde vorab anzufragen, ob eine derartige Erweiterung bewilligt werden würde. Gesagt, getan, Umplanung in einer ersten Variante erstellt, beim Bürgermeister die mündliche Vorab-Zusage eingeholt und meinen Makler verständigt. Wir waren mit unseren Nachbarn beim Abendessen in einem Restaurant an der Küste, als der Anruf kam, in welchem mir M. mitteilte, dass die Engländer kaufen würden, jedoch knapp 25% unter unseren Preisvorstellungen. Er habe deshalb schon abgesagt, da wir unseren Preis kurzfristig am Markt sicher durchsetzen würden. In diesem Augenblick machte ich einen entscheidenden Fehler, indem ich der Absage zustimmte. Dies geschah am siebten Januar 2004, zu einer Zeit also, da die spanische Immobilien-Welt noch in Ordnung schien, da niemand die mehrfach ausgesprochenen Warnungen der spani-schen Nationalbank zur Kenntnis nehmen wollte, und

auch ich arrogant genug war zu glauben, unser Anwesen ließe sich mit nahezu 100% Wertsteigerung problemlos verkaufen. Davon abgesehen, waren wir damals noch ohne jeden Zweifel zuversichtlich, dass die mir in Auftrag gegebene Projektierung der Urbanisation La Isla zur Ausführung kommen würde, und ein Verkauf unserer Finca Nebensache sei. Das Sprichwort „Hochmut kommt vor dem Fall" traf voll auf diese unsere Fehlentscheidung zu: die Hypothekenzinsen stiegen fortan rasant, die potentiellen Käufer für ein derart großes Anwesen, wie es unseres war, wurden immer weniger, bis zu sechs zeitgleich eingeschaltete Makler waren nicht in der Lage, seriöse Klienten zu finden. (Was allerdings kein Wunder war, denn die meisten dieser so genannten Makler, wollten nur das schnelle Geld ohne wirklichen Aufwand machen: Bild in das Schaufenster, im Straßenbüro Däumchen drehen und gegen das Einschlafen kämpfen, dem „dummen" Kunden, der sich in das Lokal verirrt, jeden Immobilienmist anbieten, Hauptsache der Kunde zahlt gleich mal an….).

Die Monate des Jahres 2004 vergin-gen mit der Fortführung der Planungsarbeit am Entwurf der Urbanisation.

Das Wetter im Sommer zeigte sich von seiner extremen Seite. Heiße Wüstenwinde trieben nicht nur Sand über das Land, sondern brachten bei 15% Luftfeuchtigkeit eine nur schwer erträgliche Hitzewelle. Die Nachttemperaturen lagen bei 28 Grad Celsius! An Schlaf war da im Hausinneren nicht zu denken. Im Patio zu übernachten war auch nicht ratsam, denn bei einem solchen Wüstenklima waren die Skorpione und Schlangen besonders aktiv. Allein das Wissen, es könnten sich die lieben Tierchen unhörbar der Schlafstatt nähern, machte einen kuscheligen Schlaf unmöglich. Wir hatten zu keiner Zeit Probleme mit den nächtlichen Erkundungsgängen rund ums Haus von Wildschweinen, Bergziegen, Füchsen oder Wölfinnen, die zu unserem Hannibal zwecks „Verlobungsritualen" wollten. Schlangen und Skorpione jedoch nötigten uns immer den größeren Respekt ab. Man kann es auch Furcht nennen. An der Küste waren diese Nächte noch schlechter zu ertragen, denn dort unten war die Luftfeuchtigkeit im Gegensatz zu unserer trockenen Bergluft extrem hoch. Urlauber erzählten uns immer wieder, dass sie sich wie in der Sauna gefühlt haben. Hinzu kam, dass es nicht ratsam war, in den Häusern nachts Fenster und Terrassentüren offen zu halten, denn die Einbrecher warteten nur darauf, dass sie freien Zugang in die Häuser bekamen. Für meine Frau war es zudem völlig undenkbar, sich im Freien aufzuhalten, denn die Moskitos schätzten ihr süßes Blut in besonderem Maße, was sich natürlich in der Population herumgesprochen hatte. Immer wieder musste Cortisonsalbe herhalten, um Infizierungen der schlimmen Art zu verhindern. Das war über all´ die Jahre in Spanien sehr bedauerlich, denn durch diese Empfindlichkeit war es unmöglich, tagsüber oder auch abends auf unseren Terrassen zu sitzen, die Natur „einzuatmen", das Spielen der Äste von Pinien, Steineichen und Gräsern im leichten Wind zu beobachten, abends den sich vermindernden Geräuschen der allmählich einschlafenden Tierwelt zu lauschen, schier mystisch anmutende Wolkengemälde in der Abendsonne als Himmelsfresko zu bewundern, den aufgehenden Mond in seiner facettenreichen Oberflächen-Landschaft zu betrachten, und mir von meiner Frau die Gestirne am Nachthimmel erklären zu lassen. Als Hobby-Astronomin war und ist das Universum für meine Frau eine zweite Heimat. Ein umhüllendes Moskitonetz, über meiner Frau aufgespannt, hätte zwar die Stechfliegen abgehalten, wurde aber abgelehnt, da das Gefühl der unendlichen Freiheit dadurch unmöglich gemacht wurde.

Die Hauptsaison war für uns Bergbewohner die Zeit, in der wir nur zu Einkaufszwecken an die Küste fuhren. Wir waren bemüht, so schnell wie möglich wieder in unser Hinterland zu fliehen, denn das Gerammel, das Gelärme, der Gestank sich dahin schiebender Autokolonnen, der Baulärm an allen Ecken und Enden – es war für uns unerträglich. Meine Frau hatte da allerdings eine Art Schutzschild, der es ihr ermöglichte, stundenlang die notwendigen monatlichen Einkäufe zu tätigen, während ich bereits nach kurzer Zeit so gereizt war, dass die geringste Belästigung bei mir einen Zornausbruch provozierte. Wenn die Besorgungen erledigt waren, gingen wir ganz gern noch für ein Stündchen in ein Café, um uns dort vom Stress zu erholen. Das Problem war nur, hattest Du ein einigermaßen gemütliches Ambiente entdeckt, war mitunter Wochen später ein Bierlokal der primitiven Art an der selben Stelle vorzufinden. Typisch für die Zocker-Mentalität der spanischen „Urlaubsbranche": natürlich war mehr Geld mit einer Saufkneipe als mit einem stilvollen Café zu verdienen. Auf diese Art wurden die anfangs durchaus einladenden Strandpromenaden mehr und mehr zu „Sauf- und Fressmeilen“ umfunktioniert, und zwar nach dem so unrühmlichen Vorbild „Ballermann“ auf „Malle“. Besonders in den Küstenbereichen ab französischer Grenze Richtung Süd-West bis unterhalb Torrevieja finden wir über hunderte Kilometer Badeorte, die sich auf Billigtourismus spezialisiert haben, und dadurch in ihrer Ursprünglichkeit völlig zerstört worden sind. Dass zwischenzeitlich ein diesbezügliches Umdenken begonnen hat, erlaubt leider keineswegs eine Wiederherstellung zerstörter gewachsener Strukturen und Ortsbilder. Die Gier verschlingt die Kultur.

Viel lieber fuhren wir im Sommer in unser Dorf hinunter, denn auf dem Hauptplatz fand das idyllische Dorfleben im Freien statt. Man setzte sich unter die Sonnenschirme vor den Cafés oder Bodegas, man traf sich dort zum Austausch der neuesten Begebenheiten im Dorf und Umland, knüpfte neue Kontakte, frischte alte wieder auf, vereinbarte gemeinsame Unternehmungen. In unserer „Bar – Restaurante Maria“ verbrachten wir besonders gern und bevorzugt so manche Zeit, denn die Terrasse mit Ausblick in das sich zum Meer hin ausweitende und abfallende Tal war besonders dazu geeignet, einen Imbiss einzunehmen, oder auch nur einen Kaffee zu trinken, und ansonsten sich „abhängen zu lassen“. Die bedienende Familie war immer rührend freundlich zu uns. Wir hatten wohl von Anfang an durch unser untypisch deutsches Auftreten die Herzen der Bewohner gewonnen. (Ich überlasse die Interpretation des typisch deutschen Auftretens den Lesern, und enthalte mich weiterer Kommentare zu diesem Punkt).

Und wenn dann der Sommer sich all-mählich verabschiedete, die Temperaturen sich wieder auf angenehmere Werte um 25 Grad Celsius herum einpendelten, die Wassertemperatur im Pool gaaanz allmählich von nicht mehr erfrischenden 28 Grad Celsius sich in Richtung 20 Grad verringerten, wenn die Hunderte von Pool-Wespen Dein Bad nicht mehr störten, die Schlangen und Skorpione zügig ihre Winter-Schlupfwinkel vorzubereiten begannen, dann fing auch ich an, das Anwesen gründlich zu inspizieren, um mögliche Schadstellen rechtzeitig vor Wintereinbruch zu reparieren. Da gab es Einiges zu tun. Alle Fassadenelemente mussten in ihrer Einhebel-Mechanik auf leichte Gängigkeit überprüft und gegebenenfalls nachgerichtet und geölt werden. Besonders wichtig dabei war die Überprüfung der Dichtungsprofile, die gerne verrutschten, wodurch nicht nur Regenwasser hereindrückte, sondern auch der Sturm in das Haus röhrte. Die jährlich 3-tätige Fensterputzaktion wurde im Frühjahr erledigt, so dass ich damit zur Herbstzeit keinen Stress hatte. Wichtig war auch die genaue Überprüfung der Dachlandschaft. Die Ziegeldeckung war, wie schon vorher beschrieben, in Zementmörtel verlegt. Dies hat im Laufe der Jahre zur Folge, dass Witterungseinwirkungen den Verbund der Dachziegel mit dem Untergrund lockern, oder auch Ziegel durch Temperaturspannungen Risse bekommen. Solche Fehler waren spätes-tens jetzt auszubessern. Auch musste der Fassadenputz auf Risse überprüft werden, die zu verschließen waren. Besondere Aufmerksamkeit widmete ich der Steilwand-Betonhaut hinter dem Haus. Da wir die Wand über 45 Meter Länge um zwei Ecken herum ohne Bewegungsfugen betoniert hatten, bildeten sich zwangsläufig durch Temperatursprünge verursachte Entspannungs-Risse. Diese waren an sich nicht gefährlich, da ja die Betonhaut keinen Anspruch auf absolute Wasserdichtigkeit erhob, sondern ausschließlich die Stabilität der Erdwand sicherstellen sollte. Dennoch gab es Risse in den horizontal versiegelten Flächen der Bancales, die zur Vermeidung von Hinterläufigkeit durch hier einsickerndes Regenwasser zu verschließen waren. Die Außenanlagen rund um das Haus waren auf Rutschungen, Abbrüche oder Absenkungen zu überprüfen. Entlang der Auffahrten im Grundstück mussten die seitlich am Fuß der Böschungen verlaufenden Entwässerungs-Erdrinnen neu gezogen werden. Dies war unumgänglich, da sonst beim ersten Sturzregen nicht nur der Kiesbelag hinweg geschwemmt werden würde, sondern auch der Unterbau durch wilde Zerfurchungen zerstört würde. Meine Frau widmete sich zu gleicher Zeit den gärtnerischen Belangen: Ausputzen, Beschneiden, Wildwuchs entfernen, vor allem den Stech-Ginster zu bändigen. Gemeinsam putzten wir im Bereich der Auffahrten die Pinien aus. Durch ihr Eigengewicht zu tief herabhängende Äste waren mit der Elektrosäge abzutrennen, durch Sturm gebrochene Zweige zu beseitigen. Insbesondere die neben den Solarpaneelen jedes Jahr wieder herauf wachsenden breiten Baumkronen mussten vollständig gestutzt werden, damit die tief stehende Wintersonne möglichst lange am Tag Energie einspeisen konnte.

Der Pool wurde ebenso auf die Winterzeit vorbereitet. Die über den Sommer auf dem Wasser schwimmende Abdeckplane wurde entfernt und von angesetzten Algen durch gründliches Abschrubben gesäubert, die Reinigung des Wassers und Befüllung mit den genau dosierten chemischen Inhaltsstoffen vorgenommen, und die Technik im Poolhaus durch Isolierung mit Decken gegen zu erwartende Kältegrade geschützt. Die Wartung der Zentralheizungsanlage wurde durch eine Fachfirma durchgeführt. Den kleinen Generator-Service erledigte ich selbst, ebenso wie die Wartung und Pflege der zwölf Speicherbatterien der Solaranlage.
Während unserer Vorbereitungen auf den Winter wurde es um uns herum im Tal immer einsamer. Die Spanier, die in der warmen Jahreszeit fast immer am Wochenende in ihren Landhäusern zubrachten, machten ihre Behausungen dicht. Unser Arzt-Ehepaar verbrachte jährlich nur zwischen Mai und September ihre Zeit mit Unterbrechungen in ihrem hiesigen Domizil, und unser unterhalb an unser Grundstück angrenzender Nachbar ließ sich nur wenige Tage, und dann nur wenige Stunden blicken.
Uns war das eigentlich ganz recht, denn die von uns so bevorzugte Ruhe war im Sommer doch deutlich geringer, wenn nicht sogar nach unserem Empfinden gestört. Auch der Verkehr auf der Talstraße, der natürlich bis zu uns herauf zu hören war, erlahmte fast völlig, was wir als sehr wohltuend empfanden, denn besonders der Lastverkehr zu verschiedenen Umbaumaßnahmen in der warmen Jahreszeit war sehr störend
Zum Beginn des Lebens in unserer Zweisamkeit im Paradies waren wir uns keineswegs sicher, ob dieses Leben für uns die Erfüllung bringen würde, denn wir hatten in den Jahrzehnten vorher berufsbedingt keine Gelegenheit, das Leben zu zweit, abgeschirmt vom gesellschaftlichen Trubel zu proben. Der Wahrheit zuliebe muss ich auch gestehen, dass wir nicht wenige Reibungsverluste zu bewältigen hatten, was uns nicht immer unter Wahrung der nötigen Form gelungen ist. Profan ausgedrückt gingen wir uns nicht selten gegenseitig auf die Nerven. Da half es aber, dass wir ein großes Haus mit vielen Zimmern nur zu zweit bewohnten. Wir konnten uns zurückziehen, so lange es nötig war, um mit dem Willen zur Versöhnung sich wieder zu begegnen. Diese „Trennung“ dauerte jedoch nie sehr lange: zwei Stunden waren da schon viel Zeit. Wir wussten schließlich, was wir aneinander hatten, und

dass wir aufeinander in der täglichen Bewältigung des Daseins im Paradies angewiesen waren.

Und wenn dann die geruhsamen Tage um Weihnachten kamen, empfanden wir unsere Abgeschiedenheit vom merkantilen Weihnachtsrummel als besonders angenehm.

Und den Eintritt in das Neue Jahr begingen wir in besinnlicher Zweisamkeit, und waren es so zufrieden…..

Kapitel 11

Eingriffe in die Natur

Das Jahr 2005 begann zwar nicht mit einem Paukenschlag, jedoch schon früh am Morgen mit störendem Maschinenlärm: ein Radlader der größeren Art lärmte unsere Zufahrtsstraße herauf, bog halb rechts auf eine mit dichtem Buschwerk zugewachsene Bancale ein und begann ohne Zögern mit der „Urbarmachung". Will heißen, Sträucher und noch junge Pinien wurden bis zur Frühstückspause des Maschinenführers um pünktlich 9:30 Uhr („heiliger" Termin bei Spaniens Werkern, der selbst im absoluten Katastrophenfall eingehalten wird, außer bei der Feuerwehr und Katastrophenschutz) herausgerissen und zum Abtransport durch Zerstückelung vorbereitet. An unser geruhsames Frühstück, untermalt vom Morgenkonzert unserer häuslichen Vogelschar, war nicht mehr zu denken. Mir blieb ja auch vor Wut der Toast im Hals stecken.

Sofort nach dem lärmversauten Frühstücksritual begab ich mich abwärts zum Anwesen des neuen Nachbarn. Unterwegs kanalisierte ich meinen Ärger, weil ich vermeiden wollte, gleich beim ersten Kennenlernen einen Streit zu erleben. Der Vorbesitzer (Anmerkung: jener liebenswerte Zeitgenosse, der den schon geschilderten Bruderzwist in Sache Wegesperrung provoziert hatte, und der im Übrigen seine Langeweile durch Abschießen von Giftpfeilen gegen möglichst alle Nachbarn reihum zum Zeitvertreib betrieb, und damit den Frieden im Tal nachhaltig störte) hatte sich zeitgleich mit dem nachbarlichen Arzt-Ehepaar nach Südamerika abgesetzt und sein Anwesen mit allen Baumängeln, die er beim Verkauf verschwieg, an einen aus Deutschland zugewanderten Privatier verkauft. Dieser Herr K. lebte mit seiner Frau bereits schon einige Zeit in seinem Haus in Küstennähe, meinte jedoch zusätzlich noch ein Haus am Land erwerben zu müssen. Eigentlich wollte er das küstennahe Objekt verkaufen, was jedoch nicht von Erfolg gekrönt war, da seine Lage zugebaut wurde, und damit auch der Meerblick Vergangenheit war. (Typisch spanische Rücksichtslosigkeit der Baumafia im Verbund mit den sehr geneigten Baubehörden).

Dieser Nachbar also begrüßte mich forsch (ich hatte das Gefühl, er wolle damit gleich klar machen, wer hier zukünftig das Sagen

hat), und bat mich sogleich, ihm sprachlich zu helfen, da er leider nicht in der Lage sei, dem Maschinisten in spanisch die nötigen Anweisungen zu geben. Ich fragte ihn zunächst harmlos, ob er denn bei der Gemeinde um die notwendige Bewilligung für die „Korrektur" des Bewuchses und der Topographie ersucht habe, was der Herr überhörte. Für mich war klar: hier wird es mit diesem Herrn noch manchen Ärger geben, denn er gehörte zur Kaste der absoluten Ignoranten, so ignorant, dass sie sich selbst nicht mehr zuhören. Seine Frau war übrigens von ähnlichem rostfreien Stahl geformt (sie hatte ja auch in der ehemaligen DDR als Schweißerin den Stab geschwungen).
Meine gut gemeinten Ratschläge, den bodennahen Bewuchs zu belassen, damit nicht durch Starkregen erzeugte Schlammlawinen sein Haus gefährden, wurde natürlich ebenfalls nicht zur Kenntnis genommen. In der Folge wurden von einer Drei-Mann-Truppe aus Polen (alle sehr freundliche und fleißige Leute) auf Anordnung des Großen Meisters Findlinge aus der Umgebung zusammengesucht, auch solche, die ich auf meinem Grund zu späterer Verwendung gelagert hatte, um damit eine Stützmauer unterhalb der vom Bewuchs befreiten Böschung zu errichten. Dies geschah natürlich ohne Rücksprache, was aber auch nicht zu diesem starken Charakter gepasst hätte. Unsere asphaltierte Zufahrtsstraße war als Dammtrasse angelegt: auch hier wurden ohne Sachkenntnis und Verstand Felsgesteine aus den talseitigen Wegeböschungen gerissen, womit die Standfestigkeit des Weges gegen Starkregen entscheidend geschwächt wurde. Der Radlader zerstörte an vielen Stellen den Asphalt-belag, was ich zum Anlass nahm, ultimativ die sofortige Reparatur zu fordern. Das erledigten die Polen auch noch am selben Abend mit Bunsenbrenner und Streichbrett.
Der Großmeister erhielt in den folgenden Wochen natürlich gründlich die Quittung für seine Vergewaltigung der Natur. Dauerregen, Sintflutregen und vor allem auch Schneefall, gepaart mit Schneesturm und Verwehungen zeigten ihm, wie gefährdet durch den von ihm erzeugten Rutschhang sein Haus inzwischen war, unabhängig von der Tatsache, dass das Gebäude keine wirklichen Fundamente besaß, und schon seit Jahren instabil war, was die ausgeprägte Rissbildung in den Außenwänden deutlich machte. Das Schlechtwetter zog sich bis Ende April hin. Wieder einmal war die europäische Großwetterlage zu Ostern typisch: In Zentraleuropa herrschte

ein wochenlanges Hochdruckgebiet, das von Osteuropa heran drückte, und die vom Westatlantik herandriftenden Tiefdruckgebiete, die normalerweise nach Mitteleuropa ziehen, in den Mittelmeerraum ablenkten. Die winterlichen Temperaturen, garniert mit Sintflut, Sturm und Schnee versauten den Touristen den Urlaub, was aus meiner Beobachtung über die Jahre jedoch nicht bedeutete, dass sich die Leute das Geld sparten, und in der Heimat bei besserem Wetter und kostengünstiger ihren Urlaub verbrachten, denn da konnte man ja „die Sau nicht so grenzenlos rauslassen".
Das Wetter spielte weiterhin verrückt: schon im Juni gab es den heißen Wind aus der Wüste, der aus Marokko über das Meer einströmt, und nachmittags 38 Grad Celsius - selbstverständlich im Schatten – anzeigte. Im Juli schlug dann die Hitze erst richtig zu, mit 40 Grad abendlicher Außentemperatur und 28 Grad Schlafzimmer-Hitze.
Ich war zu dieser Zeit häufig mit dem Auto in Sachen Entwurfsplanung der Urbanisation in Pliego unterwegs, Verhandlungen, Präsentationen, interne Besprechungen mit den Gesellschaftern. Das war natürlich in dieser Hitze kein Vergnügen, jedoch erträglich, da wir inzwischen eine komfortable Limousine im Tausch gegen unseren Geländewagen erworben hatten. Diese Anschaffung sollte in erster Linie dem standesgemäßen Transport der erhofften reichen Klientel unserer Nobel-Verbauung dienen, was sich ja leider zwei Jahre später – wie schon erzählt – in Schall und Rauch auflöste (und zum neuerlichen Eintausch gegen einen Wagen der unteren Mittelklasse führte).
Natürlich war die Natur gegen uns erbarmungslos und quälte uns mit gesteigerter Hitze aus der Wüste weiter, Tag und Nacht. Im Westen, nur wenige Kilometer von unserem Anwesen entfernt, wütete so weit das Auge reichte, ein verheerender Wald-brand, zwei Tage und Nächte. Der Wind trug Asche und verbrannte Piniennadeln bis zu uns herüber, die mit Fliesen belegten Außenbereiche um das Haus, wie auch Patio und Pool waren entsprechend versaut. Erst gegen Ende September normalisierten sich die Temperaturen, und es gab endlich wieder eine Art behagliches Klima, wie man es sucht, aber inzwischen selten findet.

Jedoch zurück zu unserem Nachbarn, der den vollen Durchblick über die Dinge hatte, und der mit dieser inneren Überzeugung

die „Regulierung" der Natur auf seinem Grundstück, jedoch auch in Missachtung von amtlich eingemessenen und markierten Grenzen auf den Nachbargrundstücken, vorantrieb. Dabei eröffnete er mehrere Materiallagerplätze nebst Werkzeug-, Planen- und Eimerablagen, was natürlich die Unberührtheit unserer Natur in besonderem Maße „verschlimmschönerte". Am alten Weg abwärts, der mit dem Auto schon längst nicht mehr befahrbar war und zu unserem Nachbarn Don E. führte, ließ er ohne Absprache mit E. auf dessen Grundstück Bäume fällen, was ihm den Abbruch jeglichen Kontaktes mit E. eintrug. Im oberen Bereich seines Grundstückes ließ er eine kleine Obstbaumplantage anlegen, die nie gedeihen würde, da viel zu hoch über dem Meer gelegen, was jeder im Tal wusste, jedoch unseren Unbelehrbaren konse-quenterweise nicht interessierte.
Die Krönung seiner eigenwilligen Aktionen lieferte er jedoch uns gegenüber. Eines morgens – wieder während unseres Frühstückes, holte mich neuerlicher Maschinenlärm aus dem Stuhl. Unser Hannibal bellte wie irr, und riss an seiner Leine in Richtung oberes Gelände in unserem Grundstück. Dieser Bereich war, wie eigentlich 90% der 18,5 ha großen Parzelle, dicht bewachsen mit Büschen und zahllosen Pinien, und so war daher auf ersten Blick schwer zu erkennen, was den Motorlärm verursachte. Ich stieg also die Treppe zu dem oberhalb der Erdwand betonierten Steig hinauf, konnte aber noch immer durch den Baumbestand nichts erkennen. Also weiter hinauf gekraxelt bis zum oberen Depot, und von dort aus am Rand unseres Grundstückes höher und höher geklettert, immer gewärtig, irgendwo zu stolpern, abzurutschen oder von einem Skorpion oder einer Schlange begrüßt zu werden. Ich hatte in der Überraschung ob dieser morgendlichen Störung unseres harmonischen Tagesbeginnes natürlich meine Sandalen anbehalten, anstatt Stiefel anzuziehen. Plötzlich sah ich hinter den Bäumen eine schlanke schwärzliche Rauchsäule aus einem gelben Monster aufsteigen: es war wieder der besagte Radlader! Das Gerät arbeitete auf unserem Grundstück an der Ostgrenze, und plan-ierte eine Furt, indem das bodenwüchsige Buschwerk, Geröll und Felsen zur Seite geschoben wurden. Offensichtlich hatte der Herr Nachbar diese Arbeiten angeordnet, um damit einen direkten und ungehemmten Wasserzufluss zu seinen beiden Depots zu schaffen. Dabei war ihm aber nicht klar, dass bei Sturzregen in kürzester Zeit riesige Wassermengen ungebremst herabfließen würden, die die Depots nicht auffangen

könnten. Die Wasserbehälter wären in einer solchen Wetterlage akut gefährdet, denn sie waren nicht im Boden „verankert“, sondern auf einer Betonplatte aufgesetzt gemauert. Der enorme Wasserdruck könnte die Behälter verschieben und in der Folge bersten lassen. Die beiden Depots lagen höhenversetzt direkt neben unserem Pasillo, der Untergeschoss mit Hauptgeschoss verband. Ungebändigte Wassermassen können mit zerstörerischer Wirkung diese Bereiche überfluten. Eine derartige Gefahr hatte ich schon während der Bauzeit erkannt, und daher die Anschüttung eines Erdwalles zwischen den Depots und unserem Pasillo angeordnet. Dieser Wall war nach fünf Jahren inzwischen dicht bewachsen, so dass er als Schutz gegen ein solches Ereignis einigermaßen seine Funktion erfüllen würde. Ich stellte unseren eigenmächtigen Nachbar sofort zur Rede. Dieser erklärte aber schlicht, er lasse auf seinem Grund und Boden arbeiten. Ich bin ein friedliebender Mensch, und in erster Linie in das Tal gezogen, um endlich Ruhe und Frieden zu finden. Diese unverschämte Antwort jedoch holte mich aus der Reserve, denn der Mensch war so beschränkt, dass er der Ansicht war, ich sei dumm genug, um seine Rechtfertigung zu schlucken. Ich klärte ihn über die Grenzverhältnisse auf und drohte ihm, die Wasserzufuhr für seine Speicherbehälter komplett zu sperren (das war jedoch nur mit einigem Aufwand möglich, denn ich hätte das Hangwasser umleiten müssen).

Im Nachgang zu diesem Ereignis konnte ich beobachten, wie unser Nachbar nach jedem normalen Regen „unauffällig“ zu seinen Depots kraxelte, um den Wasserstand zu überprüfen, und ob irgendwelche Schäden die Standfestigkeit der Behälter gefährden könnten. Wenigstens hatte er doch erkannt, dass er sich und sein unterhalb der Wasserspeicher gelegenes Anwesen durch seine Eingriffe in die Natur zusätzlich unumkehrbar erhöhter Gefährdung ausgesetzt hatte.

Dieser Egomane mit seiner Herrscher-Mentaltät war in unserem Tal völlig falsch: während wir durch alle Jahre bestrebt waren, mit der Natur in Harmonie zu leben, war dessen Ziel die Unterwerfung der Natur. Leider ist diese Lebensweise jedoch weltweit vorherrschend. Die Ergebnisse dieser menschlichen Arro-ganz in unserer Zeit sind leider täglich zu erfahren, denn die Katastrophenmeldungen reißen nicht ab. Die Natur wehrt sich mit meteorologischen Extremen, mit denen wir nicht fertig werden, aus denen wir aber auch nicht lernen und begreifen

Kapitel 12

Wahre Freundschaft

Ich habe schon mehrmals in meiner Erzählung den im Talgrund genau unterhalb unseres Anwesens lebenden Don E. erwähnt. Ein kraftstrotzender Bär von einem Mann, der zupacken konnte, wie kaum ein junger Kerl, der nie übereilt handelte, sondern stets bedächtig lebte und arbeitete.
Stellen Sie sich ihn groß und stämmig vor, muskelbepackt, langer Haarkranz, auf der Kopfplatte Glatze, heller und klarer Blick, eher schweigsam. Ein Beobachter-Typ, der möglichst in Ruhe gelassen werden wollte. Selbst im späten Herbst bevorzugte er es, auf seinen Ländereien noch mit freiem Oberkörper zu arbeiten, was wir von unserem Plateau aus regelmäßig beobachten konnten.
Er war einer der ersten Ausländer, der aus Deutschland auswanderte, und sich im Tal einkaufte. Seine Finca hatte von allen ausländischen Besitztümern die größte Ausdehnung. Sie war seinerzeit als Pferdegestüt angelegt worden, und zwar mit allem, was dazu gehört. In unserer Zeit hatte E. noch ein Pferd und einen Esel, zwei Hunde und viele Frösche in seinem Pool, der über den Rohbau nie hinausgekommen ist. Pferd und Esel wur-den später verschenkt, denn E. wollte sich unabhängig machen, und dann und wann auf Reisen gehen. Für ihn war das Tal der Tagarina das verwirklichte Lebensziel seiner Träume. Er wird von dort nicht mehr weggehen, in keinem Fall.
Aufgrund seiner Introvertiertheit war es nicht einfach, menschlich Zugang zu ihm zu finden. Wir lernten uns erst allmählich näher kennen, und zwar dadurch, dass ich regelmäßig auf meinem Rundweg mit unserem Hannibal an seinem Landhaus vorbeikam, und er gerne – bevorzugt am frühen Abend – den alten Weg, vorbei an dem Haus des egomanischen Nachbarn, nahm, um in der Folge unsere Zufahrtstraße abwärts Richtung Talstraße zu gehen, so wie ich es jeden Morgen mit unserem Hund tat. Jedenfalls begegneten wir uns dabei regelmäßig, kamen in´s Gespräch, und spürten wohl beide von Mal zu Mal mehr, dass wir Gemeinsamkeiten in unserer Einstellung zum Leben, zu den Grundwerten und insbesondere zu unserem paradiesischen Tal hatten.

E. war in seiner beruflich aktiven Zeit als Baumeister, Kaminbaumeister und Fliesenlegermeister Inhaber einer mittelständischen Firma im Hessischen, und hatte sich – ähnlich wie wir – rechtzeitig entschlossen, zu verkaufen und sein Leben im Alter selbst-bestimmt zu gestalten – auch wie wir. Das bedeutete jedoch keineswegs, dass er nicht, wenn er es wollte, für ausgesuchte Kunden in der Region Kachelöfen baute sowie Haussanierungen im kleineren Umfang durchführte, und vor allen Dingen seine eigene Gebäudeanlage renovierte, erweiterte und nebst Aussenanlagengestaltung verschönerte. Dabei vertiefte er sich liebevoll in gestalterische Details, die in ihrer Wirkung seinem Landhaus ein besonderes Flair geben. Da wir beide aus dem Baufach stammen, erörterten wir alsbald unsere gegenseitigen Bauprobleme, entwickelten Lösungen im Detail und tätigten auch gemeinsam so manchen Materialeinkauf.
Die schon beispielhaft beschriebenen nachbarlichen Nettigkeiten, die leider im Tal zwischen den Zugereisten an der Tagesordnung waren, besprachen wir immer häufiger. Dies war auch notwendig, damit die lieben Nachbarn, die natürlich beobachteten, dass E. und wir keine Probleme im gegenseitigen Umgang hatten, in ihren Versuchen, Keile zwischen uns zu treiben, keine Aussicht auf Erfolg haben würden. Es dauerte einige Zeit, bis alle Quertreiber begriffen hatten, dass es sinnlos war, uns zu belästigen. Unser Leben hatte wertigere Schwerpunkte, als den Tag mit immer neuen Streitereien zu würzen, und sich daran zu befriedigen.
Don E. baute sich ursprünglich sein neues Leben im Tal in Partnerschaft mit seiner Frau auf. Das war wohl eine einmalige große Liebe. Seine Frau verstarb nach langem Leiden, nicht lange, nachdem beide am Ziel angekommen waren. Damals lebten die Talbewohner noch friedlicher miteinander. Man erzählte uns, dass dieser Verlust für alle im Tal sehr schmerzlich war, zumal die Ehefrau des E. wohl eine selten liebenswerte Person und Persönlichkeit war. Natürlich hat dieser Schicksalsschlag unseren Freund sehr schwer getroffen, was auch erklären mag, dass er die Einsamkeit bevorzugt lebt. Nach Jahren der Trauer entschloss sich E., sich dem Leben mit seinen freundlichen Seiten nicht länger zu versperren, um jedoch regelmäßig festzustellen, dass der Frohsinn moderner Lebensart sein Ding nicht ist. Ich enthalte mich näherer Erläuterungen zu dem Thema, denn sonst würde ich wahrscheinlich bei vielen Lesern auf totales Unverständnis stoßen, und als Defätist

abgeurteilt werden. Eines Stichwortes kann ich mich jedoch nicht enthalten: Fünfte Jahreszeit ….
Uns gab unser Freund einige Male im Gespräch einen Einblick in die Zeit seines Lebens mit seiner Frau. Dabei war zu erkennen, wie sehr es ihn noch immer schmerzte, davon zu reden. Verständlich, dass seine Versuche des Zusammenlebens mit reifen Frauen eher schon im Ansatz zum Scheitern verurteilt waren. Der zwanghaft durchgeführte Vergleich mit seiner Frau war im Ergebnis immer das Aus für den Versuch einer Partnerschaft. Ich hatte den Eindruck gewonnen, dass es E. jedes Mal genoss, wie meine Frau in ihrer fröhlichen, auch erhaltenen kindlichen Art, unseren Freund begrüßte, und ihm dadurch zeigte, wie sehr er uns willkommen war. (Ich bin da etwas zurückhaltender in der Wirkung nach außen, was jedoch nicht bedeutet, dass ich nicht auch unserer Freundschaft einen hohen Stellenwert einräume).

Das Wissen, dass es diesen Freund in unserem Tal gab, war für uns stets ein „Anker“, der uns festhielt und die einsame Zweisamkeit milderte. Unser Hannibal begrüßte den Freund jedes Mal mit anrührender Freude, und auch E. verbarg seine Rührung nicht. Es waren einfach wertvolle Stunden, die wir miteinander verbringen konnten. Wir hoffen, dass dieses Band der wahren Freundschaft die Entfernung zwischen uns überbrückt….

Kapitel 13

Der Abschied

Ab dem Jahr 2008 entschloss ich mich, bezüglich Verkauf unseres Anwesens selbst die Initiative zu ergreifen, da über die Zeit alle Versuche der mit der Vermittlung beauftragten Makler gescheitert waren.
Die Zeit für einen Verkauf war allerdings zwischenzeitlich völlig ungeeignet, da der Immobilienmarkt bekanntlich weltweit zusammengebrochen war, was bedeutete, dass die Preise ins Bodenlose gefallen waren, und die Käufer schlicht ausblieben. Wie schon erwähnt, wollten wir auch nicht an Rendite orientierte Interessenten das Anwesen, an dem unser Herz hing, verkaufen. Es sollten Käufer sein, die unter ähnlichen Voraussetzungen wie wir, ihre neue Heimat suchten.
Der Verkauf war inzwischen unabdingbar notwendig geworden. Einerseits, weil meine Einkünfte aus der Entwurfsplanung „meiner" Urbanisation sich endgültig in Luft aufgelöst hatten (siehe Kapitel 8), das Geld für die Unterhaltung eines solch großen Anwesens nicht reichen würde, und der Grad meiner Gesundheit sich immer rascher verminderte. Auf Dauer würden wir beide die regelmäßig notwendigen Arbeiten im und rund um das Landhaus allein nicht mehr bewältigen kön-nen, und Zuhilfe gegen hohe Stundensätze waren illusorisch.
Die bisher von Maklern angeschleppte Klientel jedenfalls erfüllte weder unsere Voraussetzungen, noch war deren Wille zum naturnahen ruhigen Leben in Abgeschiedenheit gegeben. Meine Auflagen an die Makler, schon im Vorfeld von Besichtigungen den Interessierten klar zu sagen, was diese erwartet, um einen „Besichtigungstourismus" zu vermeiden, wurden schlichtweg von allen Maklern ignoriert. Im Gegenteil wurden teilweise Gestalten herangekarrt, die offensichtlich durch den Kauf nur Geld waschen wollten.
Ich hatte bis dahin stets die Suche über entsprechende Internet-Portale abgelehnt, da mir klar war, dass die meisten Anfragen von Gaunern kommen würden, was es zu verhindern galt.
Die ausnahmslose Erfolglosigkeit der Maklerzunft zwang mich jedoch, die Internetsuche zu eröffnen. Ich entwarf ein bebildertes Exposé, und stellte dieses in zwei der namhaftesten Portale ein, und zwar zunächst mit einem Preis, der einer

Wertsteigerung von über achtzig Prozent über acht Jahre entsprach.
Das Echo war, wie von mir erwartet: seriöse Anfragen – null; Gangsterkontakte zahlreich. Der Erfindungsreichtum dieser Klientel ist ein Spiegel unserer verdorbenen Gesell-schaft, deshalb werde ich Ihnen einige exemplarische Beispiele zum Besten zu geben.
Erstes Beispiel:
Ich hatte gerade meinen Wagen in einer küstennahen Ortschaft geparkt und wollte meine Frau zum Zahnarzt begleiten, als mein Handy klingelte, und mich ein Schweizer Anwalt im Namen seiner sehr vermögenden Mandanten auf unsere Annonce ansprach. Es handele sich um ein Hoteliers-Ehepaar, die gerade in Barcelona ein großes Fünf-Sterne-Hotel sanieren ließen, und daher unabkömmlich waren, um persönlich unser Anwesen zu besichtigen. Sie seien jedoch äußerst interessiert, der Preis spiele eine untergeordnete Rolle. Es wäre jedoch erforderlich, dass ich nach Barcelona komme, damit man sich kennenlerne und das Geschäft zu einem Vorabschluss bringe. Ich gab meiner Verwunderung Ausdruck, dass die Klientel es nicht für nötig erachte, vor Ort zu erscheinen und lehnte ein Treffen in Barcelona ab, verbunden mit der Einladung zu einer Besichtigung unseres Anwesens. Es erfolgte ein Rückruf des „Anwalts", in welchem er mitteilte, dass das Geschäft nur in Barcelona verhandelt werden könne oder nicht zustande käme. Ich bedankte mich artig mit der Bemerkung, dass ich unter diesen Voraussetzungen auf weitere Kontakte gern verzichte.
Zweites Beispiel:
Ich erhielt eine Mail von einem angeb-lichen Major der US-Army. Der Major erklärte darin, dass er Vorgesetzter einer Spezialabteilung im Irak sei, die vom Regime des Saddam Hussein versteckte Gelder aufspüren, konfiszieren und anlegen soll. Unter anderem werde von der Army weltweit das Geld in Immobilien angelegt. Aktuell habe man vierzig Millionen Dollar für Anlagen zur Verfügung. Ich solle doch mitteilen, wo man sich zwecks Vertragsgesprächen treffen könne, und so weiter, und so weiter.
Drittes Beispiel:
Die Nigeria Connection! Per Mail wurde ich von dem todtraurigen Schicksal einer jungen verzweifelten Mutter informiert, deren kleine Tochter im Sterben lag. Deshalb muss eine größere Summe von mehreren Millionen nach Spanien

transferiert werden, und das Geld solle zum Teil für Immobilienkäufe Verwendung finden. Mir ist bis heute nicht klar, was die Schwarzgeldwäsche mit dem Schicksal der jungen Mutter mit ihrem Kind zu tun gehabt haben soll. Diese Verbrecher glauben scheinbar, dass man dumm genug ist, um auf ihre Geschichten einzugehen. Andererseits müssen sie offensichtlich doch Erfolg haben, denn sonst würde die Nigeria-Masche nicht seit mehr als zehn Jahren ablaufen.
Die „Krönung“ in der Serie von unseriösen Kontakten der Mafia-Cliquen war jedoch das folgende Beispiel, welches den unend-lichen Erfindungsreichtum anschaulich macht:
Ich erhielt eine Nachricht aus dem Vatikan(!) mit der Bitte um Anruf (Handy-Nummer) zwecks erwünschter näherer Informationen zu unserem Anwesen. Also das klang zunächst viel versprechend, denn ein Kardinal (nur ein solcher würde genug Geld und Kompetenz nach meiner Erst-Interpretation haben) als Interessent wäre für uns in die Wunschliste von Käufern einzuordnen gewesen. Sich im Glauben im Tal der Tagarina zu verinnerlichen – zum Beispiel in Seminaren, Exerzitien eingeschlossen - , konnten wir uns sehr gut vorstellen, denn unsere baulichen Gegebenheiten boten dafür räumlich und durch die naturverbundene Lage alle Voraussetzungen. Der "Kardinal" stellte sich als Privatsekretär eines Scheichs vor, der in Spanien ein komfortables Landhaus sucht, und zwar in Abgeschiedenheit, und gut zu überwachen. Diese und andere Voraussetzungen scheine unser Anwesen zu erfüllen. (Das stimmte allerdings wirklich: durch die Lage unterhalb des Felsmassives des Aitana-Gebirges konnte das Haus von oben her nur sehr schwer erreicht werden. Vom Tal her war der Überblick für alles, was sich nähern wollte, perfekt gegeben, so dass kaum jemand unentdeckt bis zum Haus vordringen konnte.) Mit seiner nächsten Bemerkung jedoch, deckte er sich als unseriös auf, indem er verlangte, ich müsse zwecks näherer Verhandlungen nach Rom kommen. Damit war klar: hier hatte ich es mit original italienischer Mafia zu tun.
Bei allen diesen Versuchen fragte ich mich, wie die Herren Geldwäscher erfolgreich sein können, wenn man berücksichtigt, dass in Spanien schon seit Jahren jeder Notar, ebenso wie die Banken, verpflichtet sind, die Herkunft des Geldes zu überprüfen. So kann man zwar mit Aussicht auf Erfolg einen Geldkoffer in das Land bringen, jedoch nicht beim Notartermin aus dem Koffer bezahlen, da damit der Herkunftsnachweis nicht

gegeben ist. Es ist die Bestätigung eines inländischen Bankinstitutes nötig, damit das Geld als „sauber“ gelten kann. Eine solche Zertifizierung erhält man aber nicht, wenn man in der Bank den Koffer auf den Tresen hievt, ein Konto eröffnen will, und in der Folge auf Ausstellung einer solchen Bescheinigung hofft. Die Bank nämlich fragt als erstes, woher das Geld kommt. Sauberes Geld würde vom Ausland überwiesen werden, und zwar auf ein vorher offiziell und in persönlicher Anwesenheit des Inhabers eröffnetes Konto.
Ich erlangte im Laufe der Wochen und Monate eine zeitsparende Routine in der Aussortierung der unseriösen Kontakte, so dass ich mich auf die wirklich interessierte Klientel konzentrieren konnte.
Von Monat zu Monat wurden die Kontakte weniger, und zwar einhergehend mit dem Verfall der Immobilienpreise so-wie der Ausweitung der weltweiten Finanz-krise. Die Folge war, dass ich im Drei-Monate-Turnus den Verkaufspreis in meinen Exposés verringerte. Mir war natürlich klar, dass eine der logischen Folgen war, dass echte Interessenten dies durch wiederholtes Anklicken meiner Offerte merkten und abwarten würden, bis der Preis ihren Vorstellungen und finanziellen Möglichkeiten entsprach. Mir war aber auch klar, dass gerade wegen der Finanzkrise die Spekulanten neben dem Gold die Immobilie als die langfristig werthaltigste und damit risikoärmste Anlage entdecken würden.
Wir hatten uns in langen Gesprächen und intensiven Abwägungen entschlossen, nach Deutschland zurückzukehren, da wir hofften, ein kleines Haus am Land zu finden, was unter Berücksichtigung des immer mehr verfallenden Wertes unseres spanischen Landhauses preislich günstig zu erwerben war. Es ist jedem Leser sicher klar, wie schwer uns dieser Entschluss gefallen ist. Es ist mir ein Anliegen, hierzu besonders die äußerst hilfreiche Beratung meiner Schwester und unseres Schwagers zu erwähnen, die beide sehr einfühlsam und in geduldigen Telefongesprächen, aber auch in persönlichem Gedankenaustausch bei meinen Besuchen in Deutschland, uns zu der für uns besten Entscheidung, nämlich einer Rückkehr in die alte Heimat, geführt haben. Während solcher Gespräche wurde mir erst deutlich bewusst, was es über Jahrzehnte für ein großes Versäum-nis war, die geschwisterlichen Bande nicht erhalten zu haben, sondern jederzeit den beruflichen oder auch privaten Zwängen den Vorrang eingeräumt zu haben. Es ist uns

ein Trost, dass wir nunmehr seit über einem Jahr relativ nah beieinander leben, und dadurch Gelegenheit haben, uns öfter zu besuchen, und wertvolle Stunden miteinander zu verbringen. Unser Makler in Thüringen – dort bin ich geboren, und dorthin wollten wir zurückfinden – riet uns mit einem Kauf zur Eile, denn die Immobilienpreise stiegen ab Mitte des Jahres 2009 deutlich. Leider mussten wir jedoch den Verkauf abwarten, um die nötige Liquidität für den Kauf zu erhalten. Unsere Hoffnung in der Krise war, dass Interessenten, die uns kontaktierten, ausreichend Bargeld zur Verfügung haben mussten, da zu diesen Zeiten die Banken kaum Kredite vergaben, und wenn, nur zu schlechtesten Konditionen. Dies könnte bedeuten, einen schnellen und reibungslosen Verkauf abwickeln zu können.
Die untere Schmerzgrenze des Preises war jedoch erst im April 2010 erreicht, als ich den Verkaufspreis auf achtzig Prozent der schlüsselfertig Baukosten des Jahres 2000 „herunter gebrochen" hatte, im Endergebnis eine Verringerung des noch Anfang 2008 gegebenen Marktwertes um 55 % !! (Es muss jedoch festgehalten werden, dass der Marktwert spanischer Immobilien damals im europäischen Vergleich um locker 50 % überhöht war. Das war dem Größenwahn der Spanier geschuldet, die nämlich überzeugt waren, dass ihr Land das immerwährende Elysium aller EU-Bürger sei und bleiben würde. Diese Fehleinschätzung hat – wie es aktuell erlebbar ist – das Land unter anderem an den Rand des wirtschaftlichen Abgrundes getrieben).

Dann ging alles sehr schnell: Eine Mail-Anfrage einer Familie aus dem Oberfränkischen signalisierte eine breite Übereinstimmung dessen, was die Familie sich vorstellte, mit dem, was wir zu bieten hatten. Es wurde höflich und mit ausdrücklicher Bitte angefragt, ob wir den möglichen anderweitigen Verkauf bis zum Eintreffen der gesamten Familie in wenigen Wochen hinauszögern könnten, denn der Besuchs- und Besichtigungstermin bei uns sei durch die Buchung einer Ferienwohnung der Küste vorgegeben. Aufgrund der für unsere „ruppige" Zeit außergewöhnlich höflichen Form der Anfrage, sagte ich die Reservierung bis zum Termin zu. Andere zum Teil schon vereinbarte Besichtigungstermine verschob ich. Am festgelegten Tag – sonniges, wärmendes, leicht windiges Frühsommerwetter war gegeben – erwartete ich den Van mit

Eltern, zwei erwachsenen Töchtern, dem künf-tigen Schwiegersohn und Enkelkind sowie „Wuschl“, dem Hund nahe der oberen Ortsausfahrt von Sella. Ich begegnete voll fröhlichen und nachgerade „aufgekratzten“ Menschen, die mich alle derart herzlich begrüßten, als seien wir schon immer befreundet gewesen. Das war für mich ein Erlebnis der besonderen Art, völlig anders, als ich es von den irgendwann nicht mehr gezählten Besuchen von Interessenten gewöhnt (eher gesagt entwöhnt) war. Auf der gemächlichen Fahrt im Konvoi vom Dorf zu uns herauf, spürte ich, dass wir dieser Familie unser geliebtes Anwesen guten Gewissens würden übergeben können. Irgendwie war schon im Vorfeld bis zu diesem ersten Treffen im Schriftverkehr erkennbar, dass wir jene Menschen gefunden hatten, die, so wie wir es lebten, hier in Verbundenheit mit dieser herrlichen Natur glücklich werden würden. Dieses Empfinden machte mich wirklich sehr froh, denn der Abschied von unserem Paradies in wenigen Wochen würde dadurch erträglicher sein. Als wir uns dem Landhaus mit den Autos näherten, waren die Gebäude versteckt hinter einer Piniengruppe, deren einzelne Bäume in den Jahren eine Höhe von fast zwanzig Meter erreicht hatten, nicht zu erkennen. Erst als wir die Toreinfahrt in unser Grundstück passiert hatten, und zwanzig Meter weiter an der Kurve mit der Gabelung der unteren zur oberen Auffahrt angelangt waren, war das dem Hauptgebäude vorgelagerte Untergeschoß im Hintergrund zu erkennen, und bei Annäherung dann auch die gesamte Anlage. Alle stürzten förmlich aus dem Van, drehten sich um in alle Himmelsrichtungen, die Augen staunend geweitet, zunächst sprachlos, bis Irgendwer es sinngemäß so ausdrückte: „wir sind angekommen“….
Ein ausführlicher Rundgang wurde sofort gewünscht und begonnen. Hannibal war diesmal echt begeistert, und konnte es kaum erwarten, bis die „Fremden“ über den 25 Meter langen Pasillo auf ihn zukamen. Er zerrte vor Ungeduld mit Fistelstimme jaulend an seiner Leine und sprang in die Höhe, rutschte dabei wie üblich auf den glatten Fliesen aus, und setzte sich auf den Hintern. Wuschl wurde dabei ängstlich von Hannibal fern gehalten, denn man weiß ja nie! Alles in allem dauerte die Besichtigung – Pavillon oberhalb gelegen eingeschlossen – gut anderthalb Stunden. Meine Frau deckte zwischenzeitlich die „Barbacoa“-Terrasse, und hatte pünktlich Tee, Kaffee und Gebäck vorbereitet.

Als wir alle Platz genommen hatten, war der Augenblick gekommen, sich im Gespräch näher kennen zu lernen. Dabei ist mir eine Ansage des Chefs der Familie noch im Gedächtnis geblieben, der rührend einfach erklärte, er und seine Frau hätten einen Tag-Traum gehabt, und dieser Traum habe verblüffend genau unser Paradies abgebildet. Gegen späten Nachmittag verabschiedeten sich alle. Wir hatten weitere Treffen für die folgenden Tage vereinbart.
Am nächsten Vormittag rief mich D., die Ehefrau von N., an, und teilte mir mit, dass der Familienrat am Abend des vorangegangenen Tages den Kauf des Anwesens beschlossen hatte. Wir vereinbarten, dass wir uns in unserem Haus am Nachmittag treffen, damit ein von mir bis dahin vorbereiteter Vorvertrag gelesen, abgestimmt und unterschrieben werden könne. Das gegenseitige Vertrauen war bereits in den Stunden des Beisammenseins am Vortag soweit gegeben, dass alle Beteiligten ruhigen Gewissens das private Vertragswerk unterzeichneten, und sodann die Flasche Champagner auf das Wohl der neuen Besitzer, und deren hoffentlich immer guten Zeiten im Paradies geleert wurde.
Wir verabredeten, dass eine Beratungsfirma mit der weiteren Abwicklung der notwendigen Verkaufsmodalitäten und –Formalitäten beauftragt werden solle, so dass der Termin vor dem Notar gegen Ende August 2010 stattfinden kann.
In den folgenden Tagen ihres Urlaubes ging die Familie in der Region auf Entdeckungsreise. Wir führten sie durch unser Dorf, schlenderten durch die schmalen Gassen und verweil-ten auf der Plaza major im Straßen-Café, während unsere Neubürger in der Bankfiliale ein Konto eröffneten, selbstverständlich unterstützt durch sprachliche Mithilfe von mir.
Wir aber waren nunmehr in der Lage, unsere Haussuche in Thüringen konkret in die Wege zu leiten, was ich nach der Abreise der Familie auch sofort anpackte. Es waren in privater Vermittlung zwei Objekte im südlichen Sachsen-Anhalt und über Makler ein Objekt im ehemaligen Großherzogtum Meiningen zur Auswahl angeboten. Ich buchte den Flug für Ende Juli 2010, wurde von unserer Tochter am Flughafen abgeholt, nahm mir am nächsten Tag einen Leihwagen und fuhr zunächst nach Sachsen-Anhalt. Das erste Objekt habe ich nur im Vorbeifahren betrachtet, da eine nähere Besichtigung keinen Sinn machte, denn der Besitzer hatte über Nacht den Verkaufspreis um mehr als 30% angehoben. Nicht mit mir! Das

zweite Objekt war ein ehemaliger Bauernhof, in Ortmitte gelegen, liebevoll gärtnerisch gestaltetes Grundstück, romantischer Innenhof mit uraltem Kopfsteinpflaster, umschlossen von mehreren Nebengebäuden. Das Wohnhaus jedoch war in einem stark renovierungsbedürftigen Zustand: im Dachboden hatte man durch die Ziegeldeckung einen guten Ausblick in den Himmel, was bedeutete, dass die Decke über dem Obergeschoß in der Regenzeit einiges Wasser zu schlucken hatte. Die Fensterrahmen waren alle im Zerfall begriffen, die Sanitäreinrichtung hatte eine zeitnahe Renovierung hinter sich. Tapezierung der Raumwände teilweise uralt, und daher wenig einladend anzusehen. Und der Keller: es war anhand der kalkhaltigen Verkrustungen an den Außen-Wänden zu erkennen, dass er regelmäßig im Wasser lag. Auf Frage erhielt ich die Antwort, dass im Ort jeder Keller geflutet wurde, wenn das Grundwasser hoch genug angestiegen war. Nach meiner Schätzung Sanierungskosten in gleicher Höhe wie der verlangte Kaufpreis, den die Besitzerin nicht mindern wollte. Abgehakt!
Am nächsten Tag fuhr ich nach Meiningen zu jenem Makler, der mich online schon seit zwei Jahren betreut hatte. Man hatte mir in der Altstadt in einem Jahrhunderte alten Fachwerkhaus – aufwändigst renoviert – ein gemütliches Zimmer reserviert. Ich ließ es mir natürlich nicht nehmen, die Residenzstadt des Großherzogs in einem ersten Rundgang – Stadtschloß, Residenztheater, Schlosspark und Innenstadt mit ihren zahlreichen, zum größten Teil wieder liebevoll hergerichteten, ehemaligen Palais - zu besichtigen. Noch am Tag meiner Ankunft fuhren wir nachmittags durch die hügelige, bewaldete und landwirtschaftlich kultivierte Landschaft der Hohen Rhön, und kamen in weniger als dreißig Minuten in ein Dorf, dass – wie ich mich sofort schlau machte – schon vor rund 1.200 Jahren erwähnt wurde. Der Ort liegt eingebettet in einer Senke, umgeben von Wald und Feldern, Einwohnerzahl um die 1.000, kurzum sehr gemütlich, wenig Ortsverkehr sowie Durchgangsverkehr, eigentlich eine Oase, wie wir sie suchten. Das Objekt, welches zum Verkauf stand, liegt am südwestlichen Ortsrand in einer reinen Wohnstraße, die zwei Häuser weiter in die Felder führt. Die Felder sind nach ungefähr 200 Meter von Laubwald begrenzt. Der erste Eindruck des Umfeldes zum Haus war schon mal positiv, wobei ich auch an unseren Hannibal dachte, der ja nur Natur, wenig Verkehr und viel Auslauf gewohnt war. Das Haus selbst liegt mit seinem

Gartengrundstück neben einer still gelegten Möbelfabrik, die mit ihren gesprungenen Fensterscheiben, mit ihrer unverputzten in grauen Porenbetonsteinen gemauerten Fassade wenig einladend aussieht, zumal der Hofbereich , der u-förmig unseren Garten umschließt, mit allerlei Schrott und sonstigen gesammelten Altwaren „gestaltet“ war. (Diese Nachbarn haben jedoch in nur wenigen Monaten den Hofbereich beräumt, so dass uns dieser Anblick kaum mehr belästigt, zumal wir viel Strauchwerk und höherwüchsige Pflanzen entlang unserer Zäune gepflanzt haben. Alte Obstbäume verschönern in der Blütezeit ebenfalls unseren Garten). Der Rundgang durch das Haus und seine Nebengebäude (Scheune, Garagen und Schuppen) ließ einen mittleren Renovierungsbedarf vermuten, jedoch schien die Dachdeckung des Wohngebäudes im Großen und Ganzen in Ordnung zu sein. Die Umfassungsmauern waren vollständig mit Dämmplatten auf Lattung renoviert, die Kellerräume trocken, kein Geruch nach Feuchtigkeit, keine erkennbaren Kalkränder an den Außenmauern. Der Wandputz im Keller bröselte jedoch bei der kleinsten Berührung, was wohl eher durch zu wenig Zementbeigabe in die Putzmischung bei der weit zurück liegenden Herstellung zu erklären ist. Die Heizung wurde wenige Jahre nach der Wende erneuert, und zwar durch eine Gas-Therme in Kombination mit dem üblichen Flüssiggas-Tank im Garten. Der alte Heizungskessel war noch vorhanden. Die Elektroinstallation war nur im Übergabebereich erneuert, die hausinternen Leitungen kannten noch kein Kupfer.
Ich war entschlossen, dieses Anwesen zu erwerben, denn jede Woche weiterer Suchaktionen würde die Preise steigen lassen, obwohl der Aufwand für nötige Renovierungen deshalb nicht sinken würde. Vielmehr war von Kostensteigerungen auch in den Handwerkerleistungen auszugehen. Zurück im Büro des Maklers, rief ich meine Frau in Spanien an, schilderte ihr die Ergebnisse der Besichtigungen, und empfahl ihr, dem Kauf des zuletzt angeschauten Objektes zuzustimmen. Jetzt muss ich es sagen: ich bewundere meine Frau für ihr großes Vertrauen in meine Vorentscheidung. In der heutigen Zeit ist es selten geworden, dass die Damen nicht kontern, sondern ohne verbale Eskapaden den Vorschlägen ihres Lebenspartners zustimmen. (Wohl bemerkt rede ich von durchdachten, mehrfach geprüften Vorschlägen, die eine objektiv gute Grundlage haben). Meine Frau stimmte dem Kauf zu, ihre Stimme klang so weit weg wie sie war. Ich hätte sie in diesem Moment gern bei mir gehabt.

Noch am nächsten Vormittag waren wir bei dem Notar, um den Kauf zu beurkunden. Unter Berücksichtigung des bürokratischen Ablaufes war laut Hinweis des Notars mit einer Zeit von sechs bis acht Wochen zu rechnen, bis der Kauf rechtsgültig sein würde. (Insbesondere hatte die Gemeinde ein Einspruchsrecht gegen den Verkauf, eine Besonderheit, die ihre Grundlage aus der Gesetzeslage vor der Wende herleitete).

Zurück in unserem Tal in Spanien, schilderte ich als Erstes meiner Frau in allen Einzelheiten die Tage in Deutschland, insbesondere natürlich das erworbene Haus, und zeigte ihr dabei erste Fotos, die ich aufgenommen hatte. Wir wurden rasch einig, dass wir den Übersiedlungstermin aufAnfang November 2010 legen sollten. Wir wollten vermeiden, dass ein früher Wintereinbruch in Europa unseren Umzug erschweren könnte. Wir hatten also nur drei Monate Zeit, um den Auszug vorzubereiten. Das schien zwar ausreichend Zeit zu sein, da wir aber mit dem kompletten Hausrat und dem Mobiliar nach Thüringen ziehen wollten, galt es, mehr als 200 Kartons zu packen, nicht mehr benötigtes Gebrauchsgut auszusortieren, zu verkaufen oder zu entsorgen. Zeitgleich hatte ich den neuen Besitzern zugesichert, die Erweiterung der Solaranlage baulich zu managen und zu überwachen. Ich arbeitete eine bebilderte Technische Anleitung für die Finca aus, weil die komplexe Technik eine ausführliche Beschreibung notwendig machte. Es sollte der Familie nicht so ergehen, wie uns vor zehn Jahren, die wir mit vielen begangenen Fehlern den technischen Umgang mit der Anlage mühsam erlernen mussten. Für mich waren alle derartige Aktionen inzwischen aus Gründen meiner sich verschlechternden Gesundheit von Tag zu Tag immer mühsamer zu bewältigen. So konnte ich schon seit rund einem Jahr mit unserem Hannibal bis auf wenige Ausnahmen die gewohnten, die Seele und den Körper erfrischenden Spaziergänge, nicht mehr durchführen, was natürlich unser Wachhabender nicht verstand und bis zum Ende seiner Tage auch nicht verstehen konnte. Die regelmäßignotwendige Pflege des Schwimmbeckens war auch so eine Übung, die kaum mehr zu bewältigen war. Dennoch war es natürlich unabdingbar erforderlich, täglich die Ärmel aufzukrempeln, denn wir waren auf uns zwei angewiesen, eine Hilfe hatten wir nicht. Meine Herrin fegte durch das Haus, Treppen rauf und runter (immerhin drei Stockwerke, Turm inbegriffen), und hinterließ unübersehbar die

Spuren der großen Räumaktion. Als Sternzeichen Zwilling konnte sie mehrere Dinge gleichzeitig beginnen, jedoch leider in der Regel nicht beenden, was natürlich immer mehr chaotische "Ablage-Kompositionen" in den Räumen hinterließ. Für mich als Sternzeichen Jungfrau war dieses geordnete Chaos selbstredend ein Graus, doch nach 45 Jahren Ehe findet man selbst eine solche Eigenschaft des Partners irgendwie liebenswert. Don Macho Kater Emilio hatte recht schnell gesteigerten Psycho-Stress, denn er begriff wohl, dass er bald seine Heimat zum zweiten Mal verlassen muss. Hannibal hingegen beschränkte sich von seiner Hundevilla aus auf das Beobachten aller dieser für ihn seltsamen Vorgänge. Jedes Mal, wenn einer von uns Beiden mit irgend etwas bepackt an ihm vorbei ging, um es nach unten zur Sammelzone zu bringen, begutachtete er zunächst den Gegenstand, blickte uns sodann fragend an und gab sich damit zufrieden, in der Regel keine Antwort zu erhalten. Als wir die Umzugsfirma gefunden und vertraglich gebunden hatten, wurden uns umge-hend 250 Faltkartons geliefert. Als erstes verschwanden darin die Bücher, wobei gemäß Auflage der Firma darauf zu achten war, dass keinesfalls ein Tragegewicht von wesentlich mehr als zwanzig Kilo pro Karton gegeben war. Das hatte zur Folge, dass das zur Verfügung stehende Ladevolumen von 100 Kubikmetern am Schluss nicht ausreichte, denn dutzende Kartons waren wegen des hohen Gewichts der Bücher nur halbvoll. Ich begann, Regalwandverbauten abzuschlagen, deren Einzelteile irgendwo seitlich gestapelt wurden, damit die Umzugstruppe diese Teile schnell und problemlos aufnehmen und verladen konnte.
Jeder Leser kennt diese Übersiedlungshektik zur Genüge. Deshalb überspringe ich die Wochen bis zur Ankunft des Containerzuges in meiner Erzählung, zumal ja inzwischen die Besitzer angereist waren, denn der Notartermin war gekommen.

So ein Notariat in Spanien hat, wie schon vorher geschildert, ein Ladenlokal-Flair: Im Erdgeschoß gelegen, Schaufenster, riesige Werbetafel. Dieses Erscheinungsbild könnte auch für eine Reinigung oder eine Spielhalle gelten. Als ich hinter unserer Beraterin, die den Verkauf bis dahin gemanagt hatte, herging, und die Dame auf das Notariat auf der anderen Straßenseite deutete, musste ich erstmal meinen Blick besonders fokussieren, um über-haupt den „Laden“ als Notariat zu erkennen. Na ja, also rein in das Lokal, buenos días, encantado, un momento por

favor, tome asiento, wir folgten ergeben der Aufforderung, Platz zu nehmen, und konnten das übliche Durcheinander zwischen Personal und Klientel beobachten. Der Notar war ein hagerer älterer Herr, Typ Asket, der uns flüchtig im Laufen begrüßte, und uns in einen Raum bat, der außer mit einem Konferenztisch und acht Stühlen nur noch an der Stirnwand mit einem Flachbildschirm eingerichtet war, atmosphärisch extrem unpersönlich und so wenig einladend, dass man sofort nach Betreten dieses Raumes den Wunsch hatte, ihn möglichst gleich wieder zu verlassen. Das war wahrscheinlich auch so gewollt, damit möglichst viele Klienten in möglichst kurzer Zeit „abgefertigt" werden konnten, denn das bringt dem Herrn Notar ja noch mehr Umsatz und Gewinn.
Nachdem wir alle Platz genommen hatten, schaltete der Notar den Bildschirm an, auf dem der Vertrag zum Mitlesen abgebildet war. Er begann ein monotones Verbal-Stakkato, unsere Beraterin tat so, als ob sie übersetzen würde (es musste ja den gesetzlichen Bestimmungen Genüge getan werden), unsere Käufer schauten uns leicht skeptisch und fragend an, ich nickte beruhigend, damit sie das Gefühl gewannen, alles sei in Ordnung, was es ja auch war, aber eben für uns in dieser Art ungewohnt. Der Notar teilte uns unmittelbar vor Leistung der Unterschriften mit, dass der Kaufpreis auf unserem Konto gutgeschrieben wurde. Somit stand der Leistung der Unterschriften aller Beteiligten nichts mehr im Wege. Ich spürte mit innerem Schmerz, dass wir nun endgültig und unumkehrbar unser Paradies verlassen würden. Die Hoffnung allerdings, dass wir in unserem kleinen Haus in Thüringen ein stilles Glück leben können, gab mir gleichzeitig Trost.

Wir lebten ab diesem Tag bis zum Auszug in acht Wochen als Mieter in dem Landhaus, welches uns nun nicht mehr gehörte. Nur die uns voll auf Trab haltenden Vorbereitungsarbeiten für den Umzug verhinderten, dass uns dieser Umstand mental zusetzte. Don Emilio wurde immer ängstlicher, Don Hannibal immer gespannter. Und dann kam der Tag, da wir uns im Dorf verabschiedeten, denn am nächsten Morgen war der Umzugstag festgelegt. Diese Abschiede waren weder für so manchen Dorfbewohner noch für uns selbst leicht, denn wir hatten den Ort und seine Bewohner lieb gewonnen, und umgekehrt wurden wir wohl nach allen Jahren geschätzt und akzeptiert.

Unser privater Zufahrtsweg vom Tal bis zu uns hinauf war weder in seiner Breite noch in den Kurvenradien für Schwerverkehr ausge-legt. Der junge Mann, der den Container-LKW fuhr, hatte daher größte Mühe, die 1.300 Meter bis zu unserem Haus zu bewältigen. Er vollbrachte wahre Rangier-Kunststücke bis er nach Schweiß treibendem Gekurbel hinter dem Lenkrad in unser Grundstück einfahren konnte. Auch im Grundstück ging es für einen so großen Zug viel zu eng und auch zu steil vom Tor bis zur Gabelung der beiden Auffahrten zu, so dass auch hier riskante Rangiermanöver notwendig waren, um so nah wie möglich an das Haus heranfahren zu können. Unser Glück war, dass es bis zum Umzugstermin wochenlang kaum geregnet hatte, und der Weg zu uns rauf entsprechend belastbare Bankette hatte. Die Beräumung der Möbel und der Kartons waren für zwei Tage angesetzt. Alles verlief nach Plan, bis wir erkannten, dass die zwei Container mit einem Ladevolumen von insgesamt hundert Kubikmetern nicht reichen würden, um das gesamte Ladegut aufzunehmen. Da kam Stress auf. Meine Frau wollte für die Mitnahme nach Deutschland alles retten, brachte die Idee eines zusätzlichen Transportes auf, worauf hin ich ausrastete und rigoros begann, gepackte Kartons aufzulösen und Möbel und andere sperrige, nicht zerlegbare Güter für das Zurücklassen auszusortieren. Meine Frau hatte in diesem Augenblick erkannt, dass Widerworte sinnlos waren, und sich ohne weitere verbale Konterattacken gefügt, was nach 45 Ehejahren eher selten der Fall war. Die Nachbesitzer und unseren Freund E. hat es gefreut, denn sie erhielten dadurch zusätzliche Abschiedsgeschenke.

Und dann saßen wir im leer geräumten Haus. Jedes Wort, jeder Satz klangen hohl wie in einer Höhle. Wir hatten nur noch einen Sessel, einen Clubtisch und einige Küchenstühle, die uns die letzten Tage zum Wohnen dienten. Die Einrichtung eines Gästezimmers hatten die neuen Besitzer übernommen, so dass wir wenigstens noch im Haus schlafen konnten. Beleuchtung mit Kerzen und Taschenlampe, Emilio völlig verwirrt und hilflos im Haus herumirrend, Hannibal jetzt auch sehr verunsichert bezüglich dessen, was wohl weiter geschehen mag. Wir hatten unseren Abschied von Haus sowie Grund und Boden in zwei Etappen geplant. Ich würde mit dem Hund mit unserem Auto in zweitägiger Fahrt nach Thüringen fahren, meine Frau

drei Tage später mit dem Kater nach Frankfurt fliegen, von wo ich sie abholen würde.
So geschah es. Am Morgen des 31-ten Oktober 2010, einem Sonntag, es war kurz vor neun Uhr, hatten wir als Letztes den Hannibal im Heck unseres Wagens verstaut, ich stieg nach einem kurzen Abschied von meiner Frau ein, startete den Motor und rollte langsam die Auffahrt hinab, sah im Rückspiegel unser Landhaus sich entfernen und hinter den Bäumen verschwinden, fuhr durch das Grundstückstor und versuchte krampfhaft, meine Gedanken in die Zukunft zu richten, um den Abschiedsschmerz zu bewältigen…..

Meine Frau wurde von unserem Freund zum Flughafen in Alicante gebracht. Unser Emilio war in einer eigens für den Flug angeschafften Tragetasche mit einem Sichtgitter verstaut, und eine Beruhigungstablette ließ ihn ohne Miau-Serenade den Abschied aus seiner Heimat und die Reise überstehen. Ich weiß bis heute nicht wirklich, was meine Frau gefühlt hat, und wie schwer ihr der Abschied von unserem Tal gefallen ist, denn sie gehört zu den Menschen, die derartig schmerzliche Empfindungen selbst zu bewältigen versuchen. Mir ist jedoch völlig klar, dass sie ebenso wie ich bis an das Ende unserer Tage diese zehn Jahre im Paradies als den wohl wertvollsten Abschnitt in unserem Leben in Erinnerung behalten werden.

Nachgeschichte

Es war eine in jeder Beziehung schlimme Fahrt nach Deutschland, und zwar nicht nur wegen des endgültigen Abschiedes von unserem Tal in Spanien, sondern hauptsächlich auf Grund der schweren Bedingungen der Fahrt selbst. Das Land zurück zu lassen, war keine Träne wert, denn Spanien war schon lange nicht mehr das Juwel am Mittelmeer, was es einmal gewesen ist. Bis zur spanisch – französischen Grenze hatten Hannibal und ich keinen besonderen Stress, denn das Wetter war für die Jahreszeit angenehm, die Verkehrsdichte erträglich. Wir kamen gut voran. Nach sechs Stunden passierten wir den Grenzpass, und von da an wurde die Fahrt zum Horrortrip. Der zunehmende Verkehr störte mich weniger. Der immer stärker werdende Regen jedoch zwang zu hochkonzentrierter und immer langsamerer Fahrt. In Höhe Narbonne schien die Welt unterzugehen: Neben der Autobahn wirbelte ein Tornado, es war plötzlich mitten am Nachmittag pechschwarze Nacht, der Regen war so stark, dass in der Gischt der vorausfahrenden Autos kaum noch die Sicht bis zur vorderen Stoßstange gegeben war, der Sturm versuchte den Wagen aus der Spur zu heben, und dabei zogen die Schwerlaster mit unverminderter Geschwindigkeit ihre Spur, was besonders gefährlich war, denn jede Bremsung hätte deren Hänger durch die Gegend gewirbelt. Das Getrommel des schweren Regens auf das Autodach brachte den Hund völlig aus der Ruhe, so dass er im offenen Kofferraum heulte. Die Lage war so kritisch, dass ich entschied, am nächsten Parkplatz eine Pause einzulegen. An Aussteigen war natürlich erstmal nicht zu denken, aber die Trommelei nervte uns beide schon weniger, da wir wenigstens das Auto sicher abgestellt hatten. Wie das Gott sei Dank in solchen Unwettern oft ist, legte der Sturzregen schlagartig eine Pause ein. Wir beide raus aus dem Auto, Hannibal sofort in die Büsche, erledigte dringende Geschäfte, und trüffelte anschließend ruhiger geworden genussvoll den Weiberspuren hinterher. Jeder Parkplatz auf der Fahrt war für ihn ein Schnüffelparadies. Auch ich kam den Pflichten nach, und dann rasch wieder eingestiegen, nachdem ich den Hannibal in sein Abteil gehievt hatte, denn der Regen fing wieder an. Wir kämpften uns weiter Richtung Lyon, der Regen hörte einfach nicht auf. Inzwischen war es bereits längst dunkel. Wir kamen nur langsam voran. Hinter Lyon wollten wir in einem Motel übernachten, und zwar hatte ich über das Netz lang vorher überprüft, welche Autobahnhotels auch Tiere akzeptieren. Ich kam bei der Recherche jedoch gar nicht auf die Idee, dass ein Hotel mit zugelassenen Tieren offenbar nur solche zulässt, die Insektengröße bis allenfalls Mops-Format haben. Jedenfalls wurde unser Hannibal sofort des Hauses verwiesen. Mir wurde erklärt, ich könne ihn ja im Auto über Nacht einquartieren. Da nutzte auch der treueste Blick unseres Prachthundes nichts. Es war natürlich klar, dass ich hundert Prozent solidarisch zum Hannibal stand, und grußlos dem Etablissement den Rücken kehrte. Am Auto gab ich meinem Kumpel zum Trost erstmal das eine und andere Leckerchen zusätzlich zu seinem schon vorher erhaltenen Dinner.

Wir fuhren also weiter. Ich kannte ja die Strecke, und wusste, dass wir erst im Elsaß eine weitere Gelegenheit zur Übernachtung in einem neben der Autobahn gelegenem Hotel haben würden. Dort angekommen – es war inzwischen schon gegen Mitternacht – erklärte mir der Nachtportier, man nehme grundsätzlich keine Tiere mehr auf, da sich zu viele Gäste immer wieder beschwert hätten. Das klang mehr nach Ausrede, aber egal, ich zwang mich zu übermüdeter Gelassenheit, richtete mir ein Pfeifchen, und wir fuhren weiter. Hannibal hatte mit dieser Parforcetour keine Probleme, denn der Regen hatte sich selbst auf das Niveau eines normalen Landregens zurückgestuft, und so bewachte unser Hund die Fahrt, indem er zufrieden in seinem Abteil schlief. Ab und zu stand er verschlafen auf, drehte sich ein paar Mal, streckte sich, betrachtete kurz die schemenhaft vorbeiziehende Landschaftskulisse und schlief weiter.

Wir waren gegen zwei Uhr früh in Höhe Freiburg, als am nächtlichen Autobahn-Horizont ein Blinklicht-Feuerwerk die Müdigkeit hinwegfegte und von gesteigerter Konzentration ersetzt wurde: Autobahn-Vollsperrung!! Rechts weg in die Pampa, über die Dörfer, und das in der Nacht, und das übermüdet! Wir beide waren alles andere als amüsiert. Erst kurz vor Offenburg wurden wir wieder auf die Autobahn geleitet. Aber nun fing der berufliche Frühverkehr an, der auf der A5, wie überall in Deutschland, natürlich sehr dicht dahin kroch. Und wie wir da so im Stau standen, dachte ich, was wir doch über die vergangenen Jahre für ein „unbelästigtes“ Dasein hatten, genüsslicher Morgenkaffee mit Fernblick und Pool,

anstatt Stress im Stau, Vogelgezwitscher in guter Luft, anstatt Gehupe im Verkehrsgestank, kurz es war ein sehr deprimierendes Ersterlebnis zurück in Deutschland.
Um neun Uhr lief ich völlig kaputt im Hof des Gasthofes nahe dem künftigen Wohnort ein, nur noch mit dem Wunsch, den Hannibal irgendwo unter Dach zu bringen, und selbst ein paar Stunden zu schlafen. Nichts da! Das reservierte Zimmer würde erst ab Mittag frei sein. Es blieb mir nichts anderes übrig, als mich zu Munterkeit zu zwingen. Das war bestens auf einem Morgenspaziergang über die Felder mit Hannibal möglich. Der war natürlich völlig „von der Rolle“, zerrte an der Leine, so dass ich zu tun hatte, nicht umgerissen zu werden. Es half. Ein Frühstück mit starkem Kaffee im Gasthof tat sein Übriges, und ich schien wieder fit zu sein. Ich nutzte den Vormittag, indem ich die ersten Erledigungen, die auf meiner Liste, nach Dringlichkeit gereiht, notiert waren, abarbeitete. Um kurz nach Mittag konnte ich endlich ein paar Stunden schlafen. Aufgewacht bin ich durch ein durch Mark und Bein gehendes Wolfsgeheul. Das kannte ich nur zu gut. Immer wenn unser Hannibal unglücklich war, stimmte er dieses Geheul an. Ich also aus dem Bett, und schnell in den Hof zu dem Verschlag, in welchem Hannibal Quartier bezogen hatte. Er hatte offensichtlich pure Angst, dass er nun allein in der Fremde zurückbleiben müsste, denn als er mich sah, stimmte er sofort ein dankbares Freudengeheul an. Ich war gerührt und nahm mir vor, den Hund nicht mehr allein zu lassen.
Am nächsten Tag war ich mit der Vorbesitzerin unseres Hauses und mit dem Chef der Firma, die die Renovierungsarbeiten durchgeführt hatte, am Haus zur Schlüsselübergabe und zur Abnahme der Arbeiten verabredet. Ein kalter Wind pfiff über die zum Ort hin abfallenden Felder, es nieselte, tief ziehende Wolken drückten die Stimmung – es wollte in mir keine Jubelstimmung aufkommen. Es herrschte ein ähnliches Wetter wie damals in Lengede, als ich am Waldrand sitzend mein bisheriges Leben überdachte und den Entschluss fasste, einen neuen Lebensabschnitt in Spanien zu beginnen. Da kam dann der Blick zurück in die hinter uns liegende Zeit in unserem Tale. Jetzt wurde es mir sehr schwer, frohgemut an die Zukunft zu denken.
Am dritten Tag war es nicht zu vermeiden, dass unser Hund allein blieb, denn nach der vorsorglich durchgeführten Montage von neuen Winterreifen, fuhr ich nach Frankfurt, um am

Flughafen meine Frau abzuholen. Unsere Tochter war ebenfalls zur Begrüßung erschienen. Ihre Freude war natürlich groß, denn fortan würden wir uns viel öfter sehen können, als dies in den vergangenen Jahren über eine Entfernung von mehr als 2.000 km der Fall war. Ich fühlte mich auch sofort besser, als ich meine Frau mit der Transporttasche des Katers zuoberst auf ihrem Gepäckwagen durch die Schiebetür der Ankunftszone auf mich zukommen sah, denn nun waren wir wieder vereint, und würden kraftvoll im Team die „Aufbauarbeit“ in unserer neuen Heimat anpacken können – dachte ich – doch kam es wenige Tage später ganz anders. Es war selbstverständlich auf der A3 Richtung Osten Stau bis Kreuz Hanau, Frust kam auf. Die Fahrt zum Gasthof im Nachbarort zog sich, aber gegen 21:00 hatten wir es geschafft. Gepäck rauf in unser Zimmer, Erstversorgung Emilio, Hannibal umarmen (auch natürlich von Frauchen), dieser voll happy, verspätetes Abendessen, und ab in die Federn, denn der nächste Tag war Einzugstermin, und der Containerzug wollte schon um 8:00 am Haus sein.
Das war er auch. Insgesamt sechs Mann, der Chef ebenfalls. Dieser machte klar, dass die Truppe das Ausladen, Auspacken und Möbel aufschlagen bis zum Abend erledigen will, also keine Verzögerung des Beginns, und Hauruck! Nachdem die Aktionen angelaufen waren, sauste ich zum Gasthof, bezahlte die Rechnung, packte das Gepäck ein, sowie Frau und Kater, und schnellstens zurück, damit die Herrin das Zepter übernehmen konnte. Ich hatte den Hannibal schon in der Früh mitgenommen, und ihm sein neues Domizil zugewiesen, was er mehr als nur mit Dankbarkeit quittierte, denn nun war er sicher, dass wir ihn nicht mehr allein lassen würden. Und weil er die Szene am Haus voll beobachten konnte, war sein Glück vollständig, was er durch Dauerbellen kund tat. Die Jungs schafften die Arbeit tatsächlich bis gegen 17:30. Kurzer Abschied und Danke und Trinkgeld und adiós.
Da saßen wir nun, alle Möbel waren wieder aufgestellt, kein hohler Klang in den Räumen, noch kein vernünftiges Licht, aberdutzende Kartons standen mehr oder weniger ungeordnet überall herum, aber das Gröbste war geschafft. Nun würde das wochenlange Auspacken, Montieren, Dübeln und Hämmern beginnen.
Am Tag nach dem Einzug klopfte es am Spätnachmittag an die Haustür (die Klingel war kaputt), und der Nachbar von

gegenüber fragte an, ob er und andere Nachbarn ungefähr eine halbe Stunde später zu unserer Begrüßung kurz erscheinen könnten. Das war natürlich selbstverständlich mit Freude unsererseits angenommen. Das Problem war nur, dass wir außer ein paar Flaschen Mineralwasser und einem Brotlaib sowie einem halben Pfund Butter noch nichts zusätzlich auftischen konnten. Als Gläser mussten Pappbecher genügen. Rund um den Esstisch wurden die Kartons beiseite geräumt, alle vorläufig verfügbaren Stühle in aller Eile herbeigeschafft, Brot zugeschnitten, Wasserflaschen auf den Tisch, und schon klopfte es wieder an die Tür. Fast alle in unserer Sackgasse wohnenden Nachbarn waren erschienen, uns den Willkommensgruß zu entbieten. Wir waren gerührt, denn dass diese Sitte noch in unserer Zeit erlebbar ist, damit hatten wir nicht gerechnet. Es wurde ein Gedicht, welches zum Anlass unseres Einzuges verfasst worden ist, vorgetragen (und uns später in schöner Schrift hinter Glas zur Erinnerung übergeben), und anschließend mit dem Wasser im Pappbecher auf eine gute Nachbarschaft angestoßen. Ich bedankte mich mit offenen Worten, die unserer Rührung Ausdruck gaben.
Danach hatten wir beide die Gewissheit, dass wir in unserer endgültigen Heimat angekommen sind.

Wir schufteten die nächsten Tage um die Wette. Meine Ungeduld bekam meine Frau laufend zu spüren, mir ging nichts schnell genug, ich kritisierte, bemängelte, kommandierte, und trieb meine arme Frau zur Verzweiflung, was natürlich leider häufig lautstarke Wortgefechte zur Folge hatte. Wo war unser Teamgeist geblieben?
Mitte der folgenden Woche wurde es mir immer schwerer, meine Arbeiten zu erledigen. Mein Kreislauf machte nicht mehr richtig mit, in der Brust verstärkten sich die Schmerzen. Ich hatte das Gefühl, ein Panzer verenge mir die Brust, und ich dachte, das seien die mich schon lange Zeit belästigenden Abstrahlungsschmerzen meiner Arthrose. Am Freitag Abend war es so weit, dass ich kaum mehr Luft bekam, jede Atmung verursachte unerträglich stechende Schmerzen. Der Hausarzt war nicht erreichbar. Meine Frau rief über den Notruf die Rettung herbei. Um 23:00 lag ich in der Intensivbetreuung des nächstgelegenen Klinikums. Es wirbelten Ärzte und Schwestern um mich herum, jedoch nahm ich nur fragmentarisch wahr, was wirklich mit mir geschah, dann setzte das Bewusstsein aus.

Zehn Tage lang wurde ich im Klinikum wieder auf Vordermann gebracht. Kein Pfeiferauchen mehr, keine schweren Arbeiten, möglichst Diät essen, leichte aber regelmäßige Spaziergänge, kein Stress, keine Streitereien im Haus, und viele weitere Auflagen wurden mir mit auf den Weg gegeben. Meine Frau, die jeden Tag bei jedem Wetter die Fahrt auf sich genommen hatte, um mich im Klinikum zu besuchen, holte mich ab, und ich schlich zum Auto vor dem Haupeingang, Gott im Stillen dankend, dass er meinen Abschied aus dieser Welt noch nicht zugelassen hatte.
Regelmäßige Arztbesuche, tägliche Einnahme der „Medikamentencocktails" und Vermeidung jeglicher Überanstrengungen: das ist das vorgezeichnete Leben in der Zukunft. Da wird man bescheiden, und ist dankbar für jeden Tag, der einem geschenkt wird. Man lebt bewusster, beobachtet gründlicher das Umfeld, ob Menschen oder Tierwelt in der Natur. Man wird selbstloser, strebt nicht mehr nach Unerreichbarem, lässt sich nicht mehr verführen zum Besitz von Dingen, die man sowieso in Wirklichkeit nicht braucht. Und wenn man das begriffen hat, mündet das Leben in ruhigere Bahnen, erfährt man Kraft in der Ruhe und Gelassenheit, und begreift immer mehr den wirklichen Wert des Lebens.

Nachruf

Unser über alle Jahre in Spanien so treuer Wächter über Haus und Hof, unser Hannibal, hat leider den Umzug in die ihm völlig ungewohnte neue Heimat nur 13 Monate überlebt.
Er starb an akuter Herzschwäche am 23-ten Dezember 2011, ohne lange leiden zu müssen, denn wir gaben ihm bis zu seinem Ende Trost.... Wir haben ihn schmerzlos einschläfern lassen.

Kater Emilio ging im Alter von 18 Jahren im Sommer 2012 „hinter den Regenbogen".

Ende